本好きの下剋上

司書になるためには手段を選んでいられません

第四部　貴族院の自称図書委員IX

香月美夜

miya kazuki

TOブックス

第四部

貴族院の自称図書委員IX

イラスト：椎名　優 You Shiina
デザイン：ヴェイア Veia

登場人物

第三部あらすじ

貴族になったローゼマインは領主の養女や神殿長として大忙し。印刷機が完成し、城の販売会ではカルタやトランプ、本の普及が絶好調。しかし、ゲオルギーネの来訪によって周囲が剣呑に。狙われたヴィルフリート、さらわれたシャルロッテを救ったローゼマインは敵に飲まされた薬で死にかける。ユレーヴェに浸かるが、目覚めたのは二年後だった。

ローゼマイン
主人公。少し成長したので外見は8歳くらい。中身は特に変わっていない。貴族院でも本を読むためには手段を選んでいられません。冬には貴族院三年生。

エーレンフェストの領主候補生

ヴィルフリート
ジルヴェスターの息子。ローゼマインの兄で冬には貴族院三年生。

シャルロッテ
ジルヴェスターの娘。ローゼマインの妹で冬には貴族院二年生。

メルヒオール
ジルヴェスターの息子。ローゼマインの弟。

ローゼマインの保護者達

フェルディナンド
ジルヴェスターの異母弟。ローゼマインの後見人。

ジルヴェスター
ローゼマインを養女にしたエーレンフェストの領主でローゼマインの養父様。

フロレンツィア
ジルヴェスターの妻で、三人の子の母。ローゼマインの養母様。

カルステッド
エーレンフェストの騎士団長。ローゼマインの貴族としてのお父様。

エルヴィーラ
カルステッドの第一夫人。ローゼマインの貴族としてのお母様。

ボニファティウス
ジルヴェスターの伯父。カルステッドの父。ローゼマインのおじい様。

リヒャルダ
筆頭側仕え。保護者三人組の幼少期を知る上級貴族。

リーゼレータ
中級側仕え見習いの六年生。アンゲリカの妹。

ブリュンヒルデ
上級側仕え見習いの五年生。

ハルトムート
上級文官で新しい神官長。オティーリエの息子。

ローデリヒ
中級文官見習いの三年生。名を捧げた。

フィリーネ
下級文官見習いの三年生。

コルネリウス
上級護衛騎士。カルステッドの息子。

レオノーレ
上級護衛騎士見習いの六年生。

ローゼマインの側近

ユーディット
中級護衛騎士見習いの四年生。

ダームエル
下級護衛騎士。

アンゲリカ
中級護衛騎士。リーゼレータの姉。

オティーリエ
上級側仕え。ハルトムートの母。

ローゼマインの専属

フーゴ……専属料理人。
エラ……専属料理人。
ロジーナ……ローゼマインの専属楽師。

エーレンフェストの貴族

エックハルト……フェルディナンドの護衛騎士。カルステッドの息子。
ユストクス……フェルディナンドの側仕え兼文官。リヒャルダの息子。
オズヴァルト……ヴィルフリートの筆頭側仕え。
アウレーリア……ランプレヒトの妻。
ニコラウス……カルステッドの第二夫人の息子。
イェレミアス……ギーベ・ダールドルフの息子。
マティアス……中級騎士見習い五年生。旧ヴェローニカ派。
ラウレンツ……中級騎士見習い四年生。旧ヴェローニカ派。
グラオザム……ギーベ・ゲルラッハ。
ヴェローニカ……ジルヴェスターの母。現在幽閉中。
ガブリエーレ……ヴェローニカの母。元アーレンスバッハの領主一族。
ハイデマリー……エックハルトの亡くなった妻。

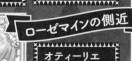

他領の貴族

アナスタージウス……中央の第二王子。
ヒルデブラント……中央の第三王子。
エグランティーヌ……クラッセンブルクの領主一族。
レスティラウト……ダンケルフェルガーの領主候補生六年生。
クラリッサ……ダンケルフェルガーの上級文官見習い六年生。
ハイスヒッツェ……フェルディナンドの（自称）ディッター仲間。
アドルフィーネ……ドレヴァンヒェルの領主一族。
ゲオルギーネ……アーレンスバッハの第一夫人。ジルヴェスターの姉。
ディートリンデ……アーレンスバッハの領主候補生六年生。ゲオルギーネの娘。
レティーツィア……アーレンスバッハの領主候補生。
ゼルギウス……アーレンスバッハの上級側仕え。フェルディナンドの側近。
ライムント……アーレンスバッハの中級文官見習い四年生。ヒルシュールの弟子。

下町の商人達

ベンノ……プランタン商会の旦那様。
マルク……プランタン商会のベンノの右腕。
ダミアン……プランタン商会に入ったギルド長の孫。
ルッツ……プランタン商会ダプラ見習い。
オットー……ギルベルタ商会の旦那様。
コリンナ……ギルベルタ商会の針子。
グスタフ……商業ギルド長。
フリーダ……グスタフの孫。

その他

イルゼ……オトマール商会の専属料理人。
ザック……鍛冶職人。発想が豊か。
ハイディ……インク職人。
レナーテ……オットーとコリンナの娘。
クヌート……オットーとコリンナの息子。

下町の家族

ギュンター
マインの父親。
門の士長。

エーファ
マインの母親。
染色職人。

トゥーリ
マインの姉。
髪飾り職人。

カミル
マインの弟。

神殿

フラン……神殿長室担当。
ザーム……神殿長室担当。
モニカ……神殿長室担当。
ギル……工房担当。
フリッツ……工房担当。
ヴィルマ……孤児院担当。
ニコラ……神殿長室＆料理の助手。
ロータル……神官長室担当。
イミル……神官長室担当。
エグモント……青色神官。
カンフェル……青色神官。
コンラート……孤児。フィリーネの弟。
ディルク……孤児。デリアの弟。
デリア……青色巫女見習い時代の元側仕え見習い。
リリー……エグモントの子を生んだ灰色巫女。
ベルトラム……旧ヴェローニカ派の子供。

第四部 貴族院の自称図書委員IX

プロローグ

「またいつか時の女神ドレッファングーアの紡《つむ》ぐ糸が重なる日まで、神々の御加護《ごかご》と共に健《すこ》やかに過ごされますように」

「えぇ。時の女神ドレッファングーアの円滑《えんかつ》な糸紡ぎをお祈りしています」

赤い唇の端を上げて挨拶を終えたゲオルギーネが馬車に乗り込めば、何台も連なった馬車はアーレンスバッハへ向けて動き出した。その脇を固めているのは、エーレンフェストの騎士団だ。彼等は馬車がエーレンフェストの街を出るまで同行することになっている。

馬車が小さくなっても、フロレンツィアの脳裏《のうり》にはゲオルギーネの最後の笑みと「近いうちに会うことになる」という別れ際の挨拶がこびりついて離れない。妙な寒気を感じ、体の前で丁寧《ていねい》に揃《そろ》えていた手をきつく握った。

……何だか嫌な感じのする笑みですこと。

前回、ゲオルギーネがエーレンフェストを訪問した時、白の塔に幽閉《ゆうへい》されている母親のヴェローニカを振り返って見せた笑みに似ていると感じたのだ。その後の狩猟《しゅりょう》大会で、息子のヴィルフリートは貴族達によって白の塔へ誘導《ゆうどう》された。ヴェローニカを救うために動いた貴族や息子の言い分を聞いたフロレンツィアには、ゲオルギーネが裏で糸を引いているように感じられたものだ。もちろん証拠《しょうこ》は何一つない。だが、また何か起こるのではないかという不安を捨てきれない。

……ジルヴェスター様も警戒《けいかい》していますもの……。

滞在中のゲオルギーネの動向を探らせていた夫へフロレンツィアは視線を向ける。彼はゲオルギーネに対して慇懃無礼《いんぎんぶれい》と言えそうな態度で接していた。フレーベルタークへ嫁《とつ》いだもう一人の姉コンスタンツェに対する態度とずいぶん違う。前回の来訪時には驚いたものだ。

ゲオルギーネ達の馬車が視界から消え、少し緊張感が薄れたところでローゼマインがジルヴェスターに話しかける。

「養父様《とうさま》、アーレンスバッハからの火急の知らせとは何だったのでしょう？」

周囲の視線が注がれる中、ジルヴェスターは軽く手を振って「知らぬ」と受け流した。

「境界門から届いたのだ。内容は確認したが、すぐに戻るように、としか書かれていなかった。我々には知らせたくないことが起こったのであろう」

……境界門からですって？

フロレンツィアは思わずゴクリと息を呑《の》んだ。他領へ訪問中の領主一族に緊急連絡を行うならば、領主でなければ使えない水鏡《みずかがみ》を使用するのが一般的だ。つまり、アウブ・アーレンスバッハが水鏡を使用できない状態に陥《おちい》っている可能性が高いということではないだろうか。

……まさか本当にフェルディナンド様のおっしゃった通りになるなんて……。

王命の婚約を止めようとしたジルヴェスターは、フェルディナンドから「婚約期間中にアウブ・アーレンスバッハが倒れる可能性が高い」と言われたらしい。情報源の信用度は低いようだが、ジルヴェスターはフェルディナンドの言葉を盲目的《もうもくてき》に信用した。

けれど、フロレンツィアには王命に納得していない夫を丸め込むための言葉だとしか思えなかった。春の終わりに領主会議で顔を合わせたアウブ・アーレンスバッハは元気そうだったし、ゲオルギーネとディートリンデがエーレンフェストを訪問していたくらいだから、出発前はアウブの様子に異常などなかったはずである。

「会議室へ移動するぞ」

ジルヴェスターの指示に従って、ゲオルギーネ達の見送りに来ていたエーレンフェストの首脳陣がそのままぞろぞろと会議室へ移動し始める。ゲオルギーネ達の滞在中にそれぞれが収集した情報を共有するための会議が行われるのだ。フロレンツィアはジルヴェスターにエスコートされながら隣を歩く彼を見上げた。

……ジルヴェスター様は大丈夫かしら？

領主会議でフェルディナンドが王命を受けた時、ジルヴェスターはこちらに事情を尋ねることなく周囲の言葉に流されて王命を出した王、領主の意見を聞かずに勝手に受け入れた異母弟、アーレンスバッハに良いように操られて団結した他領の貴族、全てに対して荒れていた。

……このまま何事もなくフェルディナンド様の婿入り《むこい》が終われば良いのですけれど。

順位の低いエーレンフェストが王命に逆らえるはずがない。少しでも穏便《おんびん》に進めば良いと思う反面、嫌な予感ばかりがフロレンツィアの胸の内に降り積もる。

「何か目新しい情報はあったか？」

ジルヴェスターの一言で会議は始まった。ゲオルギーネ達が参加したお茶会や会食などで収集した情報の交換が行われる。普段の上層部が集まる会議ではほとんどの参加者が男性だが、今日は女性の人数が多い。ゲオルギーネとディートリンデは女性の領主一族だ。女性だけのお茶会に参加することも多く、そこでの情報収集はフロレンツィアとエルヴィーラが率先《そっせん》して当たっていた。

……できれば、皆で話し合う前にローゼマインやシャルロッテから情報を得て整理しておきたかったのですけれど。

ゲオルギーネは滞在中のディートリンデの付《つ》き添《そ》いを全面的にフェルディナンドに任せ、本人は精力的に社交を行っていた。そのため、フロレンツィアも情報収集のために信用できる女性貴族を手配するのに忙しく、子供達と話をする時間がほとんどなかった。特に、フェルディナンドの館へ子供達が集まっていた時の報告は、詳細が手に入っていない。髪飾りの購入が目的だったはずなので、ヴィルフリートよりローゼマインやシャルロッテから話を聞く方が良いだろう。今後の予定を脳裏に思い浮かべながら、フロレンツィアはエルヴィーラの報告に耳を傾けた。

「帰り際の微笑《ほほえ》みから推測しただけですけれど、滞在期間中に出席したお茶会や会食が重要だったのではないかと思うのです。旧ヴェローニカ派が多く集まるお茶会ではジルヴェスター様が他領ではひどい領主だと噂《うわさ》されていることや、婿として迎え入れるフェルディナンド様の評判を伺《うかが》うことが多かったようです」

エルヴィーラはフェルディナンドから頼まれて情報収集に力を注いでいた。

「ゲオルギーネ様は本や印刷に関しても情報を仕入れていらっしゃったようです。旧ヴェローニカ派貴族達の大半が流行の仕掛け人をローゼマイン様の後見人であるフェルディナンド様だと思っているのですから、ゲオルギーネ様もおそらくそのように考えるのではないでしょうか」

改めて情報収集をすれば、旧ヴェローニカ派の貴族には流行を作りだしたのがローゼマインではなく、フェルディナンドだと考えている者が多いことに気が付いた。ヴェローニカが失脚《しっきゃく》したことでようやく日の目を見たのだとか、元青色巫女《みこ》見習いの養女に箔《はく》をつけるために知恵を貸したとか、フェルディナンドがエーレンフェストで権力を持つためにローゼマインを利用しているとか……。

……近くで見ていれば、ローゼマインの暴走をフェルディナンド様が抑えていることがわかるのですけれどね。

フェルディナンドは貴族達に自分がどのように言われているのか知っているようだ。エルヴィーラの言葉を肯定《こうてい》し、頷《うなず》く。

「あぁ、そう考えられているであろうな。ディートリンデに尋ねられたぞ。婿としてアーレンスバッハへ向かう時に自分の専属をどのくらい連れて行くのか、と」

「フェルディナンド様はどのように答えられたのですか？」

それはエーレンフェストにとっても大事なことだ。フェルディナンドは領地の不利になることをしないと思っているけれど、婚姻《こんいん》に際して自分の専属職人を連れていくことは珍しくない。その人数によっては今後の流行の発信に大きな変化が起こるだろう。

皆が注目する中、フェルディナンドはフッと笑った。

「全ては大領地アーレンスバッハに合わせて考えます、と」

聞き方によっては「大領地に相応《ふさわ》しいだけ」とも受け取れるが、「アウレーリアの輿入《こしい》れを参考に必要最低限」という意味にも受け取れる。今の皮肉な笑みを見れば、後者ではないだろうか。だが、最低限の人数の場合、流行を取り入れようと皮算用していたアーレンスバッハとの関係がこじれるかもしれないし、婿入りしたフェルディナンドへの今後の扱いが大きく変わるだろう。

……普通の嫁入りと、執務能力を買われた婿入りは違うかもしれませんけれど……。

フェルディナンドの今後を不安に思うのはフロレンツィアだけではない。彼に肩入れしているエルヴィーラや後見を受けているローゼマインは一層強く感じるはずだ。

「手札は多い方が良いのではございませんか？　少しは職人を連れて行くとか……」

エルヴィーラの提案をフェルディナンドがきっぱりと断る。

「いや、職人を同行せよという王命があったわけでもないのに必要ない。アーレンスバッハで平民の職人がどのような扱いを受けるのかわからぬ状態だ。気にかけねばならない存在は重荷にしかならぬ。エーレンフェストの職人はエーレンフェストのために使え」

フェルディナンドの断固とした態度にフロレンツィアはそっと息を吐いた。好意から出た提案を拒否されることは珍しくないけれど、相変わらず取り付く島もない態度だ。

……何が起こるかわからないのですよ。

フロレンツィアは自分が握っている情報を報告することにした。少しはフェルディナンドに自分の身を守ることも考えてほしい。

「旧ヴェローニカ派の下級貴族からわたくしに入ってきた情報なのですけれど……。魔力や執務で重要な役割を担《にな》っているフェルディナンド様をアーレンスバッハが取り上げる形になるので、あちらの情勢が少し安定したらエーレンフェストへ戻す計画があるそうです」

「何だと？」

「旧ヴェローニカ派の中核ばかりが集められた会食の場での発言のようで、情報をもたらした下級貴族自身が聞いた話ではないということでした。信憑性《しんぴょうせい》は低いですけれど、わたくしにとっては最も気になる情報です」

フロレンツィアからの情報に皆が一斉《いっせい》に難しい顔つきになった。今のアーレンスバッハの状態を見たことがあれば、領地を安定させるのがそう簡単ではないと誰でもわかる。

「アーレンスバッハの情勢が安定したら？　いつするのだ？　そのような言い方ができるということは姉上には何か策があるのか？」

わけがわからないと言うように、ジルヴェスターが腕を組んだ。指先でこめかみを軽く叩《たた》いていたフェルディナンドも難しい顔だ。

「周囲から見て安定なのか、彼女にとっての安定なのかでずいぶんと印象も変わる。それに……」

フェルディナンドはそこで不自然に言葉を切った。ローゼマインが「何ですか？」と先を促《うなが》したけれど、「いや、何ということもない」と受け流す。彼は確証が得られるまで口にしない慎重《しんちょう》な人だ。よほど気にかかることであれば、ジルヴェスターに「確証はない」と告げた上で報告することをフロレンツィアは知っている。だから、今回もこの場で深く尋ねる気にはならなかった。

けれど、ローゼマインは違ったようだ。受け流さずにフェルディナンドを軽く睨《にら》む。

「隠し事はなしですよ。あらゆる状況を考えておかなければならないのですから」

確かにここで述べてくれるならばそれに越したことはない。会議室にいる皆がローゼマインに味方するようにフェルディナンドへ視線を向けた。余計なことを言うローゼマインに嫌な顔をしながら、彼は自分の意見を述べる。

「……戻される時に生きた状態なのかどうかも怪《あや》しいものだと思っただけだ」

フェルディナンドの怖い予測に会議室の空気が凍《こお》った。

「こ、怖いことを言わないでくださいませ！」

「私は言葉を止めたのに、わざわざ聞き出したのは君ではないか」

「それはそうですけれど……」

ローゼマインが恐怖に顔を引きつらせているが、今回はフロレンツィアも彼女に同意したい。冷静に最悪の状態を考えられるフェルディナンドの頭脳は素晴らしいけれど、あまりにも客観的で淡々としすぎていて、それが自分に降りかかることだと認識できているのかどうかわからなくなる。

「わたくしの印象ですけれど……」

少しでもこの場の空気を和《やわ》らげるためにフロレンツィアは口を開いた。

「ゲオルギーネ様は旧ヴェローニカ派の貴族との交流が以前より浅いように感じました。色々なところで交流していましたが、交わされる会話が当たり障《さわ》りのないものばかりでしたし、アーレンスバッハに近いギーベ達もある程度の交流を終えると自分の土地へ戻りました。少し違和感がございます。こちらを警戒して接触を控えていたのではないでしょうか？」

潜《ひそ》ませていた者達からの報告は当たり障りがないものばかりなのに、ゲオルギーネの熱の籠《こ》もった目は以前より強くなっている気がするし、帰り際に見せた笑みは不気味に思えて仕方ない。

……近い内に子供達の意見も聞いてみましょう。

ゲオルギーネは上《うわ》っ面《つら》を撫《な》でるような社交をしていたけれど、ディートリンデは自由奔放《ほんぽう》に振る舞っていたという報告があちらこちらから上がっている。フェルディナンドの館でゲオルギーネの行動や思惑《おもわく》について何か漏《も》らしているかも知れない。会議の後、フロレンツィアは子供達へお茶会の招待状を出すことにした。


「ようこそ、シャルロッテ」

「そろそろお母様とお話しできるだろうと思っていましたから、お招きいただけて嬉《うれ》しいです」

情報交換をするために呼び出した娘は、室内を見回して少し首を傾《かし》げた。

「お母様、お兄様やお姉様に招待状は出していませんの？」

メルヒオールはまだ自分の言いたいことを優先して喋《しゃべ》るので報告が進まないこともある。それを理解しているシャルロッテは、メルヒオールの名前を出さなかった。暗黙《あんもく》の了解で話を進める。

「出したけれど、断られたのです。フェルディナンド様が婿入りすることでヴィルフリートは次期領主としての教育が本格的に始まりましたし、ローゼマインは神殿業務の引き継ぎや貴族院の予習のために神殿へ早急に戻らなければならないのですって」

フェルディナンドはジルヴェスターの執務を手伝い、引退したボニファティウスに代わって領主一族としての仕事もしていた。彼の抜ける穴を今後どのように埋めるのか。それはとても難題だ。魔力供給も含め、神殿業務はローゼマインとその側近がこなすことに決まっているけれど、城の業務はジルヴェスターが真面目《まじめ》に取り組むことはもちろん、ボニファティウスを呼び戻したり、次期領主であるヴィルフリートが担ったりする形で何とかこなしていかなければならない。

「お兄様に次期領主教育ですか……」

「ええ。ライゼガングの訪問も上手くいって、あちらの派閥《はばつ》の支持を得られたとヴィルフリートから報告がありました。エルヴィーラも特に大きな失敗はしていないと言っていましたし、ローゼマインも前ギーベ・ライゼガングとの会見は上手くいったと……。貴女《あなた》もそう言ったでしょう？」

「……上手くいくという度合いが、お兄様と他の者達で大きく違うと思います。お兄様以外の方はある程度そつなくこなせたという認識ではありませんか？　少なくとも、わたくしは劇的な変化があったようには感じませんでした」

シャルロッテがカップを手にしたまま眉《まゆ》をひそめた。前ライゼガング伯爵《はくしゃく》との会談に同席した彼女から見れば、ライゼガングの貴族達はヴィルフリートを次期領主として支持するようになったのではなく、ローゼマインの次期領主辞退を受け入れる姿勢を示しただけらしい。

「お姉様の辞退を受け入れたようですから、お兄様が次期領主になることに積極的な反対はしなくなると思いますけれど……」

「ヴィルフリートが支持を得たわけではないのですね」

シャルロッテの言いたいことを理解して、フロレンツィアは遠い目になった。「反対はしない」と「支持する」の間には大きな差がある。ヴィルフリートはそれを真に理解しているのだろうか。母親の立場から見ても、ヴィルフリートはあまりにも楽観的で自分に対する周囲の認識が不足している面がある。第三者の立場から見れば尚更《なおさら》だろう。以前、ゲオルギーネの来訪によって活気づいた貴族達から足をすくわれたことを覚えていないのか、理解していないのかわからない。フロレンツィアは軽く息を吐いた。

「フェルディナンド様の館へ行った時のことを教えてもらえるかしら？　こちらもヴィルフリートの側近達からの報告と差がありそうですね。ディートリンデ様はどのような方でした？」

「お兄様は何とおっしゃったのですか？」

シャルロッテの問いにフロレンツィアは少し口籠もる。ヴィルフリートはディートリンデのことを「おばあ様に似た優しい方」と評した。姉を心配する側近を思いやって何とか会わせてやれないかと考えていたところを見て、そう感じたらしい。

「そうですね。……ヴェローニカ様によく似ている、と」

少し言葉を濁《にご》したフロレンツィアに何かを感じたのだろう。シャルロッテはニコリと微笑んだ。

「あら、わたくしもお兄様と同意見です。おばあ様によく似ていらっしゃると思いました」

同じ言葉で評されているが、言葉の意味はヴィルフリートと真逆だ。祖母に溺愛《できあい》されて甘やかされて育った父親似のヴィルフリートと違い、母親似のシャルロッテは同じ孫とは思えないほど疎《うと》まれていた。ヴェローニカに対する良い印象はフロレンツィアにもない。

「気に入らない者には殊更《ことさら》冷たい態度で接したり、自分の我儘《わがまま》は全て叶《かな》えられて当然だという傲慢《ごうまん》な態度だったり……ということかしら?」

ひとまず確認すると、シャルロッテは笑みを深めてお茶を飲んだ。自分の意見を口にはせず、笑顔一つで相手に答えを明示する。貴族院で上位領地の貴族と交流していたからだろうか。ずいぶんと成長している。娘の成長を心強く思いながら、フロレンツィアもお茶を飲んだ。

「ディートリンデ様は髪飾りを叔父《おじ》様に見立てられることに不満を露《あら》わにしていました。それに、第一王子へ嫁ぐアドルフィーネ様に思うところがあるようですね」

シャルロッテの報告を聞いて頭が痛くなってきた。ジルヴェスターでなくてもフェルディナンドの婿入りが心配になる。何事もそつなくこなす彼には勝算があるのだろうか。

……ジルヴェスター様に何の相談もなく王命を受けたのはフェルディナンド様ですものね。

「そういえば、ローゼマインはディートリンデ様との交流を放り出して読書をしていたとヴィルフリートから聞いたのですけれど」

「わたくしが勧《すす》めたのです。ディートリンデ様と確執を作るより良いでしょう?」

図書室に喜び勇んで突っ込んでいったとしかヴィルフリートから聞いていなかったフロレンツィアは、シャルロッテの物言いに目を瞬《またた》かせた。

「お姉様と叔父様は神殿で側仕《そばづか》えを共有するくらいに親密な……家族のような関係です。叔父様やエーレンフェストを軽んじるディートリンデ様の言動によって余計な確執が生じるくらいならば、読書をしていただいた方が良いと判断いたしました」

「側仕えを共有しているのですか？」

フロレンツィア自身は神殿へ行ったことがないので、それほどとは思わなかった。

「えぇ。叔父様の館の管理をする側仕えが足りず、神殿から側仕えを連れてきていたのです。そこにお姉様の側仕えもいました。わたくしは驚いたのですけれど、お姉様の側近は特に驚いていませんでしたね。わたくし達が神事へ赴《おもむ》く際に側仕えを貸し出すのと同じだそうです」

そう言われて初めてフロレンツィアは自分の子供達も養女のローゼマインと側仕えを共有していることに思い至った。立ち居振る舞いが貴族でも常識が違うということを実感する。

「お姉様の側近によると、神殿では叔父様が側仕えを教育し、優秀な者をお姉様の指導係として付けているのですって。お父様という養父があっても後見人であり続ける叔父様の存在が不思議でしたけれど、神殿で洗礼式前のお姉様を育てたのが叔父様だと伺って少し理解いたしました」

ローゼマインを管理しているのはフェルディナンドだ。我が子に対する教育方針はフロレンツィアの意見を最優先にするジルヴェスターだが、ローゼマインに関することはフェルディナンドの意見を最優先にする。洗礼式によって実母になったエルヴィーラでさえ手を出せない部分があることは察していたけれど、予想よりずっと繋《つな》がりが深かった。

「お姉様の精神的な支えは今まで叔父様が担っていたので、わたくしは今後が心配です」

「あら、この機会にフェルディナンド様の庇護《ひご》の下からローゼマインが巣立ち、独り立ちすればいいのですよ。この先のローゼマインを支える者が婚約者のヴィルフリートになるだけです」

「お兄様にお姉様を支えることができるかしら？」

シャルロッテが不安そうに呟《つぶや》いた。けれど、婚約者同士だ。これから先は二人で支え合ってもらうしかない。フェルディナンドがアーレンスバッハへ行かなかったとしても、婚約者としてお互いに支え合えるようにならなければ困る。少し早いか遅いかの違いだ。

……でも、早急にヴィルフリートとローゼマインが接する時間を増やす必要がありますね。

フロレンツィアが見た範囲では、お披露目《ひろめ》前の教育や白の塔の一件で救われたせいか、ヴィルフリートはローゼマインに頼ることを当然だと考えている節《ふし》がある。それに対して、ローゼマインは「廃嫡《はいちゃく》の危機はともかく、それ以上面倒を見る気はない」と明言している。

今までの言動を見ていても、「ヴィルフリートを支えてやれ」とフェルディナンドが細かく指摘した時でなければ、ローゼマインは動かない。わざとではなく、ヴィルフリートの存在が意識に入っていないのだと思う。それは何となく理解できる。フロレンツィア自身も城にいる時間の少ないローゼマインの存在を意識していないことがあるからだ。夕食の席に着いている姿に驚くこともある。そのくらいローゼマインの存在は城の中で希薄《きはく》だ。まず、お互いの存在を認識し、意思疎通《いしそつう》から始める必要がある。

「シャルロッテの懸念《けねん》は理解しましたけれど、ローゼマインが社交の経験を積む機会を独断で潰《つぶ》すのは良くありませんでしたよ。将来の第一夫人として社交の経験は必須《ひっす》ですもの。苦手分野であるならば尚更でしょう?」

社交を任せられる第二夫人をヴィルフリートが得られれば良いけれど、それは簡単ではない。第二夫人がライゼガング系貴族でなければ面倒な対立が起こりそうだが、現在計画されている冬の粛《しゅく》清《せい》を考えると、派閥の割合からライゼガングをこれ以上重用することは避けたい。

「できればローゼマインには神殿を離れて社交の経験を積んでもらいたいのですけれど……」

フロレンツィアが愚痴《ぐち》を零《こぼ》すと、シャルロッテの藍色《あいいろ》の瞳が非難めいた光を帯びた。

「お母様はお姉様に期待しすぎですわ。叔父様がいなくなればお姉様は神殿を一人で回すことになります。これから先はもっと神殿にかかりきりになるでしょう。お姉様は神殿長で孤児院長ですよ。それだけでも大変なのに、他領へ印刷業を広げたり、貴族院で最優秀を取ったりすることを当たり前に期待されています。領内の社交までこなすのは無理でしょう。せめて、叔父様のいない生活に慣れるまでは待ってあげてくださいませ」

シャルロッテとローゼマインの間に確かな信頼感や繋がりがあることを心強く思う反面、フロレンツィアにはそこまで神殿を重視する必要性が理解できない。

ジルヴェスターによると、神殿はローゼマインとその家族が貴族の視線を気にせずに顔を合わせるための場所らしい。エルヴィーラが頻繁に城へ出入りしたり、ローゼマインが実家へ戻ると、様々な邪推をされる。貴族が赴かない神殿ならば印刷業の会合を隠れ蓑に家族の時間を取ることができるそうだ。だが、そのような裏事情をシャルロッテに説明するつもりはない。

「ローゼマインには神殿より第一夫人としての教育が大事でしょう。領地を潤《うるお》す上で神事は重要ですが、ローゼマインも貴女達と同じように神事だけ行い、日常業務や役職は他の青色神官に任せれば良いではありませんか。神殿長の務《つと》めはどうせ成人するまでの期間なのですから」

青色神官の数が減っているという報告は受けているけれど、彼等を支える灰色神官は多いと聞いている。どうしてもローゼマインでなければならない仕事は多くないはずだ。神殿で過ごす時間を減らすことに大きな問題があるとは思えない。

「第一夫人の教育こそ、成人してからでも良いでしょう。お父様はまだ若くて健康ですし、お兄様が後を継ぐのはまだまだ先のことではありませんか。わたくしとしては、お姉様よりお兄様の教育を優先してほしいと思います。側近の見直しも含めて考えた方が良いのではございませんか？」

予想外のシャルロッテの意見にフロレンツィアは目を瞬かせた。貴族院での成績だけを重視して、それ以外が疎《おろそ》かになっているヴィルフリートの教育不足は認識していたが、側近については見直しを求められるような状態だとは思っていなかった。

「……側近の見直しですか？」

「婚約決定以来、お兄様の側近達が増長しています。まるでおばあ様がいらっしゃった時のような思いをするようになりました」

オズヴァルトは自分の主に次期領主としての功績を挙げさせるため、シャルロッテに様々なことを譲《ゆず》らせているそうだ。それなのに、ヴィルフリートは側近の動きに気付いておらず、角が立たないようにシャルロッテが遠回しに伝えても気付かないらしい。

「将来、わたくしが他領へ嫁いだ時に頼れるように同母の兄弟との絆《きずな》を作っておきなさいとお母様がおっしゃったので、受け入れようとしました。けれど、一度ならばまだしも、段々と要求が増えてきています。わたくし、もうお兄様に協力したくありません」

フロレンツィアはこめかみが痛むのを感じた。二度の廃嫡の危機を越えて自分の主が次期領主に再び決定したことを喜ぶ側近達の心情は理解できる。ヴィルフリートのために功績を挙げようと先走ったのだろう。もしくは、ヴェローニカのやり方しか知らず、次期領主のためならば当然と考えているのかもしれない。だが、当時と違ってヴィルフリートには後ろ盾《だて》が少ない。シャルロッテが協力を拒否するような関係になるやり方は悪手《あくしゅ》だ。

「早急に現状を把握《はあく》し、シャルロッテの言葉が正しければ、オズヴァルト達を外します」

本来、オズヴァルトはヴィルフリートのお披露目前の教育不足や白の塔の一件で責任を取るはずだった。けれど、お披露目の前は幼い子供の心の安定を最優先にした方が良いというローゼマインの意見を受け入れたし、白の塔の一件では罪を犯したヴィルフリートの側近に新しく就《つ》きたがる者がいなかったので続投させることになった。ヴィルフリートと良い関係を築けているように見えていたが、今のエーレンフェストに相応しい成長をしておらず、増長しているならば、再度の見直しが必要だ。次期領主が内定しているので側近の希望者も出てくるだろう。

そこまで考えて、フロレンツィアはエーレンフェストの状況がめまぐるしく変化していることに改めて気付かされた。

「ヴィルフリートも今の歳《とし》ならば側近の入れ替えを受け入れられるでしょうし、側近の独断による暴走の危険性を理解できるようになっているでしょう」

「……そうですね。ライゼガングから支持を得られたとおっしゃるくらいですもの。側近の見直しの際にあちらの派閥からも側近を入れるようにお母様から指示を出せば、お兄様がいくらおっとりと構えていても少しは現状を把握できるかもしれません」

オズヴァルトのやり方と、それに気付かないヴィルフリートがよほど腹に据《す》えかねているのだろう。シャルロッテの物言いは珍しく辛辣《しんらつ》だ。それだけの不満を溜《た》め込んでいたらしい。

「たくさん我慢したのですね、シャルロッテ。教えてくれて助かりました」

子供達は北の離れで側近達と共に過ごしているため、どうしても目の届かない部分が多くなる。こうして細々と報告をしてくれる信頼関係は大事だ。

フェルディナンドの婿入りによる領地関係の変化、不穏な笑顔を残して去ったゲオルギーネ、未《いま》だに王命に納得していないジルヴェスター、人間関係や周囲を見る目がどうにも育たないヴィルフリート、神殿に籠もりきりで社交を避けるローゼマイン、同母の兄に不満を溜め込んでいるシャルロッテ。問題は山積みだ。フロレンツィアはそっと息を吐いた。

ハルトムートの努力とご褒美《ほうび》

アーレンスバッハの客人が帰った後は、フェルディナンドによる領主候補生の予習の詰め込みでどんどんと時間が過ぎていく。気が付いたら夏の成人式で、神官長職の引き継ぎのためハルトムートにお世話されながらわたしは成人式を無事に終わらせた。とても満足そうな顔をしているハルトムートがちょっと怖い。できるだけお世話の必要がないように自分でできるようにならなければ、と決意するには十分な神事だった。

それからすぐに秋の洗礼式があり、収穫祭の打ち合わせが行われる。どの青色神官にどこを回ってもらうのか。今まではフェルディナンドが事前に決めていたが、今は引き継ぎの資料をまとめていて忙しい。そのため、わたしとハルトムートが神殿長室で決めることになった。

「収穫祭ですか。私はローゼマイン様とご一緒したいです」

「何を言い出すのですか？　今回はハルトムートも青色神官として収穫祭へ向かうのですよ。わたくしに同行できるわけがないでしょう」

「わかっていますが、同行したいです。一体何のために私は祈念式《きねんしき》の同行を諦めて徴税《ちょうぜい》の仕事を覚えたのか……くぅっ」

……そういえば「秋は徴税官として同行する」って、春はお留守番してたんだっけ。

彼が徴税の仕事を覚えた祈念式の後に領主会議があり、フェルディナンドの婿入りとハルトムートの神官長就任が決まったことを思い出す。頑張りが無に帰してガッカリしたことはわかるけれど、熱の籠もった語りがちょっと面倒臭い感じになってきた。

「農村の平民達へ洗礼式、成人式、星結びと一気に神事を行うローゼマイン様のお姿を、この目に焼き付けたいと、それだけを願っていたのです。去年のグレッシェルで見た祝福の輝き、平民達の驚嘆《きょうたん》の表情、共にローゼマイン様を称《たた》えるあの時間を再び……」

……しばらく続きそう。

今は何だかんだ文句を言っていても、青色神官との会議や出発当日になればきちんと次の神官長に相応しい行動をしてくれるはずだ。そう思えるくらいの信頼はある。それでも、延々と不満とわけのわからない褒《ほ》め言葉を聞き続けたくない。

「フラン、ザーム。ハルトムートはしばらく放っておいて青色神官達の派遣先候補をまとめましょうか」

「かしこまりました」

わけがわからない熱弁を振るっているハルトムートを放置することに決めると、わたしはフラン達の意見を参考にして青色神官達の派遣先を考え始めた。収穫量が多めで寄付の多い場所には真面目に仕事をしている青色神官達を向かわせる。それを明確にしているから、最近は旧ヴェローニカ派出身の青色神官も少しずつ仕事をするようになってきたそうだ。

「これで神官長から合格が出れば、会議で発表すれば良いだけですね。ハルトムートはこの後ずっと神官長室で引き継ぎでしょう？　頑張ってくださいませ」

ハルトムートとザームを神官長室へ向かわせると、わたしは少し息を吐いた。真面目な話を始めると、ハルトムートはすぐに熱弁を止めて話し合いに参加していた。ちょっと変で暴走するところはあるけれど、基本的には真面目だ。

それに、ハルトムートは次の神官長への就任を決意したことで収穫祭に同行できなくなったのだ。わたしを助けるために頑張ってくれているのだから、せめて、徴税官の仕事を覚えた彼の努力に対してご褒美くらいはあっても良いと思う。

……ただ、ハルトムートが何を望むのか、よくわからないところが怖いんだよね。前にねだられたのは、成人式の祝福だったたし……。

わたしはハルトムートが喜んでいるところや感情を昂《たか》ぶらせているところを思い返しながら彼の好みを探ってみた。

……ん？　あれ？　おかしいな。全部がわたしに繋がってない？

冷静に考えると、ちょっとでは済まないくらい気持ち悪い。ご褒美どころではなく、わたしはハルトムートから距離を取りたくなってしまった。

……いやいや、わたしが知らないだけで、他にも何かあるでしょ。もうちょっとハルトムートと親しい人に尋ねてみれば、きっと……。

わたしは自分の側近として接するハルトムートしか知らない。けれど、実はクラリッサとお付き合いしていたように、彼には彼のプライベートがある。そちらではきっと何かわたし以外に繋がる好みのものもあるはずだ。

わたしはコルネリウスへ視線を向ける。コルネリウスとハルトムートは幼馴染《おさななじ》みだ。エルヴィーラとオティーリエは親族の上にとても仲が良いので、洗礼式前から交流があったと聞いている。

……コルネリウス兄様なら、何か心当たりがあるかも？

「コルネリウス、わたくしに関係すること以外でハルトムートの好むものを何かご存じありませんか？　筆頭文官に加えて神官長に就くことが決まって忙しいのに、収穫祭に同行できず徴税官の仕事を覚えたのが無駄になったので、せめて、ご褒美をと考えたのですが……」

わたしは期待して見上げる。しばらく無言で考え込んだコルネリウスが最終的に絶望的な表情になり、何やら思い詰めたような顔でわたしを見つめ始めた。

「……お役に立てず申し訳ございません。全く思いつきませんでした。ですが、これからはハルトムートにも警戒し、今までより厳重《げんじゅう》にローゼマイン様をお守りしなければならないと決意を新たにいたしました」

……コルネリウス兄様でも思いつかなかったか。

「フィリーネやローデリヒは知っていますか？」

わたしは文官見習いとして一緒に行動することが多い二人にもハルトムートの好きなものを尋ねてみる。

「残念ながら、私がハルトムートと接するようになってから半年が過ぎていますが、ローゼマイン様が関わらない時に感情を揺らしているところを見たことがなくて……」

申し訳なさそうにローデリヒは言ったけれど、あまり知りたいことではなかった。

「ただ、ハルトムートは優秀な文官ですから、魔術具や魔法陣がお好きだと思います」

確かに領地対抗戦の時はフェルディナンドとライムントのやり取りに参加していたし、ターニスベファレンの一件では採集場所に浮かび上がった癒《いや》しの魔法陣に興奮して書き写していた。

フィリーネも何か思い当たったものがあるようだ。少し考えてから口を開く。

「ハルトムートはローゼマイン様にとって頼りになる文官になりたいようですから、魔術具作りや魔法陣の作製で相談に乗ってもらえば良いのではございませんか？」

「……仕事を増やしているだけのような気がするのですけれど、それで本当にご褒美になると思いますか？」

「ハルトムートですもの。絶対に喜びます」

無邪気《むじゃき》な笑みでフィリーネに断言されてしまった。

「……とても参考になりました」

それ以外に何も言えずにわたしが考え込んでいると、ダームエルが苦笑気味に口を開いた。

「ローゼマイン様に関することではありますが、神具や神事、祝詞《のりと》、祝福にも研究熱心ですよ。貴重な資料の閲覧《えつらん》を許可するのはいかがですか？」

「それは良いですね。神殿にはたくさんの資料がありますから」

フェルディナンドのように隠し部屋に籠もる勢いで熱心に神具や祝福について研究してくれるようになれば、少しはわたしから興味が逸《そ》れるかもしれない。

神官長室での執務を終えたハルトムートが、報告のために神殿長室へ戻ってきた。わたしは早速尋ねてみる。

「……ハルトムート、神具を自分で作ってみたいと思いませんか？」

「ローゼマイン様が私に神具を与えてくださるのですか⁉　そのようなことが可能ならば、ローゼマイン様は聖女と言うより、もはや女神では……？　素晴らしい！　神に祈りを！」

勝手な思い込みで橙《だいだい》色の目を輝かせ、ハルトムートがわたしに祈りを捧《ささ》げ始めた。ちょっと待ってほしい。そんなことは一言も言っていない。わたしは慌てて制する。

「違うので止めてくださいませ！　神具を作り出せるようになった理由というか、方法を教えるだけです。神具を得られるかどうかはハルトムート次第なのです。……その、頑張るハルトムートへのご褒美と、収穫祭に同行できないお詫《わ》びを兼ねているのですけれど……知りたいですか？」

これが本当にご褒美になるのか不安に思いながら尋ねると、ハルトムートはとても良い笑顔でわたしの前に跪《ひざまず》いた。

「何よりのご褒美です。これで私の研究も進むと思います」

……ハルトムートへのご褒美はやっぱり文官らしいのが一番だったみたい。「それではご褒美になりません」なんて言われて変なものを要求されずに済んでよかった。

ホッとしたわたしは、神具の取得について説明を始めた。やり方は簡単だ。神殿にある神具に魔力を奉納《ほうのう》し続ければいい。一定の魔力を奉納したところで頭の中に魔法陣が浮かぶようになる。

「青色巫女時代のわたくしが半年くらいでシュツェーリアの盾を扱えるようになったのです。成人している上級貴族のハルトムートならば、もう少し早いかもしれませんね。回復薬などの魔術具も使えますから。ただ、研究のために薬を飲み過ぎたり、日常生活に支障をきたしたりするようなことはしないでくださいませ」

「かしこまりました」

早速試してみたそうにしているハルトムートの後ろで、興味深そうに聞き耳を立てているのは他の側近達だ。神具を扱えるようになるかもしれないとわくわくしている様子が見える。

「せっかくですから私も命の剣に挑戦してみたいものです」

「これは私がローゼマイン様から賜《たまわ》ったご褒美だというのに、何故《なぜ》コルネリウスが挑戦するのでしょう？　其方《そなた》は神殿にいる間、護衛に集中すべきでは？」

コルネリウスとハルトムートが笑顔で睨み合うのをハラハラとした様子で見ながら、フィリーネがわたしに意見を求める。

「……あの、ローゼマイン様。コルネリウスの奉納を許容すれば、ハルトムートへのご褒美ではなくなるのではございませんか？」

フィリーネの言葉に、ハルトムートが同意して大きく頷く。わたしは少し考えた。神具に奉納される魔力はできるだけ多い方が領地のためにもなるし、魔力の少ない青色神官達が奉納について考えなくて良いので引き継ぎに集中できる。結果として、フェルディナンドの負担を減らせる。……ただ、

「仕事を疎かにしない範囲であれば、神具に奉納される魔力が増えることは大歓迎です。

その場合、ハルトムートには別のご褒美が必要になりますね」

「別のご褒美ですか……」

「何か望みはありますか？　わたくしが叶えられる範囲になりますけれど」

本人の希望を尋ねてみると、ハルトムートは少し考え込んだ後、予想外に真面目な顔で「では、私に頼ってください」と言った。意味がわからない。

「わたくし、かなりハルトムートを頼っていると思いますけれど？」

側近としての仕事だけではなく、神殿の仕事までしてもらっているのだ。これ以上頼ることがあるだろうか。首を傾げるわたしを見つめて、ハルトムートは悔《くや》しそうに拳《こぶし》を握る。

「私は筆頭文官とは肩書きばかりで、それに相応しい仕事ができていないのです」

ハルトムートによると、本来はわたしの文官が行うべき調合の準備や素材の管理、専門的な調合の補助などをフェルディナンドとその側近がしているらしい。

……そう言われてみれば、講義の予習に必要な物は全部神官長が準備してくれてるね。

「貴族院や神殿ではお役に立てていると感じていますが、筆頭文官としても頼ってほしいのです」

今まではわたしに成人の文官側近がおらず、ハルトムートの立場が見習いだった。だから、後見人のフェルディナンドの指示や指導に従うことに不満はなかった。だが、もう貴族院で側近として動くことはできない。エーレンフェストでも文官としての仕事が欲しいと言う。

「フェルディナンド様の負担を減らすことにも繋がるはずです」

「ハルトムートの望みはわかりましたけれど、ハルトムートの仕事が増えるだけではありませんか。

本当にそれがご褒美になるのですか？」

「なります」

キラキラとした目で見つめられ、わたしは思わず体を引いた。やはりハルトムートは理解不能だ。

「わたくしはあまりご褒美をあげた気分にならないのですけれど……」

仕事を余分に押し付けるのだから、気分としては微妙である。

「では、何か貴重な素材でもください。さぁ、それで何をしましょう？　調合ですか？　魔法陣ですか？　所持している素材の一覧表でも作りましょうか？」

ハルトムートがぐいぐいと押してくる。わたしは急いで何か頼める仕事がないか考える。

「え、えーと……フェルディナンド様に贈るお守りについて相談に乗ってくれませんか？　領地対抗戦でインメルディンクの学生に攻撃された時にフェルディナンド様のお守りが反応したでしょう？　あのように何か起こった時にフェルディナンド様を守ってくれる物を作りたいのです」

わたしは袖《そで》を少し捲《まく》ってフェルディナンドに持たされているお守りの一つを示した。敵地へ赴くようなものだ。身を守るために必要そうな物を餞別《せんべつ》に贈りたいと思っている。

「どんな攻撃を受けても対応できるように色々な魔法陣を一つのお守りに詰め込みたいです。それから、できれば早めに取りかかりたいです。失敗した時に何度か作り直せなければ困るので」

わたしはフェルディナンドに与えられたお守りを基に、いくつか考えていた魔法陣を見せる。これを全て詰め込みたいのだ。色々と案や希望だけが描かれた魔法陣を見たハルトムートは、挑戦的に橙色の目を輝かせて楽しそうに笑った。

「なるほど。これは腕が鳴りますね。全力で補佐いたします」

こうして、ハルトムートにお守りの作り方を教わることになり、神具への奉納は仕事に差し支《つか》えない範囲で誰がしても良いことになった。コルネリウスとハルトムートがいつの間にやら「どちらが先に神具を得られるか」という勝負を始めていて、それにわたしの側近達が次々と参加したことで、神具には魔力が豊富に蓄《たくわ》えられることになった。

収穫祭と報告会

あっという間に収穫祭だ。わたしは例年通りに収穫祭でグーテンベルク達を回収するため、直轄《ちょっかつ》地《ち》を回った後でライゼガングへ向かった。小聖杯を受け取る時にギーベ・ライゼガングからお茶に招かれ、わたしはギーベから曾祖父《そうそふ》様の話を聞く。

「これはおじい様から伺った話なのですが……エーレンフェストからアーレンスバッハへ戻る途中でゲオルギーネ様はゲルラッハに立ち寄ったそうです」

「たとえ当人達が騎獣《きじゅう》で戻っても荷物をたくさん載《の》せた馬車があります。馬車がゲルラッハに立ち寄るのは普通ではないのですか？」

火急の知らせでアーレンスバッハに慌ただしく戻るのだから騎獣を使うのが一番早い。ゲオルギーネ達は騎獣でエーレンフェストを駆け抜ける許可も得ていたはずだ。けれど、他領の貴族であるゲオルギーネ達は街の結界を騎獣で抜けられない。一度馬車で街を出てから騎獣を使わなければならないのだ。けれど、騎獣で運べる荷物は多くない。残った馬車はゆっくりと戻ることになる。

「もちろん宿泊地が必要なので、馬車がゲルラッハに立ち寄っても何の不思議もございません」

ライゼガングはヴェローニカ派と不仲であるため、ゲオルギーネともあまり親交がなかった。それに対してギーベ・ゲルラッハとはかなり良好な関係を築いていたので、ゲオルギーネが宿泊地を選ぶ際に少し遠回りしてゲルラッハを選ぶことに何の疑問もない。

「けれど、おじい様はゲルラッハにゲオルギーネ様ご自身が立ち寄り、怪しい集まりがあったとおっしゃるのです」

「荷物を積んだ馬車だけではなく、ご本人が立ち寄ったのであれば、重要な情報ではありませんか。どうしてアウブ・エーレンフェストに報告されていないのですか？」

「私はゲオルギーネ様とディートリンデ様がいらっしゃるということで貴族街にいました。ゲオルギーネ様がゲルラッハに立ち寄る現場を見ていません。それに、おじい様の言葉には根拠がないので、ゲルラッハから言い掛かりだと言われれば反論もできないことなのです」

ゲオルギーネがエーレンフェストに来ているにもかかわらず、アーレンスバッハから火急の知らせがあるよりも先に自分達の土地へ戻った貴族が何人もいたことや、急いでアーレンスバッハへ戻る際にはライゼガングが通り道になるのに、ゲオルギーネの騎獣の群れを収穫期の平民達が見ていないことから絶対に怪しい集まりがあったに違いないと主張しているらしい。確かに言い掛かりに聞こえる。領主に知らせる情報としては微妙だ。

「一応わたくしから養父様にお知らせしておきますね。根拠がないことも含めて……」

妄想《もうそう》なのか事実なのかわからないけれど、曾祖父様がお元気そうで何よりである。

「どうぞよろしくお願いいたします」

真偽《しんぎ》が定かではない情報の他に、印刷に関する話も聞いた。フルースの町では無事に印刷できる環境を整えることができたそうだ。

「紙を作ることもできたようですし、足りない分はイルクナーからも紙を購入しました。今年の冬には皆で印刷を行うと民が張り切っていると報告を受けています」

冬は雪に閉じ込められるので、平民達にとっては印刷作業が娯楽扱いになっているらしい。

「ライゼガングではどのような本ができるのか、楽しみにしていますね」

わたしはフルースで収穫祭の神事を行い、グーテンベルク達を回収してエーレンフェストに戻った。すぐにギーベ・ライゼガングから聞いた情報をフェルディナンドに告げて、ジルヴェスターには魔術具の手紙で送る。フェルディナンドが「あそこに揺さぶりをかけてみるか」と小さく呟いて、ユストクスを呼んでいた。

収穫祭を終えると、すぐにギルベルタ商会、プランタン商会、オトマール商会を呼んで会合を行う。ライゼガングにおけるグーテンベルクの活動や他領からの商人がやってきた状況に関する報告はもちろん、注文された髪飾りの受け取りもある。いくつもの箱を持ってきたギルベルタ商会からはオットー、テオ、トゥーリが来ている。プランタン商会からはベンノ、マルク、ルッツで、オトマール商会からはグスタフ、フリーダ、側仕えの三人ずつだ。

「では、報告を伺いましょう。ライゼガングはどうでしたか？　グーテンベルクとして実際に見た貴方《あなた》の意見を聞かせてくださ い」

「ライゼガングは穀倉《こくそう》地帯で、皆が農業に全力を尽くしていて商売っ気が少ない分、非常にのんびりとした雰囲気の土地でした。印刷業は冬の間にちょっと小金を儲《もう》けることができる娯楽のような位置付けだそうです」

他に比べると印刷業に対する必死な雰囲気はあまりなかったようだ。しかし、穀倉地帯なので土地は豊かで新しい素材もたくさんあったらしく、インク職人のハイディは大喜びだったようだ。鍛《か》冶《じ》職人はそこまで細かい作業は無理だと早々に諦めて、活字は買い取る方向で決まったらしい。

「製紙業の方でも新しい紙ができそうな木がありましたが、研究に時間を費やすことができないそうで、その木をイルクナーに売って研究してもらうと言っていました」

ルッツやダミアンはあまりにも商売っ気がないことに頭を抱える場面が多く、「稼ごうと思えばもっと稼げるのに何故だ⁉」と思わず叫んでしまうことが何度もあったらしい。そんなルッツからの話を聞いていたグスタフが皺《しわ》を深めて柔らかく笑った。

「富に執着《しゅうちゃく》するのではなく、己の役目を全《まっと》うすることに全力を尽くすのがライゼガングです。だからこそ、ライゼガングはエーレンフェストの食糧庫としてずっとそこにあり続けることができる……以前、そう伺ったことがございます」

食料関係の商いをずっとしているオトマール商会は、ライゼガングとかなり昔から懇意《こんい》らしい。大店《おおだな》が大店としてずっとあり続けるためには目先の利益だけにこだわっていてはならない、とベンノをちらりと見ながら言った。

「グスタフ、他領からの商人はどうでしたか？　捌《さば》ききれましたか？」

「色々と改善しましたから、去年よりは何事も上手く運んだようです。もちろん、まだまだ改善しなければならない点はございます」

ダンケルフェルガーとの取り引きを増やしたので全体的な取引量はぐっと上がっていること、領主会議でリンシャンの製法を売ったためリンシャンの取引量が減り、相対的に植物油の価格も少し落ち着いてきたことなどが述べられる。

「ベンノ、去年置き去りにされたクラッセンブルクの商人の娘に関してはどうなりましたか？」

「もちろんクラッセンブルクからやってきた商人に押し付けて戻らせました。今年の取引枠を減らされたことで、カーリンの父親はずいぶんと厳しい立場に立たされたようです」

エーレンフェストの貴族が商人同士のやりとりに嘴《くちばし》を挟《はさ》むような真似《まね》をするとは思っていなかったようだ。上位領地を相手にずいぶんと思い切ったことをする、と言われたらしい。

「良縁だったのですが、この通りです」

せっかくクラッセンブルクの商人と強い繋がりができるはずだったのに、と溜息《ためいき》混じりに頭《かぶり》を振るグスタフを一度睨んだ後、ベンノはわたしを見てニッと笑った。

「最初が肝心《かんじん》です。ローゼマイン様の専属として全ての流行に関わっているプランタン商会が他領の商人に軽んじられるわけには参りません。ローゼマイン様の評判にも関わります」

ハルトムートが同意するように何度も頷いている。それを視界の端に捉《とら》えながら、わたしはギルベルタ商会へ視線を向けた。

「貴族院でお渡しすることになっているディートリンデ様の髪飾りはできていますか？」

「こちらです。いかがでしょう？」

わたしを見てそう言った後、オットーはブリュンヒルデに視線を移す。わたしは図書室で読書をしていたので、対応は彼女が行ったのだ。木箱を開けて、彼女は髪飾りを静かに検分していく。

「問題ございません。よくやってくれました」

「恐れ入ります」

オットーとトゥーリがホッとしたように肩の力を抜いた。ブリュンヒルデによると、ディートリンデはなんと「去年のアドルフィーネ様よりも豪華《ごうか》に」と注文したそうだ。

「王族に嫁がれる方と同格というわけには……と申し上げたのです。ディートリンデ様の側仕えも、王族を尊重するためにも少し格を落とした方が良いのでは？　と提案されたのですが……」

皆の忠告はニコリと笑って却下《きゃっか》されたらしい。「わたくしは次期アウブですもの」という一言で。

髪飾りを使うアーレンスバッハはもちろん、作ったエーレンフェストにも王族に含むところがあると思われる可能性がある。次期領主ならば自重が必要ではないか、とヴィルフリートも援護《えんご》したらしいが、聞く耳を持っていなかったそうだ。

「そこでわたくしが提案したのです。髪飾りをいくつも使うことで豪華にすればどうか、と」

一つ一つは王族を尊重するために少し格を落とした物を準備し、いくつも使うことで豪華にすれば良い。エグランティーヌやアドルフィーネが髪飾りを一つしかつけていないので、複数の飾りを使えば、それだけで見た目の華やかさは増すとブリュンヒルデは提案したらしい。

「その提案にご満足いただけたようで、こうして髪飾りを五つも作らせることになりましたけれど、王族の尊重とディートリンデ様のご希望の両方を満たすことができました」

お金を支払うことになるフェルディナンドは大変だが、ディートリンデがおねだりしたところ、フェルディナンドは「望みのままに」と笑顔で言ったそうだ。

……そういえば、お父様も前に「心と家庭の平穏が金で買えるうちは良い」って言ってたね。

ディートリンデは去年のお茶会でアドルフィーネに言われたことが悔しかったのか、よほど敵対心を抱いているのか、花の種類もアドルフィーネと同じ物を選んだようだ。並べて飾ると赤から白へ少しずつ色の違うグラデーションになるように作られた髪飾りを見て、わたしは溜息を吐《つ》いた。

「それにしても、全てを一度に使おうと思えば、頭が大変なことになりそうですけれど」

正直なところ、盛りすぎ注意と箱にシールでも貼っておきたい気分だ。ブリュンヒルデは困ったように笑いながら頷いた。

「髪飾りをつける時や寮から出発する時にはアーレンスバッハの領主夫妻が確認するでしょうから、常識的な数で落ち着くでしょう」

数を減らすことはできるのだから、どれだけ盛るかはこちらが関知するところではないらしい。

「それから、こちらが第二王子からのご注文で、こちらがダンケルフェルガーからのご注文でございます」

やってきた商人が注文していったらしい。商品の受け取りは貴族院で行う、とのことだそうだ。エグランティーヌの新しい髪飾りとレスティラウトがエスコート相手に贈るための髪飾りである。

エグランティーヌの新しい髪飾りは白のファランゼで、他の何からも貴女を守るというエーヴィリーベの独占欲丸出しの花である。実にアナスタージウスらしい。

レスティラウトからの注文は秋の貴色《きしょく》に合わせた花の注文だった。注文書に絵が付いていて、このように作ってほしいと指示があったらしい。トゥーリが見せてくれた注文書に載っているのは、初めて見る花だ。きっとダンケルフェルガーにしかない花の組み合わせなのだと思う。

「どの花も初めて見るものですから、とても大変だったでしょう？」

わたしが心配になって視線を移すと、トゥーリは笑顔で首を横に振った。

「いいえ、とても楽しく作りました。どのように作れば良いのか、職人が集まって頭を捻《ひね》ったのです。予想以上に上手く仕上がって安堵《あんど》いたしました。このような花や色の組み合わせはエーレンフェストにはないものなので、とても勉強になりました」

……誰がデザインしたのか知らないけど、すごくセンスが良いよ。うん。

他領からの注文分を受け取った後に出された髪飾りは、ハルトムートがクラリッサのために注文した分だった。オレンジに近い色合いの黄色の花が箱に入っているのがちょっと不思議な感じだ。

何となくクラリッサはライデンシャフトの加護がある夏生まれだと思っていた。

「意外でしょう？　私も最初にクラリッサの誕生季を聞いた時に驚きました」

顔に出ていたのか、ハルトムートがわたしを見て小さく笑いながらそう言った。

その後、トゥーリはわたしの髪飾りも出してくれる。冬の貴色に合わせていて、少し大きめの赤の花をやや小ぶりな白の花が取り巻いている髪飾りだった。

「とても冬らしくて可愛《かわい》らしいですね。気に入りました」

「喜んでいただけて嬉しいです」

プランタン商会からは新しい印刷物も渡される。ダンケルフェルガーの歴史書の一冊目だ。とても一冊には収まらないので、何冊にも分けて印刷しなければならない。

「ダンケルフェルガーの歴史書だけで、ローゼマイン工房はしばらくもちますね」

「本当に長い歴史ですから」

わたしはダンケルフェルガーへの献本《けんぽん》分と自分への納本分をローデリヒに渡すと、フリーダへ視線を向けた。

「フリーダ、また領地対抗戦のカトルカールをお願いしたいのですけれど、よろしいですか？」

「はい。料理人や材料を準備しておきます。それから、こちらはローゼマイン様から個人的に注文を受けたロウレでございます。コージモ」

フリーダの声にオトマール商会の側仕えが袋をそっとテーブルの上に置いてくれた。ブリュンヒルデが中を改めて、問題がないことを確認した上でわたしに渡してくれる。干しぶどうによく似たロウレが詰まっているのを見て、わたしはにんまりと笑った。

……これでまた料理の幅が広がりそう。

「イタリアンレストランの評価は他領からの商人の間でとても高いようで、夏場は目が回るような忙しさでした。料理人も少しずつ増えていて引き抜きのお話もたくさんございます。大領地の商人ですから、強引な方も多いのですけれど……」

共同出資者にわたしの名があるので、「料理人の移籍についてはローゼマイン様を通してください」と今のところ全てお断りしているそうだ。

「クラッセンブルクの商人の強引な行動に対して御用商人を減らすという対処をしたことで、髪飾り職人の誘拐《ゆうかい》や商人の置き去りなどの被害は今のところございません」

わたしの肩書きで平民達の危険が減らせるのならば、それに越したことはない。

「フリーダ、今はもうお客様も少なくなっているのかしら？」

「はい、他領の商人達は冬を前にそれぞれの領地へ戻りましたから」

大店の主《あるじ》が足を運ぶくらいで、やっと店の中は落ち着いたそうだ。領地対抗戦のカトルカールのために食材の確保や薪《まき》を準備するといった冬支度《ふゆじたく》に奔走しているらしい。

「お客様が少なくてお邪魔にならないのでしたら、近いうちにイタリアンレストランに足を運ぼうかと思っています。春になるより先にフェルディナンド様がアーレンスバッハに向かわれるので、イタリアンレストランでもてなしたいと考えているのです」

わたしの言葉にフリーダが顔をパァッと輝かせた。

「光栄でございます。メニューのご注文はございますか？」

「ダブルコンソメ以外はお任せします。イルゼの新しい料理をいただきたいですね」

「お任せくださいませ」

この会合を終えて、「イタリアンレストランに行きましょう」とフェルディナンドを誘ったところ、「この忙しい時に君は馬鹿か？」ととても冷たい目で睨まれた。忙しいからこそ、心に余裕を与えてくれるおいしい料理は必須だと思う。

「おいしいダブルコンソメも準備してもらっていますし、イルゼの新しい料理もあるのです。神官長がアーレンスバッハへ向かう前においしい料理を堪能《たんのう》していきませんか？」

料理人は連れて行かないと言うし、時を止める魔術具で料理を送る予定だがアーレンスバッハの都合次第でいつまで続けられるかわからない状況だ。いくらこちらが送りたいと思っても、アウレーリアのように接触を許可されなければ、料理を送ることができなくなるかもしれない。

「わたくしからの餞別の一つですよ」

「……餞別か。なるほど。考えようによってはちょうど良いとも言えるな。わかった。十日後だ」

フェルディナンドが深い溜息を吐いて、日付を指定してくれた。

餞別の食事会

わたしはフリーダに手紙を書いて、イタリアンレストランに向かう日を伝える。その後ろで、誰がわたし達に同行するのか、側近達の静かな戦いが始まっていた。

「誰が行くのか争っているようですけれど、イタリアンレストランは下町にあるのですから、神殿までしか同行の許可を得ていない未成年は行けませんよ」

「あっ⁉」

わたしは側近達の争いに終止符《しゅうしふ》を打つ。気軽に神殿へ出入りしているので忘れがちだが、領主から許可が出ているのは貴族街と下町の境界にある神殿までだ。未成年が仕事で下町へ向かうことはできない。前にイタリアンレストランへ行ったコルネリウスは、カルステッドやエックハルトの家族枠を上手く利用したのであって、完全に仕事のために行ったわけではない。

わたしの指摘に未成年組が大きく目を見張る中、レオノーレはおっとりと首を傾げる。

「それではコルネリウス、ハルトムート、アンゲリカ、ダームエルの成人四人を連れて行かれるのでしょうか？　給仕をする側仕えはオティーリエかリヒャルダを呼びますか？」

「いいえ。イタリアンレストランは平民の富豪向けのお店なのですから、貴族がぞろぞろと向かうところではないのです。交代で食事を摂《と》れるように護衛騎士は二人いれば十分ですし、わたくしの給仕にはフランを連れて行きます」

「そんな冷たいことをおっしゃらないでください、ローゼマイン様」

ショックを受けているハルトムート達には悪いが、正直なところ、これだけの人数の貴族が側近として行くと、店の方が困るのだ。側近は客ではないので、側仕え用の部屋で交代しながら食べることになる。だが、側仕え用の部屋は貴族向けではないし、専任の給仕などいないし、側仕えが給仕を連れて行くことは想定されていないので、それほど広くもない。わたしの側近として大人数の貴族を連れて行けば混乱の元だ。

「お食事に行きたければ紹介いたしますから、お客様としてご自分で行ってくださいませ。給仕もなしに食事をするなんて慣れていない方ばかりですもの。側仕え用の部屋で食事を摂るのは無理だと思いますよ」

「私は給仕がいなくても大丈夫です」

「わたくしも平気です、ローゼマイン様」

キリッとした顔でダームエルとアンゲリカが即座に答えたので、護衛には二人を連れて行くことにする。祈念式や収穫祭でフラン達の給仕の手が足りない時に、文句を言わずに食事を摂れることを知っているし、何となくダームエルに客として自腹を切って行けと言うのは酷《こく》な気がしたのだ。

「出遅れたコルネリウス兄様はレオノーレを誘って二人で行けば良いと思いますよ。うふふん」

わたしはからかうつもりで笑ったが、コルネリウスは「それはとても良い考えですね」と笑い返し、何かを企《たくら》んでいるような顔でハルトムートへ視線を移す。

「ハルトムートは側近としてではなく客として行くことに関してどう思いますか？」

「実に素晴らしい案だと思います。私は側仕え部屋ではなく、可能であればローゼマイン様と一緒に食事をしたいと考えていますから」

まずい。ハルトムートとコルネリウスが完全に行く気になってしまった。フリーダに人数変更の手紙が必要かも、と考えていると、コルネリウスがレオノーレに声をかける。

「護衛任務ではなく、ただの客ならば、未成年でも下町に出入りできるでしょう？　レオノーレ、一緒にイタリアンレストランへ行きませんか？」

「嬉しいです、コルネリウス」

レオノーレを誘ったら？　とからかったのはわたしだが、こうしてすんなりと誘われてしまうとつまらない。目の前でいちゃつかれたらダームエルが可哀想《かわいそう》なので止めてほしいものである。

「お客様として行くにしても保護者の同伴や許可が必要なのではございませんか？」

「婚約者であるコルネリウスが一緒ならば許可してくれると思います」

少し考えたレオノーレが惚気《のろけ》るように幸せそうな笑顔でそう言った。親の許可という言葉を聞いたブリュンヒルデがきらりと飴色《あめいろ》の瞳を輝かせる。

「グレッシェルを交易都市とするためには、下町について知ることも重要ですものね。わたくし、下町に関してはほとんど知識がございませんから。お父様に許可を得ましょう」

「ローゼマイン様の活動範囲について知ることは側仕えとしても大事ですし、お姉様の監視《かんし》も兼ねて、と報告すれば許可は下りると思います」

ブリュンヒルデとリーゼレータの二人も完全に行く気のようだ。一生懸命に親に説明する建前を考えている二人を見ていたフィリーネがハッとしたように手を上げた。

「わたくしの保護者はローゼマイン様です。ご一緒する許可をくださいませ」

「私の保護者もローゼマイン様です」

フィリーネとローデリヒが目を輝かせてそう言った。そういえばそうだった。親から離れた二人の保護者はわたしだ。

……これはもう全員連れて行く流れかな？

ここまで同行希望者ばかりなのだから、たまには頑張り屋の側近達においしい料理をご馳走《ちそう》してあげるのもいいだろう。フェルディナンドの餞別とまとめて、というところが少し気になるけれど。

そう思っていたら、ユーディットが一人だけ目を潤《うる》ませてわたしをじっと見ていた。

「ローゼマイン様、もしかして、わたくしだけお留守番ですか⁉」

ユーディットは親の許可を得るための口実《こうじつ》が思い浮かばないようだが、いくら何でも一人だけ行けないのは可哀想すぎる。

「……ご両親に許可をいただけるようにわたくしから連絡してみましょう」

「ありがとう存じます、ローゼマイン様！」

イタリアンレストランは、客が自分の給仕する側仕えを連れて行く店である。つまり、フィリーネとローデリヒにも給仕が必要だ。保護者がわたしで、城住まいの二人にはこういう時に連れて行ける側仕えがいない。わたしは神殿長室にいる側仕えを見回して声をかけた。

「フランはわたくし、ザームはローデリヒ、モニカはフィリーネの給仕として一緒に来てもらってもいいかしら？　ロジーナには音楽を頼みたいわ」

「かしこまりました」

ロジーナや神殿の側仕え達も喜んで同行してくれることになった。

「そういうわけで、今日は大勢でお食事をすることになりました」

給仕役のフラン達は準備のために早目に出発しなければならない。わたしは彼等の出発時間に合わせて神殿長室の鍵を閉め、神官長室で執務のお手伝いをしながら護衛騎士と待機していた。

「側近が客として行く理由は何だ？　同行させる意味があるのか？」

「同行させる意味と言われても……。頑張ってくれているご褒美です。貴族の客を増やすのはお店のためですから、今後売り上げに貢献《こうけん》してもらいますよ。今日は全員わたくしの奢《おご》りですけれど」

餞別なのでフェルディナンドの分もわたしが払うのだ。わたしの言葉にフェルディナンドがものすごく微妙な顔になった。

「君が全員分を？……私としては君のような幼い女性に払ってもらうつもりはないのだが」

「餞別としてこちらからお誘いしたのですから、わたくしがお会計を持つのは当然ですよ。側近達はいつも頑張ってくれているので、ついでなのです。あくまで今日の主役は神官長ですからね」

そんな話をしているうちに迎えの馬車が来た。ダームエルとアンゲリカは神殿からわたしやフェルディナンドと同じ馬車で行くが、他の側近達は城や貴族街からそれぞれ馬車で向かうことになっている。フィリーネとローデリヒも城から乗り合って来られるようにお願いしてある。

「足をお運びくださり、光栄に存じます」

フリーダと数人の給仕が跪いて迎えてくれた。挨拶を交わして中に入ると、口の中に唾《つば》が溜まるようなコンソメの匂いが店の中に満ちていた。じっくりと煮込《にこ》まれているのがよくわかる濃厚《のうこう》な匂いだ。食堂の方からは音楽も聞こえている。ロジーナはもう演奏を始めているようだ。フリーダがホールを先導しながら微笑んだ。

「すでに皆様はお揃いです。これほど多くの貴族のお客様をお迎えするのは初めてですから、店の者がとても緊張しています」

「無理を言ってしまってごめんなさいね。でも、今でなければもっと難しいでしょう？」

今は秋の収穫期が終わった直後なので、一年中で市場に最もたくさんの食材が集まる時期だ。冬を越すために肉付きの良くなった家畜が、冬の飼料をギリギリまで節約するために潰されて肉にされている。冬が明けたばかりで食料が乏《とぼ》しい春や他領の商人が来ててんてこ舞いの夏に比べると、今が一番貴族を連れてきやすい季節だとわたしは判断した。

「それに……彼等が個々に食べに来ると、他のお客様に迷惑でしょう？」

貴族と一緒に食事だなんて普通の平民は遠慮したいだろう。同席して繋がりが作れるのならばまだしも、同じ空間にいるだけで話しかけることもできず、粗相《そそう》がないか緊張しながら食事をしてもおいしくないに決まっている。貸し切りにして一気に終わらせた方が良いはずだ。

「ローゼマイン様のお心遣いに感謝いたします。先日、イルゼのお料理を食べたいとおっしゃったでしょう？　名指しされたイルゼがとても張り切っています」

食堂へ移動すると、よほど楽しみだったのか、どの顔も嬉しそうなのがわかった。おいしい料理には皆を幸せにする力がある。アーレンスバッハへ行く前にフェルディナンドにもちょっとくらい幸せを感じてもらいたいものだ。

「こちらへどうぞ、ローゼマイン様」

フランも今日のために準備した服を着て、にこやかに椅子を引いてくれる。わたしは椅子に座らせてもらい、フリーダが今日のメニューを説明してくれるのを聞いていた。護衛騎士としてフェルディナンドの後ろに付いているのはエックハルトで、わたしの後ろにはダームエルが付いている。アンゲリカとユストクスは護衛の交代要員として先に食事を摂るのだ。

「では、ごゆっくりお楽しみくださいませ」

フリーダが説明を終えて食堂を出ていくと、入れ替わるようにして店の給仕が大皿の載ったワゴンを押してきた。最初にフランがわたしの皿に取り分け、次に主役のフェルディナンドのために彼の側仕えが取り分ける。その後は身分順に座っているので、順番にそれぞれの側仕えが給仕していくのだ。

最初に運ばれてきたのは、ツェルベというカブっぽい根菜と生ハムのカルパッチョ。薄く綺麗《きれい》にスライスされたツェルベと生ハムが交互に並んで皿の上に円を描き、花のように広がっている。真ん中には刻んで湯がかれたツェルベの葉が小さな山になっていて、鮮やかな緑となっていた。カリカリに炒《いた》められて全体に散らされているのは、ニンニクもどきのリーガだろう。

緩《ゆる》やかな曲線を描いて回しかけられているカルパッチョソースは、わたしが教えた植物油に塩と柑橘系《かんきつけい》の果汁を混ぜただけではなく、そこにみじん切りにされたラニーエやハーブが加えられていて、見た目にもおいしそうになっている。

わたしは皆に対する毒見も兼ねて一口分を口に運んだ。生ハムの塩気とツェルベのあっさりとした味わいにソースの酸味がよく合って、もっと食べたくなってくる。生ハムとツェルベの柔らかな歯応《はごた》えの中にあるカリカリに炒められたリーガは、噛《か》みしめると口全体に新しい味を加えてくれた。

「……この料理人はずいぶんと手をかけているのだな。私の料理人が作るソースと違う」

ソースだけをフォークですくったフェルディナンドが感心したようにそう言った。

「イルゼはとても研究熱心ですよ。より良い魔術具を作ろうとする時の神官長のようです」

皆も楽しんでいるようだ。わたしからは席が離れているので、会話の内容まではよくわからないけれど、下級貴族の方からは楽しそうな声が聞こえてくる。

次に、フェルディナンドお気に入りのダブルコンソメが運ばれてきた。非常に手間がかかるので、なかなか食べられる物ではない。

しばらくスープの色を目で楽しんでいたフェルディナンドが、スプーンを口に運んだ。

「フェルディナンド様、今日のダブルコンソメも美しいですか？」

「あぁ、格別だ。初めて食べた時の衝撃《しょうげき》を思い出す」

フェルディナンドが軽く目を閉じるようにしてコンソメの美しさを堪能しているので、わたしはそれ以上声をかけず、近くの席にいる上級貴族達に感想を求めた。

「ダブルコンソメはどうですか？」

「ローゼマイン様の考えられたスープだけでも驚きのおいしさでしたが、今日のスープには驚きました。このようなスープもあるのですね」

ブリュンヒルデがそう言うと、レオノーレも何度か頷く。

「何も入っていないように見えるのに、色が濃く、これまでのスープよりずっと味わい深いところが不思議ですね。とてもおいしいです」

「素晴らしさの凝縮《ぎょうしゅく》されたこのスープはまるでローゼマイン様のようです」

爽《さわ》やかな笑顔を見ればハルトムートが喜んでくれているのはわかるけれど、意味がわからない。わかりたくない。

その次に運ばれてきたのはオーブンから出たばかりのラザニアで、大きな皿ではまだぐつぐつと音がしていて、焦《こ》げ目の付いたチーズがくぷくぷと動いている。すでに切れ目が入っていたようで、フランは小さな四角に切られたラザニアを取り分けてくれた。

皿に置かれると、ミルフィーユのようにラザニアの間に挟まれていたホワイトソースとミートソースがとろりと溶け出して切れ目から溢《あふ》れてくる。取り分けるためのカトラリーにとろとろのチーズが細く糸を引いていて、フランがちょっと苦戦しながらチーズを切り離した。

「これは熱いから食べる時には気を付けてくださいね」

注意をしたにもかかわらず、ローデリヒは舌を火傷《やけど》したらしい。慌てて水を飲む様子が見えた。それを笑って見ていたユーディットは一口目を慎重に冷ましていたのに、二口目をさっと口に入れて慌てて水に手を伸ばし、フィリーネとローデリヒに笑われている。

「賑《にぎ》やかだな」

「食事は賑やかな方がおいしいでしょう？」

「……私にとって食事は生きるために絶対に必要な煩《わずら》わしいものだったからな」

父親が会食等で不在となり、ヴェローニカと夕食を食べなければならない時はさりげなく遅行性《ちこうせい》の毒が盛られていたり、一見同じ食事に見えても自分の皿だけ違う食材が使われていたりすることも珍しくなかったようで、城での食事は緊張の連続だったらしい。

「共に食べる必要がないというだけで朝食と昼食が嬉しかったが、おいしいと思ったことは特になかった気がする」

「フェルディナンド様の子供時代はひどすぎますね。もし、その場にわたくしがいたらヴェローニカ様は大変なことになっていましたよ」

「馬鹿者。当時のヴェローニカに手出ししていたら、大変なことになったのは君の方だ。領主の第一夫人に手を出して無事でいられるわけがなかろう」

フェルディナンドが馬鹿を見るような目でわたしを見た。

「無事では済まないかもしれませんが、刺し違える覚悟ならば行けると思います」

「ローゼマインもそう思うか」

「そのような危険志向が似ているとは……。君達二人が出会ったのがアレの失脚後でよかった」

わたしとエックハルトの妙な類似性に気付いたフェルディナンドが深々と溜息を吐く。そんな彼にコルネリウスは「フェルディナンド様は大変ですね」と慰《なぐさ》めの言葉をかけた。

「何を他人事《ひとごと》のように言っているのだ、コルネリウス？　私がいなくなった後、ローゼマインとハルトムートとダンケルフェルガーからやってくるクラリッサを抑えるのは其方の役目だぞ」

「無理難題にも程があります」

頭を抱えるコルネリウスの後ろを通って、給仕がメイン料理を運んできた。今日のメインは仔牛《こうし》のカツレツだ。細かいパン粉にチーズが交ぜられた衣がバターでカリッと香ばしく焼きあげられ、黄金色に輝いているように見える。

わたしはすでにお腹《なか》がいっぱいになってきているので、フランに小さめに切り分けてもらった。お皿にはイルゼの特製ソースも盛られている。最初は柑橘系で酸味の強いツィーネをギュッと絞《しぼ》りかけたカツレツを味わい、その後、ソースに付けて食べられるようになっているらしい。

「このツィーネのおかげで、濃厚な味わいなのにさっぱりと食べられるようになるのだな」

フェルディナンドはツィーネをかけて食べるのが気に入ったようだが、食べ盛り、成長盛りの側近達はソースの濃厚な味わいの方が気に入ったようだ。

「このソースはどのようにして作るのでしょうね？　初めて食べる味です」

リーゼレータが真剣な顔でソースを睨んでいて、ユーディットも「家族に食べさせたいけれど、我が家の料理人では無理でしょうね」と頷いている。ちなみに、わたしはさっぱりと食べられるツィーネの方が好きだ。いっそおろしポン酢があればもっと嬉しかったと思う。

メインが終わると護衛が交代だ。アンゲリカとユストクスが入ってきて、エックハルトとダームエルが食事に向かう。

「満足そうですね、アンゲリカ。おいしかったですか？」

「はい。デザートがとてもおいしかったです」

アンゲリカの言葉に、周囲の期待が一気に高まった。デザートは栗《くり》のような木の実、タニエのクリームを使ったモンブランである。タニエが好物のコルネリウスが漆黒《しっこく》の瞳を輝かせた。

「これは久し振りに食べます。我が家で注文すると母上に嫌な顔をされますから」

もう何年も前に「アンゲリカの成績を上げ隊」のご褒美としてタニエのクリームのレシピをコルネリウスにあげた。タニエの季節になると、そればかりを頼んでエルヴィーラに叱《しか》られたらしい。

「三日連続でこのお菓子を注文した時は、このクリームを作るのに手間がかかって料理人が大変ですし、わたくしは毎日同じお菓子を食べたくありません、と母上から注意されました」

どうやらコルネリウスは気に入った物を毎日でも味わいたい人らしい。結構長く一緒にいるけれど、初めて知った。

「タニエのクリームは甘すぎませんから、殿方《とのがた》には比較的食べやすいと思うのですけれど……」

「あぁ、そうだな。だが、女性には少し物足りないのではないか？」

フェルディナンドが視線をフィリーネやユーディットがいる方へ向けた。カトルカールでも蜂蜜《はちみつ》入りを好む二人は、もっと甘い物の方がよかったようだ。ちょっと期待外れの顔になっている。

「ご心配なく。イルゼはちゃんと準備してくれていますよ」

もう一つのデザートが運ばれてきた。ラッフェルパイだ。ラッフェルはこの季節に実るリンゴと洋ナシの間くらいの果物である。パイ生地の上にスライスしたラッフェルを載せて食べるお菓子は以前からあったけれど、バターとお砂糖でラッフェルを炒め煮するレシピはわたしが教えたものだ。

「こちらは結構甘いですから、神官長は味見程度の大きさにしておいた方が良いですよ」

気に入ったらもう一度取り分けてもらえば良い。フェルディナンドは一口食べて、「おいしいが、甘すぎる。確かに一口で十分だ」と言った。

ラッフェルパイを一番気に入っているのは、リーゼレータのようだ。静かに味わっているのでわかりにくいけれど、二回もおかわりしていた。

餞別の贈り物

「今日のお食事には満足いただけまして？」

「あぁ、満足した」

「フラン、餞別の贈り物を持って来てくれる？　その後は下がって食事をしてちょうだい」

フランがすぐに木箱を持って来て、中身をわたしに渡してくれた。わたしが片手で持てる程度の大きさの可愛らしい柄《がら》の布袋で、一応リボンをかけてプレゼントらしくしている。

「ローゼマイン、この食事が餞別ではなかったのか？」

「食事もそうですけれど、こちらもですよ。別に一つでなくても良いでしょう？」

「それは、そうだが……」

奇妙なものを見るような目でわたしを見た後、フェルディナンドはわたしが差し出した布袋を手に取った。ここでは木箱に入れて運ぶのが普通で、包装の文化がない。わたしが手渡したリボン付きの布袋は不可解な物にしか見えなかったようだ。フェルディナンドが布袋を手にして、どのように扱えば良いのかわからないというように首を傾げた。

「このリボンを解いてください。中に入っているのです」

「では、この布袋は何だ？」

「何と言われましても……。包装です。可愛いでしょう？」

「意味がわからない。一体何のためにこのような面倒なことをするのだ、まったく……」

フェルディナンドが眉間《みけん》に皺を刻んで文句を言いながらリボンを解き、中を覗《のぞ》き込む。信じられないものを見たような表情で固まった。

「ローゼマイン、これは？」

「レーギッシュの鱗《うろこ》で作ったお守りです。ハルトムートに教えてもらって作ったのですよ」

ハルトムートにシュバルツやヴァイスの服で使われたお守りの魔法陣について詳しく教えてもらい、虹色魔石でお守りを作ったのだ。かなり大変だったので、ご褒美としてハルトムートには虹色に光るレーギッシュの魔石を一つあげた。

「肌身離さず持っていれば、きっとお守りしてくれます。どうですか？　わたくしもずいぶんと成長しているでしょう？」

ふふん、とわたしが胸を張っていると、フェルディナンドは布袋をひっくり返す。五センチ以上ありそうな大きさの滴形《しずくがた》の丸みを帯びた魔石がころりとフェルディナンドの手に転がり出てきた。

フェルディナンドはそれに薄く魔力を通しながら、検分するようにじっくりと眺める。

「……特に間違いはないようだな」

「ハルトムートが教えてくれましたから。本当は一人で作れたら一番だったのでしょうけれど」

「君が一人で作ったら作動するかどうか不安なので、ハルトムートを頼ったのは間違っていない」

フッと笑いながらフェルディナンドがユストクスを見上げる。ユストクスがすぐに細長い木箱を持ってきた。

「私からも君に」

「ありがとう存じます。開けてみてもよろしいでしょうか？」

わたしはわくわくしながら細長い木箱をそっと開ける。中を覗き込んで、驚きに目を見張った。

木箱には簪《かんざし》が一本入っていた。いつも使っているトゥーリが作るような糸で編んだ花の髪飾りではない。細い金属で周囲を飾られた小さい虹色魔石が五つ、簪の先に少しずつ長さを変えた細い鎖で繋がっている。わたしは色々な魔法陣を詰め込むために自分の手持ちの中でも一番大きな虹色魔石を選んだが、フェルディナンドは小さい物から選んだようだ。二センチくらいの魔石ばかりである。髪に挿《さ》して歩いたら、滴形の虹色魔石が揺れてとても可愛いだろう。

……けど、虹色魔石。虹色魔石ってことは……。

わたしはそっと簪を手に取った。ほんの少し魔力を通してみると、案の定、五つの虹色魔石にはお守りの魔法陣が刻み込まれている。ただの髪飾りではない。

「神官長、この虹色魔石はお守りですよね？」

「これで装飾品《そうしょく》を作りたいと言っていただろう？　ただの装飾品にするには魔石が勿体《もったい》ないので、お守りにしておいた」

確かに「虹色魔石を装飾品にしたい」と言ったのは、わたしだ。けれど、「貴重な素材を装飾に使うな」と文句を言われた気がする。文句を言っていたフェルディナンドが装飾品になるお守りを作ってくれるとは思ってもみなかった。嬉しさよりも驚きの方がよほど大きい。

「わたくしが神官長を驚かそうと張り切っていたのに、逆に驚かされた気分です」

虹色魔石でお守りを作ってあげたよ、と胸を張った直後に、同じ物の五倍返しがやってきたのだ。驚かずにいられるだろうか。しかも、わたしはお守りとはいっても裸石状態で渡したのに、フェルディナンドがくれたお守りは、装飾品としてきっちり形が整えられている。

……ものすごい敗北感だよ。

「私も驚かなかったわけではない。君がこれだけのお守りを作れるようになっているとは思わなかったからな」

フェルディナンドはわたしが渡した虹色魔石を見ながら薄く笑った。その顔は驚いているようには全く見えない。むしろ、ちょっと嬉しそうに見える。わたしとしては敗北感たっぷりだけれど、ちょっとでもフェルディナンドを驚かせることができ、喜んでくれたのならば、それが一番だ。

「ふふん、わたくしも成長したでしょう？」

「……大半はハルトムートの功績のようだが」

「ここは素直に褒めてくださいませ！」

わたしの主張に側近達が笑い、フェルディナンドはフンと鼻で笑った。フェルディナンドが可愛くないことを言うのは今に始まったことではない。わたしは唇を尖《とが》らせて不満を表しただけで終わりにして、簪をしげしげと見つめる。

虹色魔石はオパールに似ている。少し揺らせば光の当たる位置によって魔石が複雑に色を変えるように見えるのだ。虹色魔石を保護するように細い金属が周囲を装飾しながら取り巻いているが、それがシンプルな飾りを少し豪華に見せていた。

「シンプルですけれど、可愛いデザインですね。やっぱり神官長は装飾品を見立てられるではありませんか」

「ディートリンデのあの髪飾りを私の見立てだと思われると困るであろう。反論の材料を準備しておかなければならぬと危機感を抱いたのだ」

ディートリンデが婚約者に髪飾りを贈ってもらったと言えば、普通は婚約者が見立てたと思われる。フェルディナンドはどうしてもそれを避けたいらしい。自分の美意識に関わる大変な事態なのだそうだ。

「それに、毎日同じ花の飾りは使えないだろうが、隣に添えるだけの飾りならばそれほど目立つまいと思ったのだ。いつだったか、二本の髪飾りを挿すと言っていたことがあったであろう？　あのようにできるだけ毎日挿しておきなさい」

どうやら毎日使っても問題がないように花の飾りの隣に挿せるシンプルな形にしたらしい。すごい気配りだと思う。感心したようにブリュンヒルデとリーゼレータが頷いている。

「ローゼマイン様、いただいた髪飾りを挿してみませんか？」

ブリュンヒルデが立ち上がり、わたしのところへやってくる。わたしが簪を手渡すと、ブリュンヒルデはじっくりと簪とわたしの髪形を見比べた後、そっと髪飾りの隣に挿し入れてくれた。

少し頭を揺らすとシャラシャラと音がして、髪に虹色魔石が当たる感触がした。新しい飾りがとても嬉しい。ふふっと笑って、わたしはフェルディナンドを見上げた。

「似合いますか？」

「悪くはない」

「神官長、悪くはないというのはどういう意味ですか？　似合わないのを無理やり褒めてくれているようにしか聞こえないのですけれど」

こういう時に強く思う。フェルディナンドは女性を、いや、女性相手でなくても、褒めるのがとても下手だ。これだから女性と長続きしないと言われてしまうに違いない。

「こういう時はたとえ似合っていなくても可愛いと褒めるものですよ」

「光を受けて複雑に色を変える虹色魔石が夜空のような髪の上に揺れる様は、まるで星がきらめくようにも見え、全ての神の寵愛《ちょうあい》が見え隠れするようで、聖女であるローゼマイン様にはとてもお似合いだと存じます」

褒めてくれたのはフェルディナンドではなくハルトムートで、過剰《かじょう》な褒め言葉がずらずらと並んだせいで何を言っているのかよくわからない。

「神官長、ハルトムートの一割くらいで十分ですから、褒めてくださいませ」

「馬鹿馬鹿しい。わざわざ褒める必要性が感じられぬ。私が君のために作ったのに似合わぬはずがないではないか」

……それ、自慢《じまん》だよね？　褒め言葉じゃないよね？

自信たっぷりで偉そうなフェルディナンドに褒めてもらうのはもう諦めた方が良さそうだ。わたしは振り返ってブリュンヒルデを見上げた。

「ブリュンヒルデ、この飾りは毎日使えそうですか？」

「はい。フェルディナンド様のおっしゃる通り、これでしたら花の飾りと使っても問題ないと思います。ローゼマイン様がお持ちの髪飾りならば、どれと合わせても大丈夫でしょう。ただ、一言だけ言わせていただくならば、虹色魔石を五つも使っている時点でとても目立ちますけれど」

……あぁ、うん。神官長って時々ずれてるよね。

苦笑気味にブリュンヒルデが飾りの虹色魔石を指先で少し揺らしながらそう言うと、フェルディナンドは肩を竦《すく》めた。

「仕方がない。私はこの先ローゼマインを守ってやることもできぬからな」

「フェルディナンド様はローゼマインに対してずいぶんと過保護ですね。驚くくらいにお守りが盛りだくさんで、貴重な素材をふんだんに使った薬をいつも準備していますし……」

コルネリウスがわたしの簪を見ながら少しだけ目を細めると、フェルディナンドではなく、ハルトムートがフッと笑った。

「ローゼマイン様を守るためにフェルディナンド様が全力を尽くすのは当然ではありませんか。洗礼式前からアーレンスバッハの貴族に狙《ねら》われていて、領主の城で毒を受けて二年も眠ることになり、目の届かない貴族院へ行けば次から次へと王族や上位貴族と接触するのですよ。お守りも薬も両方

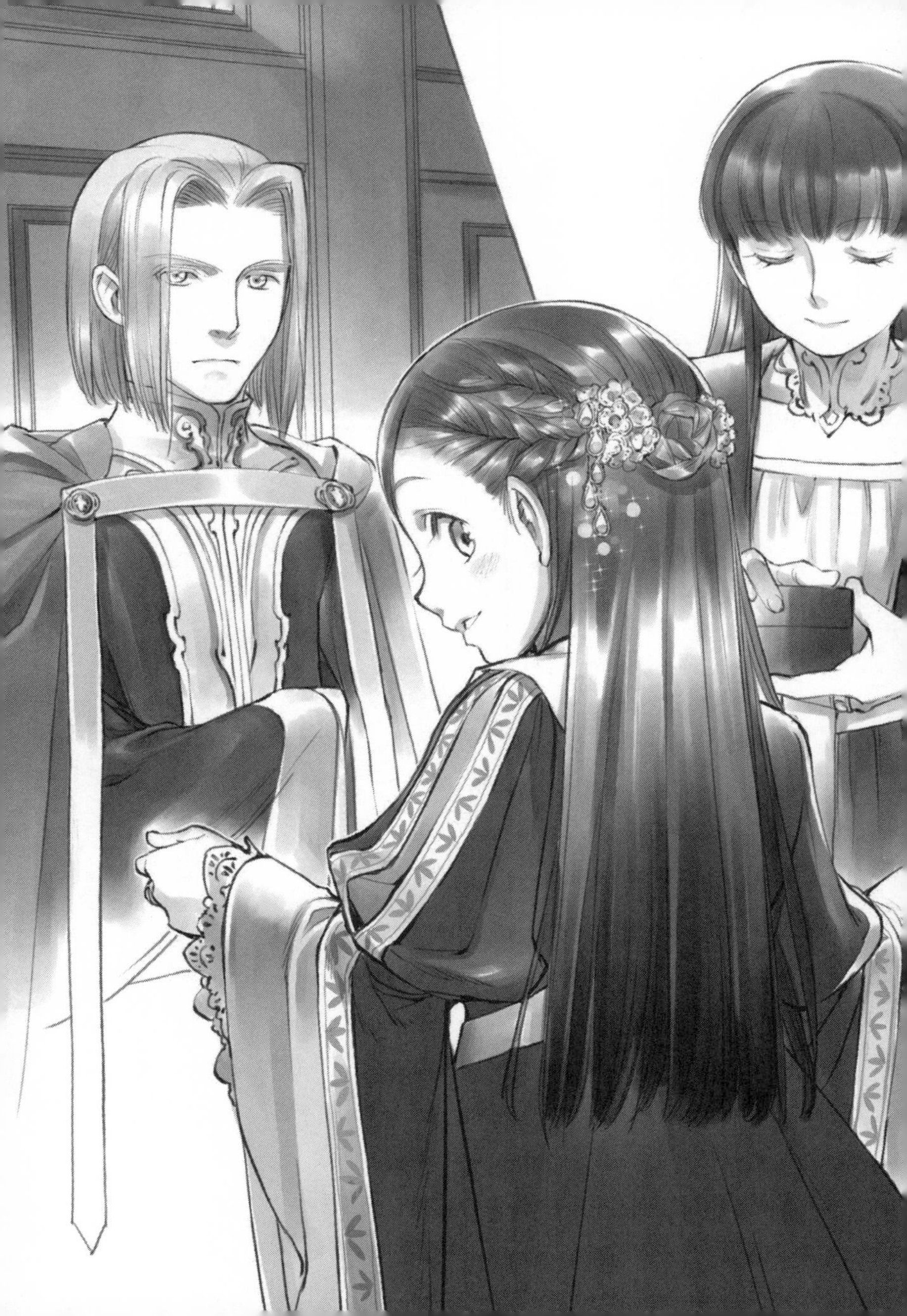

常備していても不安に決まっています。我々ももう貴族院へ同行できないのですから」

そういえば、お守りを大量に持たされるようになったのは、目覚めてからだった。それまでは採集などへ出かける時に貸し出されていただけだ。貴族院へ行くようになって毎年お守りの数が増えているけれど、これはわたしのやらかしに比例したものだったらしい。

「私もローゼマイン様のお守りを増やせるならば次々と増やしたいと思うくらいです。後見人でも家族でもないので、文官の私が贈れる物は限られていますが……」

そこでハルトムートが至極《しごく》残念そうに溜息を吐いて、じろりとコルネリウスを睨んだ。

「むしろ、コルネリウスは実兄で家族なのに、何故ローゼマイン様にお守りを贈らないのですか？ローゼマイン様が心配ではないのですか？」

「心配は心配です。ただ、私が贈れるお守りよりもよほど品質が高くて有用なお守りをたくさん身に着けているので、どう考えても見劣《みおと》りしますし、役に立つと思えません」

文官ではないコルネリウスはフェルディナンドのような高性能のお守りが作れないので贈れないと肩を竦めた。それに、兄妹《きょうだい》とはいえ、領主の養女となっているわたしは気軽に物を贈れる対象ではないらしい。ハッキリ言われてしまうと距離を開けられたようで少し寂しい気がする。

「貴族院では兄妹らしい交流も持てたのですけれど、コルネリウス兄様が卒業してしまうと、兄妹としての交流を持つ場もなくなりますね。ちょっと寂しいです」

「私もそれは寂しく感じるよ」

わたしの言葉にコルネリウスが苦笑する。しんみりとしていたら、ハルトムートがわざとらしく溜息を吐いて空気をぶった切った。

「ハァ、わかります。卒業は辛《つら》く、貴族院へご一緒できないことにこれほど絶望を感じたのは初めてです。何故私は卒業してしまったのでしょう？　せめて、貴族院に在学していれば、もっとローゼマイン様のお役に立てたのに」

「お役に立つのは間違いではないでしょうけれど、ハルトムートはローゼマイン様が貴族院で何をするのか見ていたいだけでしょう？　ターニスベファレンの討伐《とうばつ》の時も、採集場所を再生させた時もずいぶんと興奮していましたもの」

レオノーレが呆《あき》れたような声でそう言うと、ハルトムートが真顔で「興奮せずにいられるわけがないと思いませんか？」と言った。

「黒い汚泥《おでい》が残る採集場所に降り立ち、神具の杖《つえ》を手に魔法陣を起動させ、見る見るうちに土地を再生させるお姿はまさに……」

「ハルトムート、そのお話は聞き飽きました」

レオノーレがニコリとした笑顔でつらつらと流れるようなハルトムートの言葉をスパッと切り捨てた。ユーディットやフィリーネが頷いているのを見れば、側近達の間ではハルトムートが同じようなことを何度も言っているのがわかる。

「それよりもわたくしはフェルディナンド様に伺いたいことがあるのです」

不意に真面目な顔になったレオノーレがフェルディナンドの方を向いた。少し片方の眉を上げたフェルディナンドが「聞こう」と先を促す。

「これだけのお守りをローゼマイン様に渡すのですから、フェルディナンド様は今年の貴族院でそれだけの危険があるとお考えになっていらっしゃるのですよね？　どのような危険が考えられるのか教えていただきたく存じます。漠然《ばくぜん》と護衛をするのと、警戒するべき対象をハッキリとさせておくのでは効率《こうりつ》が違いますから」

お守りを増やしていた去年はターニスベファレンとの戦いがあったり、領地対抗戦でディッター勝負に巻き込まれたり、強襲《きょうしゅう》があったりした。今年はどのような危険を予想しているのか、レオノーレが尋ねる。質問を受けたフェルディナンドがものすごく困った顔になった。

「レオノーレ、私は別にそのような突発的で予測不能な危険が次々と起こることを想定してローゼマインにお守りを渡したわけではない。去年はアーレンスバッハからの差し出口やダンケルフェルガーのディッター勝負を断り切れなくなるかもしれぬことを懸念しただけだ。だが、今年は……」

フェルディナンドはそこで言葉を切って、一度口を噤《つぐ》んだ。言うべきか言わざるべきか考えるように軽くこめかみを叩いた後、ゆっくりと息を吐く。

「今年はローゼマインを奉納式で呼び戻さない予定になっている」

「え？　どういうことですか？」

「先日、君の保護者が話し合って決めた。今年は君をエーレンフェストへ帰還させず、貴族院の生活をさせる」

実子と養女で扱いを変えるひどい領主だとジルヴェスターが言われているのを打ち消すため、ユレーヴェで魔力の塊《かたまり》が溶けて突然意識を失うことが減ったため、とフェルディナンドが理由を指折り数えていく。

「そして、神殿にはハルトムートがいて、私がいて、君がユレーヴェに浸《つ》かっていた時の魔石が多くあるので、魔力は十分に足りるというのが決め手になった。ただ、おそらくそれができるのは私がいる今年だけだ。今年だけは他の者と同じように貴族院の生活を楽しんでくると良い」

わざわざ呼び戻さなくても魔力が足りるならば、一度くらいは普通の貴族院生活を送らせてやりたい、とフェルディナンドは言った。わたしのために色々と考えてくれていることがわかって、何とも言えない嬉しさが込み上げてくる。目の奥が熱くなるのを感じながら、わたしはフェルディナンドを見つめた。

「神官長……」

「ずっと貴族院にいるローゼマインに付き合わなければならない側近は大変であろう。だから、このお守りを贈った。少しでも其方等の負担を軽減するためだ」

……はい？

一瞬で感動と涙が引っ込んだ。すごく良いことをしてくれているのに、どうしてフェルディナンドは素直に感動させてくれないのか。

「神官長、最後の一言がなければ、わたくし、感謝と感動で泣いていましたよ」

わたしが睨むと、フェルディナンドは何ということもない顔で頷いた。

「ここには隠し部屋もなく、慰める手間も減ったのだからちょうど良いではないか」

「褒め言葉は全然足りないのに、感動を打ち消す余計な言葉ばかりをさらりと言うなんてダメダメではありませんか」

「君から私への評価はどうでも良い。これまでに比べて長期間貴族院で共に生活することになる側近達は非常に大変だという話をしているのだ」

貴族院で大変なことになるのが前提のように、フェルディナンドと側近達の間で話が進んでいく。

「薬もお守りも多めに準備しているが、インメルディンクを始め、エーレンフェストが急激な成長で追い抜いていった領地からは妬《ねた》まれている。それがどのように作用するかわからぬ。私が婿として向かうことに決まったのでアーレンスバッハとの関係も変わるだろう。けれど、油断はするべきではない。婚約を喜ぶ笑顔で警戒に当たるように」

フェルディナンドの話を聞いていると注意しなければならない領地ばかりが挙がっていく。どれだけ敵を作っているのか、とげんなりしてしまうくらいだ。

「わたくし、それほど心配しなくても、今年こそ何事もなく貴族院生活を終えますよ」

「どう考えても君には無理だ」

フェルディナンドの即答に側近達も揃って頷く。わかっていたことだが、全く信用がない。

「とりあえず、君は最優秀を取ることを念頭に置き、他領地はまだしも、中央と対立しないように気を付けなさい」

「わたくしはこれまでも中央と対立したことなどありませんよ」

「君の主観ではなく、相手の主観が大事なのだ」

フェルディナンドはそう言いながらこめかみを軽く叩く。

「今年はおそらくあちらから接触してくるだろう。考えるだけで頭が痛くなるような項目はたくさんある。君が家族同然と言った私に関することや王宮図書館関連のことなどで突《つ》かれて、本当におとなしくできるか？」

フェルディナンドの言葉に反論できず、わたしは自分の手を見つめる。多分フェルディナンドに関することで脅《おど》されれば、魔力がよく巡る体になっているわたしは簡単に威圧《いあつ》状態に入ると思う。それに、これまでの自分を振り返れば図書館関連で自重できるとは口が裂《さ》けても言えない。

「……か、確約はできません」

「さもありなん。だが、君は次期領主夫人であり、エーレンフェストの聖女として貴族院で知られてしまっている。皆から注目されている君の言動によってエーレンフェストの未来……いや、アーレンスバッハにおける私のやりやすさや自由度が変わってくる」

漠然としたエーレンフェストの未来よりも、家族同然のフェルディナンド自身を鎖にした方がわたしを御《ぎょ》せると知っているのだろう。フェルディナンドは「私のためにおとなしくしてほしい」と言いながら、シャラリと音を立てて揺れる簪に触れた。

「守りだけは万全に整えた。こちらから威圧のような攻撃性を見せないように。良いな？」

わたしが「はい」と頷いてもフェルディナンドは不安そうな顔のままだ。

「そんなに不安そうにしなくても、ちゃんと頑張りますよ？」

フェルディナンドは厳しい目になり、わたしの側近達を一度見回した。

「ローゼマイン、君の側近は信頼に足るか？」

「わたくしは足ると思っています」

「口にしてはならない情報を胸に秘めておけるか？」

「……貴族ならばできることなのでしょう？」

わたしが自分の側近を見回すと、皆が揃って頷いた。

「ならば、誓《ちか》え。貴族院へ赴くまで決して他言せぬことを」

貴族院に赴くまでという期限を切られたことに目を瞬いていると、「フェルディナンド様、よろしいのですか？」とユストクスが確認するように尋ねた。

「知った上でローゼマインを守ってくれるならば、それに越したことはない」

側近達が他言しないことをシュタープに誓うと、フェルディナンドは重々しく口を開いた。

「今年の貴族院で最も警戒するべきは、旧ヴェローニカ派の子供達だ」

「貴族院では彼等とも良好な関係を築いていますけれど？」

きょとんとしたようにユーディットが首を傾げる。それとは対照的にローデリヒが一度きつく目を閉じてゆっくりと息を吐いた。

「私達が貴族院にいる間に行うのですね？」

「そうだ」

ローデリヒは何を行うのか、口にせず、フェルディナンドもただ肯定しただけだった。それでも、二人の表情と雰囲気の厳しさで何が行われるのかわかった。

……旧ヴェローニカ派の排除《はいじょ》だ。

「証拠は見つかっているのですか？」

「……あぁ。ダームエルが見つけた不正と他にもいくつかある」

フェルディナンドは言葉を濁してローデリヒにそう返した。完全な証拠とするには少し弱いのかもしれない。それでも、強引に事を進めてでも排除していくつもりなのだろう。フェルディナンドがエーレンフェストを離れるまでにそれほどの余裕はない。

「旧ヴェローニカ派を排除すれば、連座に問われる子供が何人もいる。貴族院にいるうちに名を捧げるか否《いな》か決断させなさい。貴族院での良好な関係を知っているからこそ、連座ではなく、領主一族に名を捧げた者は責任をもって保護するとアウブは決断された」

貴族院でジルヴェスターは派閥を超えて協力し合うことができる子供達の姿を目《ま》の当たりにした。親の派閥から離れたい、早く成人したいと言う声を聞いた。旧ヴェローニカ派の子供達がランプレヒトの結婚の時には重要な情報を持って来てくれた。

「危険な芽は摘《つ》んでおいた方が良いと思うが、連座で処罰する方がエーレンフェストの未来を潰すことに繋がるのではないか、とアウブは考えたそうだ。だが、これまでは連座としてきたのに、今回だけ変えるようなことをしては反発の元になる。周囲に文句を言わせないために彼等には名を捧げてもらうことが必要だ」

フェルディナンドは「エーレンフェストに不穏の種は必要ない」と言い、ローデリヒを真《ま》っ直《す》ぐに見つめる。

「旧ヴェローニカ派の子供達を少しでも多く取り込むことをローデリヒには期待している」

ローデリヒが軽く目を見張った後、ゆっくりと頷いた。

「ローゼマイン、どのような手を使っても構わぬ。欲しいと思う優秀な人材がいるならば確保しておけ。旧ヴェローニカ派を自分の側近とできるのは今だけだ」

わたしはコクリと頷いた。

「くっ、何故私は卒業してしまったのでしょうか？　私も貴族院にお伴《とも》したいです、切実に。側仕えコースを選択していれば、ローデリヒの側仕えとして貴族院へ行けたというのに」

「上級貴族のハルトムートに側仕えなどされては身の置き所がありません」

ローデリヒの悲鳴のような声にフィリーネとユーディットがクスクスと笑う。

「ハルトムートが側仕えコースを選択していなくて助かりましたね。ローデリヒ」

「まったくです」

「……誰も私の苦悩をわかってくれないのですね」

ハルトムートが真剣に頭を抱えている様子を見て、フェルディナンドが嫌な笑顔を浮かべる。

「だが、成人せねばできぬ仕事もある。貴族院以外の場所でローゼマインの役に立てばよかろう。其方にお誂《あつら》え向きの仕事も準備しよう」

「ハルトムートにお誂え向きの仕事とは何でしょう？」

わたしが首を傾げると、フェルディナンドは少し考えた後、フッと笑った。

「君が心の平穏を望むならば知らぬ方が良い」

……何か企んでる悪い顔をしてる人がいますっ！

盗《と》られた聖典

楽しい食事を終え、わたし達は神殿に戻る。

「神官長、冬の終わりにアーレンスバッハへ向かうのは雪が深すぎて大変でしょう？　馬車で荷物が運べないと思うのですけれど、どのように移動するのですか？」

フェルディナンド達だけならば、騎獣で空を一直線に駆けて行ける。けれど、たくさんの荷物はどうしようもない。

「ある程度の生活用品は向こうが整えているはずだ。アウレーリアの時もランプレヒトやエルヴィーラが整えていたであろう？　今回、婚約期間も碌《ろく》に置かずに婚姻となったのはアーレンスバッハの都合だ。春から夏にかけての衣装や文具など、特に貴重ではない荷物は雪が降る前に、残りの荷物は雪が解けてからアウブに送ってもらうことになっている。私自身は貴族院の卒業式の後で身軽に向かう予定だ」

二回目に送る荷物は貴重品の類《たぐい》が多いので、本来ならば自分で管理しながら移動するものだ。けれど、雪解けの後で移動しては次の領主会議までに婚姻の準備が全く間に合わないらしい。

「……わたくしがレッサーバスで境界門まで運びましょうか？」

「時と場合によっては頼むことになるかもしれぬ。君が運べば、少なくとも貴重品や食料関係に妙な物が混入される危険性は減るからな」

　フェルディナンドがアーレンスバッハのある方向を睨むようにしてそう呟いた。

「神殿長、神官長。お戻りをお待ちしていました」

　馬車が通れるように神殿の正門を開ける門番の声が馬車の中にも聞こえた。それが少し安堵したような声だったせいか、妙な胸騒《むなさわ》ぎがしてわたしは馬車の扉を見つめる。

「神殿で何かあったのでしょうか？」

「どういうことだ？」

「普段はこのような声をかけられることがないのです。わたくし達がいなければ報告できないことが起こったのではないか、と」

　ふむ、とフェルディナンドがこめかみを軽く叩く。

「門番である灰色神官達が知っていることならば、孤児院を任せている其方の側仕えからすぐに報告があるであろう。このまま部屋に戻って待ちなさい。間違っても馬車の扉を開けて、直接灰色神官達に問いかけるようなことはしないように」

　先に釘《くぎ》を刺されてしまった。身を乗り出しかけていたわたしは背筋を正して座り直す。

　門を通り抜けて正面玄関に馬車が止まると、フェルディナンドの側仕えと一緒に居残りをしていたニコラが待ってくれているのが見えた。

「おかえりなさいませ、ローゼマイン様」

食器やロジーナの楽器などの荷物を馬車から降ろすのに忙しそうなフラン達を横目に、わたしはニコラと一緒に歩き始める。神殿長室に到着する頃にはフラン達が追い付いてくるだろう。わたしは歩きながら自分が不在の間の様子をニコラに聞いた。

「ニコラ一人で出迎えの準備は大変だったでしょう？」

「いいえ、そうでもありませんよ。エラが昨日のうちにお菓子を準備してくれましたから、お出迎えはお茶の準備をするくらいですもの。孤児院に神の恵みを運ぶ方が大変でした」

今日はイタリアンレストランでわたし達がたらふく食べて来るのがわかっているので、フーゴとエラはお休みだ。昨日のうちに作り置きしてもらうことになっていた。

「モニカ達が不在ですから、昼食はギルとフリッツにも手伝ってもらって、早くに孤児院に届けたのです。そして、孤児院で成人達と一緒に食べてきました」

厳しい冬を前に数人の子供が孤児院に増えた。ニコラはその様子をヴィルマやデリアから聞いたり、孤児院の夕食作りの下準備を手伝ったりして、孤児院での時間を過ごしてきたらしい。

「孤児院や灰色神官達の間で何か変わったことはありませんでしたか？」

「そういえば、今日は珍しくエグモント様の側仕えが孤児院へ来ていました。新しい側仕えを入れるので、まず、ヴィルマにその相談をしたいということでした」

エグモントと新しい側仕えという言葉に、わたしの頭はすぐさま一つの結論を導き出した。

「……まさかまた側仕えを妊娠させたのですか？」

神殿図書室を荒らしたり、ユレーヴェで眠っている間にリリーを妊娠させて孤児院に放り出したりする青色神官エグモントには良い印象が全くない。わたしの声が尖ったのがわかったのだろう。ニコラが慌てて付け加える。

「違います。ハルトムート様が新しい神官長になられることで執務量が以前に比べて倍以上に増えたため、書類仕事のできる神官を一人入れたいと希望されているようです」

側仕えを妊娠させたわけではないようだ。リリーの混乱と悲しみの報告を受けていたせいで、どうやらわたしが穿《うが》った目で見すぎていたらしい。少し安堵した。振り分けられる仕事を真面目にするならば、エグモントの評価をちょっと上向きに修正した方が良いかもしれない。

「新しい側仕えの相談を今の神官長と新しい神官長のどちらにするのか考えているようです」

確かに今は引き継ぎ期間で、どちらも神官長の仕事をしている。紛《まぎ》らわしく思えるかもしれないけれど、どちらに仕事を頼んでも良いのだ。

「わたくしが好印象を持っていない青色神官として、エグモントはハルトムートからすでに目を付けられています。今のうちに神官長へ申請した方が希望は通りやすいと思いますよ」

「わかりました。エグモント様の側仕えに伝えておきます」

ハルトムートの聖女賛美は留《とど》まるところを知らない。「ハルトムート様は少し大袈裟《おおげさ》ですけれど、間違っているわけではないので訂正しにくいですよね」と、ニコラはクスクス笑う。

「ギルやフリッツはどのように過ごしていましたか？」

「二人も孤児院で灰色神官達と一緒に急いで食事を終えていました。冬の社交界までに終えなければならない印刷があって、今の工房はとても忙しいようです」

貴族院へ新しい本をいくつか持ち込めるようにラストスパートをかける時期である。工房で働く二人は神殿長室でゆっくりとお昼を食べるより、孤児院で手早く済ませることを選んだらしい。

「フランに知られると注意されるので内緒にしてくださいませ」

きちんと主の部屋があるのだから、そこで食べるのが側仕えとして当然のことで時間短縮より側仕えとしての振る舞いの方が大事だ、とフランに叱られるらしい。こっそりとニコラがそう言った時にひやりとした空気が漂ってきた。

「聞こえています、ニコラ」

「きゃっ！」

ニコラと二人して飛び上がって振り返ると、木箱を抱えたフランが冷ややかに、ダームエルが口元を押さえて小さく笑っていた。

「まったく、少し目を離すとすぐに生活を乱すのですから。ローゼマイン様も気を付けてください。良くない主の振る舞いは下の者に強く影響するのです」

側仕え達が効率を優先して生活を疎かにするのは、効率的に読書をするために生活を乱そうとするわたしのせいらしい。それは知らなかった。

バツが悪いので肩を竦めつつ、わたしはニコラが開けてくれた自室へ入る。入った瞬間、ふわりと甘い香りがしたように感じた。わたしは思わず足を止めて部屋を見回す。けれど、特に何も変わったことはない。もう甘い香りも感じない。

「ローゼマイン様、どうかされましたか？」

「……いいえ、気のせいでしょう、きっと」

首を横に振ると、わたしはモニカとニコラに着替えさせてもらい、外出していた側仕え達が外出着から神官服に着替えるために自室へ下がる許可を出す。

皆が着替えている間、わたしはニコラに淹《い》れてもらったお茶を飲みながら、自室をゆっくりと見回した。微妙に違和感がある。何が違うとは明確に言えないのだけれど、何か気になる。

たとえるならば、麗乃《うらの》時代の書庫に母親が入って、無造作に積み上げられた本の山から二冊目をスッと引き抜いて持って行ったような感じだ。大掛かりに掃除をされたならば入ったことが一目でわかる。けれど、誰かが入ったような痕跡《こんせき》は見当たらず、情景にはほとんど差がないのだ。どこが違うのかわからないけれど、自分が最後に使った時とほんの少しだけ違うのがわかるという微妙な不気味さが気持ち悪い。

……何が違うんだろう？

わたしが違和感を拭《ぬぐ》いきれずにお茶を飲んでいると、灰色神官の服に着替えたフランが戻ってくるなり、ニコラを呼んで尋ねた。

「ニコラ、留守中に私の部屋に入りませんでしたか？」

全く覚えがないようにニコラはきょとんとして首を傾げる。

「いいえ。フランの部屋に入るような用事はありませんし、用事があったとしても殿方の部屋ですからギルかフリッツにお願いします」

「そう、ですよね。わかりました」

腑《ふ》に落ちないという顔をしているフランが、自分の今の心境とよく似たものを感じているように思えて、わたしは思わず声をかけた。

「フラン、何かあったのですか？」

「自室に女性の使う香料の香りが漂っているような気がしたのです」

「わたくしも自室に入った瞬間にほんのりと甘い香りを感じたのです。何だか違和感もありますから、留守中に誰かが入った可能性があります。持ち帰った荷物を片付け、盗られたようなものがないかどうかを確認してから神官長に相談しましょう」

「かしこまりました」

フランが鍵を取りに行き、ザームがフェルディナンドに連絡するために部屋を出て行った。すぐさまダームエルがイタリアンレストランから城へ戻った護衛騎士達にオルドナンツで招集をかける。一気に神殿長室は騒がしくなった。


「誰かに侵入されたかもしれぬ、だと？」

「これがなくなっているとか、この位置が違うとか、明確には言えないのです。でも、何かが違うのです」

帰って来てからの違和感と、ざっと確認した範囲では特になくなっている物がないことも付け加える。フェルディナンドが難しい顔で考え込む頃にはオルドナンツで呼ばれた護衛騎士と文官も騎獣でやって来ていた。

「ローゼマイン様」

フェルディナンドに説明している最中に、モニカが近付いてきて控えめに声をかけてくる。

「ヴィルマが至急面会を求めています」

「君が不審に思っていた門番のことではないか？　話を聞きたい。入れなさい」

フェルディナンドの言葉に頷き、わたしは入室の許可を出す。ヴィルマは入ってきた瞬間、あまりにも多くの人数がいることに目を見張り、男性の数が多いことに一瞬体を強張《こわば》らせた。最近は普通に神殿長室へ来られるようになっているので大丈夫かと思っていたけれど、距離感や人数によってはまだ怖いようだ。

「ヴィルマ、こちらへ。夜の報告まで待てないのですから、重大なことが起こったのでしょう？」

なるべく女性が多い場所へ誘導し、わたしは話を促した。ヴィルマは青ざめた顔でわたしの椅子の隣に跪くと、正面に座っているフェルディナンドとわたしを見比べてから報告を始める。

「お昼の門番をしていた灰色神官達が全員姿を消したそうです」

交代の時間に次の者が門へ行くと、誰もいなかったらしい。門番は普段下町側の裏門に四人いるのが基本だ。貴族区域に用のある馬車が入る時には、まず御者が裏門の門番に約束をした相手の名や神殿へ入る用件を告げる。そうすると、門番の内の二人が正門を開けに行き、一人が来客を告げるために貴族区域へ向かい、もう一人が裏門で待機するという流れになる。どういう状況でも誰かが必ず門にいるようになっているのだ。

「門番をしている灰色神官達が突然姿を消すということはこれまでにございませんでした。それから、昼食後に交代のために門へ向かった灰色神官達によると、正門がきちんと閉まっていなかったようです」

正確にはいつもと違う閉め方で閉められていたそうだ。

「つまり、わたくし達の留守中に馬車を使うお客様がいらっしゃったということですよね？」

「それも秘密裏《ひみつり》に、な」

「灰色神官達を四人も隠しておいて、秘密裏も何もないでしょう？」

わたしが呆れたように溜息を吐くと、フェルディナンドは軽く頭を振った。

「いや、君が孤児院長になるまでは孤児院にいる灰色神官の言葉が青色神官に届くことはまずなかった。以前ならば、門番さえいなくなれば秘密は守られたであろう」

不審に思っていても質問されるまでは意見を上げることができない灰色神官達。部屋が不在になる機会を見逃さず、迅速《じんそく》に目的を遂《と》げる手腕。微妙な違和感があっても、なくなっている物がわからない巧妙《こうみょう》なやり方。以前の神殿ならば露見《ろけん》することはなかった、とフェルディナンドは言う。

「君も微妙な違和感があると言ったが、彼女からの報告がなく、数日間何事も起こらなければ些細《ささい》な違和感など日常に紛れて忘れてしまっていたはずだ」

確かに気のせいと思うような違和感なのだ。寝て起きたらきっと忘れていただろう。

フェルディナンドがトントンと軽くこめかみを叩きながら難しい顔になっていく。

「おそらく灰色神官が何人消えたところで誰も気に留めないと思い込んでいて、跡形もなく消し去れるだけの力を持っている貴族の仕業《しわざ》であろう」

わたしはフェルディナンドが前神殿長の側仕え達に対して証拠隠滅《いんめつ》をしたあの時の光景を思い出し、背筋に冷たい汗が伝う。四人の門番はあんな風に跡形もなく消えてしまったのだろうか。

……犯人がここにいたら、わたし、感情が怒りに振り切れたかも。

「青色神官と通じているが、孤児院の責任者が毎日君に報告をしていることを知らない者に違いない。青色神官の誰に来客があったのか、神殿へ入って来る馬車を見た者がいないか、すぐに調べた方が良さそうだな。犯人はおそらく完璧《かんぺき》に隠蔽《いんぺい》をして時間を稼いだと思っているはずだ」

フェルディナンドの言葉にわたしはガタリと立ち上がり、ダームエルを振り返った。絶対に逃がしてなるものか。

「ダームエル、アンゲリカ。二人で手分けして下町の門を守る兵士達に連絡を。わたくしの部屋を荒らした犯人を捜索《そうさく》しているので、下町で馬車の目撃証言の聞き込みをして、今日街に出入りした馬車に関する情報を持ってくるように、と伝えてくださいませ。今は北門にいるギュンターへ話を通せば手早く動いてくれるはずです。時間との勝負になります。急いでください」

「はっ！」

ダームエルとアンゲリカの二人がすぐさま部屋を飛び出していく。わたしは跪いたままのヴィルマへ視線を向けた。

「知らせてくれて助かりました、ヴィルマ。ギルに侵入者があったことを知らせて、商業ギルド、オトマール商会、ギルベルタ商会、プランタン商会に連絡をしてもらってください。貴族の乗るような馬車の目撃情報がないか質問してほしいのです」

特にオトマール商会は神殿の間近にある。何か見ているかもしれない。わたしの言葉にヴィルマが何度も頷いて立ち上がる。

「それから、孤児院の皆にも質問してちょうだい。清めの最中や水汲《く》みをしている時に入って来る馬車を見た者がいないか、貴族区域へ来客の連絡に向かう灰色神官を見かけた者がいないか、何か会話をしたものがいないか。それによっては時間を絞り込むことができます。今は少しでも情報が欲しいのです」

「ローゼマイン様、わたくしも孤児院へ向かいます。ヴィルマ一人で皆の話を聞くのは大変でしょうし、このような事情を聞き出すのは文官の仕事ですから」

フィリーネが自分の文具を抱えて前に出る。やるべきことを見据えた若葉の瞳には心配の色も見える。コンラートの様子を自分の目で確かめたいのだろう。

「貴女に任せます、フィリーネ。ディルクやコンラートが怖がっていないか確認してください」

「かしこまりました」

時と場合によってはコンラートが消されている可能性もあったのだ。フィリーネにとっては他人事ではないだろう。少しだけ強張った笑みを見せたフィリーネがヴィルマと一緒に部屋を出て行く。その姿を見て焦ったようにローデリヒが自分の文具をつかんだ。

「ローゼマイン様、私も……」

「ローデリヒはダメです。今まで孤児院に出入りしていないので、皆を緊張させるだけになります。ここは孤児院に慣れているフィリーネに任せるのが一番なのです」

圧倒的強者になる貴族に対して、灰色神官達は余計なことを話さない。どの程度まで話をしても許されるのか、自分の話を聞いてくれる相手なのか、よく見極めた相手でなければ基本的に口を閉ざす。ローデリヒが行っても意味がない。

「あ……」

小さく声を零して青ざめたローデリヒを見ながら、ハルトムートが自分の文具を手に取る。

「だから、言ったではありませんか。孤児院も、工房も、下町の商人も、全てがローゼマイン様の手足なので、神殿のあらゆるところに精通しなければお役に立つことはできない、と」

「ハルトムートは何をするのですか？」

ローデリヒの質問にハルトムートがフッと得意そうに笑った。

「私と彼等の信頼関係があれば孤児院での聞き込みも可能ですが、私は私にしかできない仕事をしましょう。青色神官を呼び出して話を聞くためには神官長という肩書きが必要ですから」

ハルトムートの言う通り、青色神官を呼び出せるのは神官長か神殿長くらいだ。それでも、呼んだところでやって来るまでに時間がかかるし、のらりくらりと話をかわそうとする。貴族でも優秀な文官であるハルトムートは、青色神官から話を聞き出すのにうってつけだ。

「頼りにしています、ハルトムート」

「お任せくださいませ。フェルディナンド様、ローゼマイン様をよろしくお願いします。私ではまだ下町のどの辺りまでローゼマイン様の影響が及ぶのかわかりませんから」

ハルトムートの言葉にフェルディナンドが嫌そうに顔をしかめた。

「一番面倒な仕事を押し付けられた気がするが、わかった。部屋と側仕えは自由に使いなさい」

「恐れ入ります。行くぞ、ロータル」

フェルディナンドが連れて来ていた側仕えの一人に声をかけ、ハルトムートが部屋を出て行く。

わたしはフランに視線を向けた。

「フラン、この部屋のどこが変わったのか徹底《てってい》的に調べましょう。相手は灰色神官達を消してでも遂げたい目的があったのです。フランの部屋にも侵入された気配があったのでしょう？　何かがなくなっていたり配置が変化していたりする物はあって？」

「私の部屋にある物で貴族の方が必要とするような物は……」

そう言いかけたフランをザームが手を上げて止める。

「狙いは鍵の保管箱を開けるための鍵ではありませんか？　筆頭側仕えのフランが管理している重要な物はそれくらいです。つまり、鍵をかけなければならない場所にある物が狙われた可能性が高いと存じます」

「ローゼマイン様、先程も確認しましたが、今度は鍵のかかるところを重点的にもう一度確認してみましょう」

モニカがくいっと顔を上げてフランを見上げると、フランはすぐに自分の部屋へ鍵を取りに行き、鍵の保管箱を持って来た。絶対に見つけるんだという高揚感《こうようかん》が胸に満ちる。わたしがもう一度書箱を確認しようと立ち上がると、フェルディナンドが「待ちなさい」と止めた。

「目に見える物の確認は側仕えに任せ、君は目で見てもわからないところを調べなさい」

「目で見てもわからないところとはどこでしょう?」

意味がわからなくて、わたしが首を傾げるとフェルディナンドがゆっくりと手を動かした。

「侵入者が貴族ならば何かを奪われたのではなく、危険な魔術具を仕掛けられた可能性もあるということだ。調べてみなさい」

侵入者を泥棒だと勝手に思い込んでいたせいで、危険な魔術具を仕掛けられているという発想がわたしにはなかった。ざっと見たところ、この部屋の中には減った物も増えた物もなかったはずだ。

「あの、神官長。魔術具をどのようにして調べるのですか?」

「自分の魔力を薄く、薄く広げるのだ。自分以外の魔力に満たされた魔術具や魔力の痕跡があれば異質な物として感知できる。素材の中にある別の者の魔力を感知するのと同じようなものだ」

それならば、先日教えられたことだ。やり方はわかる。

「一定の魔力を感知した時点で作動する魔術具もある。本当にごくわずかの魔力を水で薄めるようにして薄く、薄く広げるように」

コルネリウスはもちろん、わたしの側近達が驚いたように目を瞬きながらフェルディナンドの注意を聞いている。

「フェルディナンド様はよくそのような魔力の使い方をご存じですね。日常生活で他人の魔術具か否かを慎重に調べる機会などありませんよ」

側近達を冷ややかに見下ろしながら、「日常的に必要だったのだ」とフェルディナンドは呟いた。

常に他人の魔術具を警戒しなければならない生活環境が一体誰の手によって作られたものなのかす

ぐにわかって、わたしは溜息を隠せない。

「では、側近達は全員、そちらの壁際に立ってくださいませ」

ここにいる皆の魔力も異質な物だ。できるだけ固まって邪魔にならないようにしてもらう。それから、わたしは一度深呼吸した後、できるだけ魔力を薄く広げていった。フェルディナンドに言われたように魔力を水で薄めるように濃度を低くして床一面を丁寧に探っていく。

壁際に固まって立っている側近達やフェルディナンドの後ろに立っているエックハルトやユストクスからは自分の物ではない魔力を感じた。薄く広げていても微妙に反発する感じがするのだ。

不思議なことに、向かいの椅子に座ったままのフェルディナンドの魔力にはほとんど反発を感じない。もしかしたら、もらったばかりの簪はもちろん、身に着けている魔術具の数々のせいでフェルディナンドの魔力に慣れすぎているせいだろうか。

床に薄く広げても特に反応はない。わたしは床に広げた魔力をゆっくりと上に持ち上げていく。壁際に固まった側近達、正面にいるフェルディナンドの側近達、それ以外の魔力の反発を感じた。わたしはその反発を感じたところをじっと見つめ、ゆっくりと近付いていく。

「ローゼマイン様？」

わたしはフランが持っている鍵の保管箱を覗き込んだ。いくつもの鍵が並んでいる中に、一つだけ反発を感じる鍵がある。それから、反発を感じる場所はもう一つあった。わたしは祭壇《さいだん》へ視線を向け、唇を引き結ぶ。

「……ありました、神官長」

「どれだ？」

フェルディナンドが魔力を通さない革の手袋を取り出して、手にはめながら近付いて来る。

「聖典とその鍵がわたくしの物ではございません」

何が変わったのかわからない。見た目は完全に同じだった。けれど、登録されている魔力が違うようで、棚の上に置かれたままの聖典も、保管箱に当たり前のように並べられている鍵もわたしの魔力と反発している。

「聖典と鍵だと？　一体何が目的だ？」

「犯人の目的は存じませんが、わたくしの目的はハッキリしました」

……犯人、許すまじ。

平民の証言

「とりあえず、わたくしの本がなくなったのですから探すのは当然です。いってきます」

わたしが扉へ向かおうとすると、フェルディナンドが軽く手を上げた。

「どこへ行くつもりだ？　手がかりはあるのか？」

「いいえ、先程のように魔力で街中を闇雲《やみくも》に探してみます」

下町も貴族街も全部まとめて魔力で探索する、とわたしが主張すると、フェルディナンドは呆れ返った目でわたしを見た。

「魔力での探索では他人の魔力か否かは判明しても自分の魔力はつかめぬ。貴族街など他人の魔力ばかりで成り立っているようなところだ。全く役に立たぬ。魔力の無駄遣いだ、馬鹿者」

「うぐぅ……」

「それよりも、犯人の目的を考えなさい。狙いが絞れれば、多少は犯人に近付けるかもしれぬ」

わたしは首を傾げる。

「神官長は何をおっしゃるのですか？　犯人の目的なんて一つしかないでしょう。考えなくてもわかるではありませんか」

フェルディナンドは本当にわからないのか、眉間に皺を刻んで「ほぅ？」とわたしを見た。

「聖典を欲しがる者の動機など一つしかありません。エーレンフェストにたった一つしかない貴重な聖典を読みたかったに決まっています！」

正面から許可を求めて来てくれれば、閲覧許可を出したかもしれない。けれど、灰色神官達を消し、勝手に侵入して入れ替えるような犯罪行為をする者には許可を出せるわけがない。

だが、わたしの完璧な推理はフェルディナンドに溜息一つで流された。

「聖典を読むだけが目的ならば、わざわざ君の部屋に忍び込んで入れ替える必要はあるまい。神殿図書室の写本だけでも十分ではないか。青色神官に頼んで写本をさせれば良い」

「うっ、図書室の写本には載っていない闇の祝詞の部分を読みたいとか、ハルデンツェルの奇跡について書かれた部分が読みたいとか、色々と考えられるではありませんか」

苦し紛れに他と比べて自分の聖典が優れたところを探し出す。青色神官から神殿長が選ばれる他領の聖典よりも読める範囲が広いのだ。欲しがる人はたくさんいると思う。

……わたしの聖典はすごいんだから！

「君の言う通り、ハルデンツェルの奇跡について詳しく知りたい貴族や闇の神の祝詞を知りたい中央神殿が欲したというのは動機になり得る。だが、入れ替える理由もわからぬし、君の魔力が登録された聖典では許可もなく読めぬ。盗み出す意味がない」

「持ち主の登録をし直せば良いだけではございませんか？」

わたしも神殿長になってから鍵の登録をし直した。登録し直すのはそれほど難しくないはずだ。

「それでは読める範囲が変わるではないか」

「……自分の魔力では範囲外になるところを読みたくて入れ替えたのでしょうか？」

中央神殿の聖典と比べたから、読める範囲が持ち主である神殿長と閲覧者の魔力に左右されることをわたし達は知っている。けれど、あまり広範囲の人が知っていることではないと思う。

……聖典がないと困ることって何かあったっけ？

正直なところ、儀式の時に礼拝室へ持って行くけれど、わたしの場合は恰好《かっこう》だけだ。別に聖典がなくても祝詞は覚えているので問題ない。儀式以外で聖典を使うことがないので、普段は神殿長室の飾りとなっているくらいである。ないと困ることが思い浮かばない。

逆に、聖典がなければできないことがあるだろうか。そう考えて、わたしは自分の聖典が以前と変わったことを思い出した。

……もしかして、あの浮かんでいる魔法陣や文字が目当てとか？

王になるための指南書とも言える聖典だが、浮かんでいる魔法陣や文字が見えるのはわたしとフェルディナンドだけのはずだ。王族であるヒルデブラントにも見えていなかったのだから、他にはいないと思う。

「エーレンフェストの聖典自体が目的というのは考えられませんか？」

あの魔法陣、とは言えずにわたしはフェルディナンドを見上げた。フェルディナンドは顎《あご》に当てていた手から人差し指だけを少し伸ばした。ちょうど唇に当たって「黙れ」の合図になる。言いたいことは伝わったようだ。フェルディナンドはわたしの質問には答えず、自分の推測を話し始める。

「……君に汚点を付けるというのが目的の一つではないかと考えられる。各領地に一つしかない聖典を失うのだ。管理不行き届きで神殿長には相応しくないと文句を付けることができる。君だけではなく、後見人であり神官長として神殿にいる私にとっても聖典の紛失は十分に汚点となり得る」

「か、代わりの聖典がありますよ？」

わたしが祭壇の上の聖典を指差すと、フェルディナンドは聖典を睨むようにして見た後、首を横に振った。

「……それが本物の聖典とは限らぬ。見た目を似せただけの張りぼての魔術具かもしれぬ。仮に、他領の本物の聖典だったとしよう。もし、それを証明できるのであれば、こちらが他領の聖典を盗んだのだと犯人は主張することもできるのだ。聖典の紛失だけではなく、盗難の濡《ぬ》れ衣《ぎぬ》まで着せられる。おそらくこれも目的であろう」

気付かないうちに泥棒扱いされるかもしれないと言われ、わたしはすぅっと血の気が引いていく。

「とりあえず、これが本物の聖典かどうか調べなくては！」

「迂闊《うかつ》に触るな！」

祭壇に向かって伸ばした手は、フェルディナンドにバシッと払い除《の》けられた。指先に痺《しび》れるような痛みが走る。全く力加減なく払われたのがわかって、わたしはジンジンと痛む指先を見た。

「い、いた……」

「聖典の紛失、盗難の濡れ衣、それから、君の暗殺。それが私の考える犯人の目的だ」

厳しい視線をフェルディナンドは祭壇の上の聖典に向けている。あまりにも物騒《ぶっそう》な単語が出てきて、わたしは大きく目を見張った。

「あ、暗殺ですか？」

「誘拐して、君の魔力を自在に使えるように監禁することができれば一番だろうが、殺すより誘拐の方が難易度は高い」

「殺すのは簡単なのですか？」

「これほど精巧な物を準備して、秘密裏に入れ替えられるのだ。私ならば暗殺も考慮《こうりょ》に入れる」

フェルディナンドが視線をエックハルトに向けると、エックハルトは腰元の薬品入れに手を伸ばし、白い実を取り出した。シュタープを出し、メッサーに変化させて軽く切り込みを入れる。そして、その実をギュッと絞った。聖典に向かって汁がバッと飛ぶ。

「わわっ！　何をするのですか!?　汚れ……え？」

汁がかかった瞬間、聖典はまるで血でも付いているように赤く色を変えた。エックハルトが忌々《いまいま》しそうな顔で聖典を見ながら、白い実の絞りかすをユストクスに渡す。フェルディナンドは「やはりな」と呟いた。

「この赤い汚れはアーレンスバッハとエーレンフェストの境の辺りでよく採れる毒物で、触った手から浸透《しんとう》していく珍しい毒だ。日常的に触れる物に塗り込んでおくと、毒に侵されていることに気付いた時には手遅れになっていることが多い。実際、この聖典が入れ替えられていることに気付かなければ、秋の成人式で確実にこれを持つ君も、準備をするフランも、君の手伝いをするハルトムートも遠からず毒に侵されていたであろう」

フェルディナンドがそう言いながら軽く手を振ると、ユストクスが自分の腰に下げている薬入れから一つの筒《つつ》を取り出した。

「ハア、またこれの出番があるとは思いませんでした」

溜息混じりにそう言って、ユストクスはガーゼのような布に薬を染み込ませていく。その間にエックハルトが革の手袋をギュッとはめて、当たり前の顔でその布を受け取り、聖典を拭い始めた。薬の染み込んだ布で拭えば、毒の赤い汚れがするりと取れていくのがよくわかる。

「毒に関する知識を仕入れ、主を守るのも側近の役目だ。其方等には知識と危機感があるか？　実際にこうして主の身近で毒物が使われているわけだが、解毒薬の数種類は準備できているのか？」

エックハルトに問われ、コルネリウスを始め、わたしの側近の皆が軽く息を呑んだ。

「ローゼマインは魔力の豊富なエーレンフェストの聖女であり、流行を生み出している次期領主の第一夫人予定者だ。エーレンフェストの力を削《そ》ぐことを目的にするならば、暗殺対象者となるのは確実ではないか。護衛騎士に覚悟が足りていないな」

エックハルトは聖典を拭いながら静かな声でそう言う。コルネリウスがぐっと拳を握るのが見えた。日常的に命の危険を感じて来たフェルディナンドの側近がどれだけの注意を払っているのか、どれだけの準備をしているのか、目の前に突きつけられた気分だ。

「コルネリウス、其方は躊躇《ためら》いのなさと反応速度でアンゲリカに劣っているのだから、もっと周囲を見る目と事前に危険を取り除く術《すべ》を学ばなければならぬ。これまでローゼマインの周囲の危険を取り除いてきたフェルディナンド様はいなくなるのだぞ。其方はその意味をしっかりと理解できていないのではないか？」

基本的に何も考えない分、アンゲリカは躊躇わない。誰が相手でも武器を向けて主を守る。体を張って主を守る以外のことができる護衛騎士が必要なのに、それが足りていない、とエックハルトは言った。

「これまでフェルディナンド様が行ってきたことを其方一人でする必要はない。フェルディナンド様と同じことなどできるわけがないからな。だが、ローゼマインの護衛騎士は何人もいるのだから、全員でフェルディナンド様一人分に少しでも近付く努力くらいはしなさい」

解毒された聖典に魔石を当てたり、他の薬を振りかけたり、色々と試して危険がないことを確認した後、エックハルトはフェルディナンドに聖典を差し出した。フェルディナンドはそれに魔法陣を重ねて、首を横に振る。

「……聖典によく似せている魔術具だが、聖典ではないようだ。これを儀式の場に持って行けば、開こうとしても開くことができず、君は皆の前で醜態《しゅうたい》を晒《さら》すことになったであろう」

「つまり、それは本ではないということですか？」

「見た目を写し取る魔術具だな。中身はない」

「わたくしの聖典が……」

聖典同士の入れ替えでもないというところで、わたしの怒りが限界を突破した。魔力を押し込んでいる蓋《ふた》が外れ、怒りのままにぐわっと魔力が溢れてくるのがわかる。高熱を発したように体が熱いのに、頭が冷えている状態になった。

「ローゼマイン様、目の色が……！」

ユーディットの驚きと恐怖に満ちた声が聞こえた次の瞬間、わたしの視界が大きな手によって塞《ふさ》がれる。

「ローゼマイン、感情に任せるな。とんでもない結果になる」

その声でわたしの視界を塞いでいるのがフェルディナンドだとわかった。

「幾重《いくえ》にも重なった嫌がらせのようなやり口は、白の塔の一件を思い出させる。今の君はあの時のヴィルフリートと同じような立場に立っているのだ。下手に動くと周囲を巻き込むぞ。君は誰を処刑に追い込みたいのだ？」

どこにどのように引っかかっても相手にダメージが向かうようなやり口と、どの失敗でどこまで周囲の者に失点が付くのかを懇切丁寧に説明されたわたしは、深呼吸して暴れ回ろうとする魔力を必死で抑え込む。

「君が考えているように聖典を取り戻さなければならぬ。それは間違いない。取り戻せなかった場合は被害が最も少ない方法を選ばなければならない。……少しは落ち着いたか？」

「はい」

フェルディナンドの手が離れ、視界にビックリした顔の側近達が映った。ポカンとしている側近達を見ながら、フェルディナンドが溜息を吐く。

「唖然《あぜん》としている場合ではないぞ。滅多に感情的にならぬが、本や自分が大事にしている身内が危険に遭《あ》うとローゼマインはすぐに暴走する。これを止めるのも側近の役目だ」

「……フェルディナンド様がいなくなるということの大変さが身に染みました」

コルネリウスが呆然《ぼうぜん》としたようにそう言うと、レオノーレとユーディットも揃って頷いた。

聖典の紛失についてフェルディナンドがいくつかの対処を考えているところに、孤児院へ聴取《ちょうしゅ》に行っていたフィリーネが飛び込んできた。

「ローゼマイン様！　コンラートの様子がおかしいのです。布団に潜《もぐ》り込んだまま震えていて、ローゼマイン様に助けを求めているだけで出て来てくれません」

「……何か知っている可能性が高いな。行くぞ」

フェルディナンドが自分の側近達を見回す。ユストクスとエックハルトが頷いた。

モニカが開けてくれた孤児院の扉を抜けて食堂へ入ると、デリアとディルクがホッとしたようにわたしを見て跪いたのがわかった。

「デリア、コンラートの様子はどうですか？」

「あまり体調が良くないから、と今日はお昼寝をさせていたのです。その時に何か見たのでしょう。フィリーネ様がお話を聞きに行った時には震えて出てこないという状態でした」

デリアの話を聞きながら、わたしは食堂の奥にある階段へ向かう。

「ここは女子棟です。殿方は食堂までしか入れません。この先へはわたくしがレオノーレとユーディットを護衛に、フィリーネとモニカを連れて行ってきますね」

フェルディナンド達を食堂に置いて、わたしは奥の階段を下りていく。一階にある洗礼式前の子供達の部屋へ入った。心配そうにヴィルマや小さい子供達がコンラートに声をかけている。

「悪いけれど、皆は出てくれますか？　わたくしとフィリーネと護衛騎士だけ残してください」

洗礼式前の子供の部屋はそれほど広くない。ヴィルマ達に出てもらい、わたしはコンラートが籠もっている布団に向かって声をかけた。

「コンラート、わたくしです。何があったのか、誰をどのように助ければ良いのか、貴方の知ることを教えてくれませんか？」

コンラートがのっそりと布団から顔を出した。その顔は恐怖に強張っている。

「は、灰色神官達を助けてください」

「灰色神官達は生きているのですか？」

コンラートはカチカチと歯を鳴らしながら何度も頷いた。フェルディナンドが「消しただろう」

と言ったので半分は諦めていたが、そうではないらしい。湧き出た希望に気持ちが昂《たか》ぶってくる。

「助けます。詳しく教えてください、コンラート」

「門番の灰色神官達を、シュタープで、ぐるぐるって、怖い女の人が……」

恐怖の方が強いようでコンラートの視線が定まっておらず、何度も瞬きしながら、途切れ途切れの言葉を紡ぐ。瞳からはボロボロと涙が零れ始めた。

「ヨナサーラ様のような怖い人がっ！……皆をひどい目に」

「コンラート！」

フィリーネがコンラートをギュッと抱き締める。安心したようにフィリーネにしがみついて泣きながら、コンラートは言葉を続けた。

昼食を終えたコンラートは、「今日はお昼寝をしなさい」とデリアやヴィルマに言われて一人だけ部屋に来たらしい。窓からは馬車用の正門が見える位置で、ちょうど門を開いているところだったようだ。馬車の出入りは珍しいので、コンラートは窓から門を見ていた。

「門が開いて馬車が入って来たのに、突然馬車が止まって……」

あまりにも不思議で瞬きしながら見ていると、馬車から降りて来た女性がシュタープを出し、光の帯で灰色神官達をぐるぐる巻きにしたらしい。そして、三人の男によって彼等は馬車の中に運び込まれたのだそうだ。男達は門を閉めて、また馬車に乗った。貴族の女性だけは騎獣で貴族区域の正面玄関へ向かったと言う。

「まだ助けられるかもしれません。私をヨナサーラ様から助けてくださったように、彼等も助けてあげてください」

灰色神官達が光の帯で縛《しば》り上げられて、さらわれる様子はシュタープで虐待《ぎゃくたい》を受けたことがあるコンラートのトラウマを刺激する光景だったのだろう。わたしは汗ばんでひやりとするほど冷たくなっているコンラートの頭を軽く撫でた。

「助けます。馬車の目撃情報はすでに門の兵士達から集めるように指示を出していますから、どの門から出て行ったのかすぐにわかります。安心して待っていてくださいませ」

わたしはコンラートを安心させるために、できるだけ優しい笑顔を浮かべてみたが、はらわたが煮え繰り返るほどの怒りを感じている。わたしの聖典を盗み、毒の付いた偽物を準備し、灰色神官達を拉致《らち》し、コンラートのトラウマを刺激したのだ。それでも、消されたかもしれないと思っていた灰色神官達が生きているという情報が手に入ったのは大きな収穫だった。

「フィリーネ、ここに残りますか？」

わたしの言葉にフィリーネは抱き締めたままの弟とわたしを見比べた。その腕に少し力が籠もった瞬間、コンラートがフィリーネの体を押した。

「姉上はローゼマイン様と一緒に行ってください。そして、皆を助けて。私はディルクと一緒に皆が戻るのを待っています」

「……わかりました」

わたしはコンラートをデリアとディルクに任せて食堂に戻る。フィリーネが「コンラートが頼もしくなったのは嬉しいですけれど、姉としては少し寂しいですね」と小さく笑った。

食堂ではユストクスがフリッツから話を聞いていた。わたしはそちらへ向かって歩き出す。

「お待たせいたしました。神官長、門番の灰色神官達が生きています」

「何だと？」

「シュタープの光の帯で拘束《こうそく》されて馬車に乗せられたところをコンラートが目撃しました。門の情報が集まり次第、助けに行きます」

「連れ去ったとは意外だったな。消した方が証拠も残らず、簡単なのだが」

顎を撫でるようにしながらそう呟くフェルディナンドにユストクスが軽く肩を竦めた。

「旧ヴェローニカ派は製紙業や印刷業から弾《はじ》かれていますから、灰色神官達を連れ去って知識を得ようとした可能性がございます。相手の目的が知識ならば、今のところ命は無事でしょう」

「なるほど。だが、捕まると思ったところで、身食《みぐ》い兵のようになる可能性もある。救出作戦には速さと隠密《おんみつ》行動が必須となるだろう。神殿長室に戻るぞ」

わたし達は孤児院を後にしながら、フィリーネとユストクスから孤児院で集めた情報について話を聞く。コンラートの重要な証言の他にもいくつかの証言が孤児院では得られたようだ。フィリーネがメモを見ながら話してくれた。

「清めをしていた灰色巫女が貴族区域へ連絡に向かった門番と会話をしています。青色神官に貴族の来客があるので早く片付けるように、と言われたそうです」

門番は「あの方は灰色巫女や灰色神官にとても厳しいですから」と言ったらしい。まるで知っている者が来るような言い回しだ。ユストクスが更に続けた。

「フリッツによると、その門番はシキコーザの元側仕えだそうです。彼が見知った貴族ならばシキコーザの親族の可能性が高いでしょう。コンラートが目撃したのは怖い貴族女性ですから、息子の処刑原因となったローゼマイン様を恨《うら》んでいるダールドルフ子爵夫人の線が濃厚ですね」

……ダールドルフ子爵夫人。

青色巫女時代のトロンベ討伐の一件で処刑されたシキコーザの母親だ。一族を連座に巻き込まないように、当主がわたしと関わらせないようにすると約束していたはずだが、連座に巻き込んでも良いと思ったのだろうか。それとも、何か逃れる方法を持っているのだろうか。

考え込んでいるところにダームエルとアンゲリカが駆け込んで来た。

「ローゼマイン様、各門の士長から情報を聞いてきました。これからの馬車の出入りにも目を光らせてもらえるように頼んでいます」

馬車の出入りを管理している門の情報は大事だ。全員の視線が二人に向けられる。

「情報をお願いします」

「はっ！」

「今は冬の社交界に向けて、北の方から貴族が集まって来る時期です。本日だけで貴族の馬車は十台、エーレンフェストに入って来ています。逆に出て行った貴族の馬車はありません」

北の方はもう雪が降り始めているはずだ。南の方はまだ降っていないので、どうしても冬の社交界のために貴族街へやってくる時期に差が生まれる。

「普通は貴族門を使って貴族街へ入るはずなのに、神殿に門番がおらず神殿へ入れないと文句を言いながら北門を使った馬車が四台あったようです。時間はお昼頃に集中していたとギュンターより聞きました」

ダームエルは北門の情報を教えてくれた。父さんがすぐに情報を集めてくれたらしい。

「出て行った馬車がいないのですから、灰色神官達は貴族街に連れて行かれたのでしょうか？」

「貴族門を使って貴族街へ向かったのならば、開門に魔力認証が必要なので、城に問い合わせれば誰が貴族門を使ったのかわかるはずだ」

フェルディナンドはそう言ったけれど、答えが戻ってくるまでに何日もかかる貴族の仕事を待っているのは正直なところ辛い。

「ローゼマイン様、わたくし、いえ、シュティンルークからも報告がございます」

アンゲリカはするりとシュティンルークを撫でた。フェルディナンドの声でシュティンルークが話し始める。

「西門から変わった馬車が入ってきたという情報があった。馬車自体はちょっと金がある平民が使うような物なのに、御者の言葉遣いや態度が明らかに貴族に仕《つか》える者だったそうだ。三の鐘が鳴るより前に入って来ていて、南門から出て行くのが確認されている」

「南門……？」

「南門では馬車の中で物音がして中を確認しようとしたら、貴族の紋章が入った指輪を見せられ、黙らされたと一人の兵士が言っていた。まだそれほど時間は経っておらぬ」

シュティンルークの言葉にわたしはフェルディナンドを見た。いくら何でも怪しすぎるだろう。

「まだそれほど遠くへは行っていないでしょう。確認だけでもしてきます」

「同行しよう。君を一人で放り出すわけにはいかぬ」

フェルディナンドがそう言って、部屋の中を見回した。

「下町の情報収集能力には正直なところ驚かされた。……ただ、平民では貴族相手に証言としての価値は低い。必ず証拠となる紋章入りの指輪か、連れ去られた灰色神官達を押さえなければならぬ。良いな？」

「はいっ！」

救出

「フィリーネとローデリヒの二人は写本をしつつ、神殿長室で待機です。そろそろギルが戻って来るでしょうし、下町からの続報が届くと思います。その情報をまとめておいてください。フランは二人と共にここで待機ですが、ザームとモニカは青色神官の側仕え達から情報を得てくださいね。ハルトムートには話さなかった情報が得られるかもしれません」

戦力にならないフィリーネとローデリヒを連れて行くつもりはないので、神殿の側仕え達と共に情報収集をするように指示を出す。フィリーネとローデリヒが頷き、ザームとモニカが情報を得るために退室していった。

それを見届けて、わたしは一列に並んでいる護衛騎士を見回す。一人は神殿長室に騎士を置いておきたい。切り込み隊長アンゲリカ、身食い兵の魔力を感じ取ることができるダームエル、護衛騎士の中で最大の魔力を持つコルネリウスは同行が決定している。ユーディットとレオノーレのどちらを残すか。

「ユーディットはわたくしの騎獣に同乗し、護衛と射撃の準備をお願いします。レオノーレはここに残り、下町、ハルトムート、わたくし達の全ての連絡を受けつつ、神殿長室を守ってくださいませ。状況が変わった時、重要な新しい情報が入った時にはオルドナンツを飛ばしてください」

「かしこまりました」

「ダームエルとアンゲリカとコルネリウスの三人は神官長の指示に従ってください」

「はっ！」

護衛騎士達に指示を出し終わる頃には、フェルディナンドとエックハルトとユストクスが出撃準備を整えて戻って来た。その人数を見て、レオノーレが不安そうに顔を曇らせる。

「騎士の人数が少なすぎませんか？　アウブ・エーレンフェストに連絡して、騎士団を動かしてはいかがでしょう？」

「レオノーレ、騎士団を動かすための理由は？」

「エーレンフェストの聖典を奪い返すのですから、理由としては……」

レオノーレの言葉を遮《さえぎ》るようにフェルディナンドは首を横に振った。

「我々は馬車で灰色神官達が連れ去られたという情報がたまたま下町から上がってきたため、灰色神官達を救出に行くだけだ。それから、南門を出た怪しい馬車に灰色神官達が乗っているだろうと見当をつけているだけで、本当に乗っているかどうかは行ってみなければわからぬ。何より、我々が救出したいと思っている対象が灰色神官達だ。騎士団に依頼できる内容ではない」

騎士団を動かせるだけの理由がない、とフェルディナンドが言い切った。レオノーレは藍色の瞳を一度伏せた後、クッと顎を上げてフェルディナンドを見上げる。

「ですが、ローゼマイン様やフェルディナンド様の護衛は依頼できます。騎士団は領主一族のためにあるのですから」

「確かに、領主一族の護衛を増やしたいとアウブを通じて騎士団に依頼することは可能だ。だが、オルドナンツで緊急事態として連絡すれば、アウブの側近の中にいる旧ヴェローニカ派に事情が筒抜けになる可能性がある。状況が許すならば、使いを立てたいところだがそのような余裕はない。何より、私はこちらの失点となる聖典の紛失を公表するつもりなどないのだ」

聖典の紛失を周囲に知られ、失点とならないようにするためにはここにいるだけの人数で全てを終わらせなければならない。

「これから探しに行く馬車の中に灰色神官達と共に聖典があれば良いが、ない可能性の方が高いと思っている。幾重にも利を得ようとする相手だ。灰色神官達と聖典は別々に運んだであろう。また、灰色神官達を見下している貴族女性が灰色神官達と同じ馬車に乗るとは思えぬ。移動には騎獣を使うと考えられる。それに、今の時点ではダールドルフ子爵夫人が関わっているというのは推測にすぎない。証拠はないのだ。それを忘れぬように」

フェルディナンドの言葉に皆がコクリと頷いた。今回の第一目的は灰色神官達の発見と救出だ。可能であれば、関係した貴族に繋がる証拠を手に入れたい。

ふと思い出したようにコルネリウスが顔を上げた。

「フェルディナンド様、身食い兵が爆発しないようにするための策はあるのですか？」

青色巫女時代の祈念式の襲撃も、シャルロッテ誘拐の時も、襲撃者が指輪もろとも爆発四散したせいで証拠が全く残っていなかったと聞いている。今回も自爆されてしまうと証拠が残らないし、その爆発に灰色神官達が巻き込まれる可能性もある。

……確かに自爆対策は大事だよね。

何かあるのかな、とわたしはフェルディナンドを見上げた。同じように回答を欲した皆の視線が集中する。フェルディナンドはそこに並ぶ護衛騎士とわたしをちらりと見た後、ゆっくりと息を吐いた。

「爆発しないようにするには殺すのが一番確実だ。指輪に流れ込んでいる魔力がなければ爆発はできぬ。完全に殺してしまうと指輪は手に入るかもしれないが、記憶を探ることは難しくなる。両方を得たいならば、指輪をしている腕を切り落として癒しをかけ、死ねないように縛り上げておくか、時を止める魔術具にでも放り込むしかないな」

淡々とした口調であっさり言っているが、想像するだけでもえぐいし、怖い。わたしはうぐっと思わず息を呑んだ。それが想像だけではなく、これから目の前で行われるのだ。思わず怖じ気《おけ》づいたわたしを見て、フェルディナンドが少し眉根を寄せる。

「現場で怖じ気づいて悲鳴を上げたり、君が混乱することで騎士の行動が鈍ったりすると困る。ローゼマインは残っても良いぞ」

陰惨《いんさん》な場面を見ずに済ませても良いと言ってくれているのはわかるけれど、わたしはコンラートと約束した。灰色神官達を助ける、と。それに、灰色神官達を預かる孤児院長として、神殿長として、ここは逃げてはいけないところだと思う。

「……いいえ、行きます」


騎獣に乗って南へ向かう。馬車と騎獣のスピードは比べものにならない。鐘一つ分くらいならば、すぐに追いつけるはずだ。わたし達は外壁を越え、収穫を終えて土が剥《む》き出しになっている畑の上空を、落葉した木々が見える森の上を、馬車が走れる道をたどって駆けていく。

「どこに向かうのかだけでもわかれば良いのですけれど……」

後部座席のユーディットに尋ねられ、わたしは少し考える。

「南門を出たのは四の鐘が鳴ってしばらく経《た》ってから、と言っていましたよね？　それでしたら、馬車で直轄地を抜けることはできません。必ず宿泊場所が必要になります」

わたしのレッサーバスならば、灰色神官達を含めて全員を宿泊場所など考えずに目的地まで運ぶことができる。けれど、乗り込めるタイプの騎獣を持っている者はほとんどおらず、普通の貴族は灰色神官達を自分の騎獣に乗せたりしない。必然的に宿泊場所が必要になるのだ。

「ローゼマイン様は彼等がどこに向かうかわかるのですか？」

「縛られた灰色神官達を連れているのですから、冬の館がある町には近付かないでしょう。今は収穫祭が終わって、農民達は冬の館で過ごしています。そのため、農村には空っぽの家がたくさんあります。そちらを使うと思います」

冬が近いので夜の寒さは厳しい。夏と違ってゆっくりと目的地へ移動する余裕はないはずだ。必然的にできるだけ遠くまで移動し、農村で空っぽの家を勝手に拝借《はいしゃく》して寝泊まりすることになる。空の農村に馬車があれば目立つはずだ。

「宿泊準備を始めるにはまだ少し早いですから、これまでに馬車が方向を変えたり、船を使ったりしていなければ、そろそろ見えてくるはずです。ただ、この先には道が二つに分かれている分岐点があります。どちらからでも南に向かえるので、分岐点までには捕まえたいですね」

そんな話をしていると、ユーディットが鋭い声を上げた。

「馬車です！」

わたしは身体強化をして目を凝《こ》らす。ちょうど話をしていた分岐点に差し掛かるところに荷馬車と馬車が見えた。馬車が農民の荷馬車を追い立てているようだ。荷馬車の手綱《たづな》を握っている農民がちらちらと後ろを気にしながら馬車を避けるように左側へ行くと、馬車は「やっと視界が開けた」と言わんばかりに右側の道に入って少しスピードを上げて走り始めた。馬車が行ってしまったことにホッとしたように荷馬車はスピードを緩めてゴトゴトと動いている。

……何だろう？　ちょっと変な感じがするんだけど。

荷台が大きな布で覆《おお》われている荷馬車を見下ろしながら首を傾げていると、フェルディナンドの鋭い声がした。

「ダームエル！」

名を呼ばれたダームエルは集中するようにじっと目を凝らして荷馬車と馬車を見つめる。微弱な魔力を感じ取るのは、魔力が上がった今でもダームエルが一番上手だ。自分の魔力の扱いから、相手の魔力量の見極めに対する感覚を磨《みが》いている、とボニファティウスが言っていた。

「馬車の方からいくつかの弱い魔力を感じます。おそらく身食い兵でしょう。あちらの荷馬車からは身食い兵には満たないくらいのごく微弱の魔力しか感じません。農民で間違いないと思います」

「わかった。では、打ち合わせ通りに動け」

「はっ！」

……今は救出作戦中だ。集中しなきゃ。

短いやり取りで作戦の確認をしている皆の声に耳を澄ませた後、わたしは皆を見回す。

「灰色神官達の救出を最優先にしてくださいませ。証拠は後からでも取れますが、命だけは返りませんから」

皆が頷いたのを見て、わたしはシュタープを出した。武勇の神アングリーフに祈るのが、わたしの大事な役目だ。

「火の神ライデンシャフトが眷属《けんぞく》　武勇の神アングリーフの御加護が皆にありますように」

シュタープから青い光が放たれる。皆に祝福が行き渡ったのを確認すると、わたしはレッサーバスで皆から少し離れていく。これからユーディットが攻撃しやすい位置に移動しなければならない。

「この辺りですか、ユーディット？」

「ローゼマイン様、もう少し高度を下げてください。……これくらいです。このまま待機してくださいませ」

わたしはその場で止まり、後部座席に視線を向けた。ユーディットが武器を構えて御者に狙いをつけている。まず、馬車の動きを止めなければならない。御者と馬を馬車から切り離すのだ。先陣を任されたユーディットの横顔は緊張に強張っていて、唇が小さく震えている。

「ユーディット、失敗しても次の作戦があります。頼れる仲間がいます。失敗を気にせず攻撃してくださいませ」

「ローゼマイン様、この射撃で失敗したらわたくしの存在意義がありませんし、魔術具を提供してくれたハルトムートに叱られます」

そう声に出したことで、ユーディットは少し緊張が解《ほぐ》れたようだ。武器をもう一度構え、菫色《すみれいろ》の瞳をキラリと自信たっぷりに輝かせた。

「せっかくの活躍の場ですよ。大丈夫です。外しません」

準備が整った頼もしいユーディットの言葉に、わたしは緊張しながらシュタープを出した。ユーディットの攻撃の後、わたしがロートの光を上空に向けて放つことで他の皆の救出作戦がスタートするのだ。

「やぁっ！」

ユーディットが鋭い声と共に魔石を打ち出した。ハルトムートが作った長距離を狙うための魔術具である。当たる瞬間がわたしには見えなかったけれど、ゆらりと御者が揺らめくのはわかった。

「ロート」

わたしはすぐさま上空に向けて赤い光を放つ。その直後、シュンと音を立て、光の尾を引きながら大きな魔力がレッサーバスを追い越し、前方に飛んでいった。馬車を止めるためのコルネリウスの魔力攻撃だ。

後ろから飛んできた光の塊が地面に激突してドンと大きな音を立て、周囲に土埃《つちぼこり》が舞い上がる。突然の爆音と土埃に馬が驚いて棹立《さおだ》ちになったのが見えた。ユーディットの攻撃がしっかり当たっていたのか、御者の体が御者台から振り落とされる。そこに一頭の騎獣が突っ込んでいく。途中で騎獣がふっと姿を消した。身体強化をしたアンゲリカが飛び降りて騎獣を消したせいだ。

「たぁっ！」

落下に合わせてアンゲリカは鋭い攻撃を繰り出す。見えるのはほのかに光る青い光だけだ。シュティンルークが青白く光って、アンゲリカの動きの軌跡《きせき》を描く。燕《つばめ》のような速さでマントをたなびかせて突っ込んでいったアンゲリカは一瞬のうちに手綱と轅《ながえ》を切った。ガクンと一度大きく動いて馬車が止まり、自由を得た馬は興奮したままどこかへ駆け出していく。

アンゲリカはとても簡単に切っているように見えるが、簡単ではない。少なくとも、わたしには無理だ。轅を切ろうと思ったら馬まで消えてなくなりそうなくらい魔力を込めなければできない。

「さすがアンゲリカ。これでいくら馬が暴れたり走り出したりしても馬車は動けませんね」

自分の仕事をこなしたユーディットが明るい声でそう言った。わたしは動けなくなった馬車に向かってレッサーバスを降ろしていく。

その間にも馬車に向かって次々と攻撃は繰り出されていた。コルネリウスとエックハルトが馬車の側面を切り捨て、身食い兵を引きずり出そうとする。だが、その手は届かなかった。

「近付いたら彼が死にますよ」

馬車にいた身食い兵はたった一人。それ以外は紐《ひも》で縛《いまし》められた二人の灰色神官だった。一人は脇の辺りに武器を刺されて呻《うめ》き声をあげていて、もう一人は身食い兵に抱えられ、首筋に刃物を当てられている。

「た、助けてください、神殿長！」

首筋に当てられた刃物を見ながら、彼がひぃっと息を呑んだ。こちらが近付くよりも、彼が殺される方がよほど早い。エックハルトとコルネリウスが躊躇いの顔を見せ、動きを止めることで身食い兵の注意を引いている隙《すき》に、フェルディナンドが馬車の反対側へと回り込んでいく。

……あれ？

首を傾げたわたしのレッサーバスが地に降り立つのと、「失礼します」とエックハルトとコルネリウスを押し退《の》けてダームエルが馬車に近付くのはほぼ同時だった。

「そ、それ以上近付かないでください。この男が死んでも良いのですか？　慈悲深《じひぶか》い聖女の目の前で灰色神官を見殺しにするのですか？」

身食い兵の焦ったような声が響いた。刃物が食い込んだのか、灰色神官から悲鳴が上がる。けれど、その声には何も答えず、ダームエルは静かに武器を構えた。そのまま躊躇いなく灰色神官の方を刺し、身食い兵の首元を引っつかんで馬車から投げ飛ばす。

「なっ⁉」

「ダームエル⁉」

周辺の驚きの声が聞こえていないように、ダームエルは流れるような動きで武器が刺さって呻いていた灰色神官の武器を引き抜いて、その武器で止《とど》めを刺した。

「青色巫女時代からローゼマイン様の護衛騎士をしている私は、孤児院にいる灰色神官の顔を全て覚えている。お前達は灰色神官ではない。本物の灰色神官達はどこだ？」

……わたしも見覚えがない顔だと思ったんだよね。

身食い兵は灰色神官達から服を剥《は》ぎ取って変装していたらしい。こちら側が灰色神官達の顔を全員分きっちりと覚えているとは予想していなかったのだろう。エックハルトに押さえこまれている、たった一人だけ残った身食い兵は顔色を変えた。

「私を殺せば他の灰色神官の行方はわからなくなりますよ」

自分の命を保証させようと交渉し始める身食い兵をレッサーバスの中から見ながら、わたしは軽く溜息を吐いた。

「わざわざ貴方に聞かなくてもわかります。分岐点で左の道を行った荷馬車にね、少し違和感があったのです。収穫祭を終えた農民は冬の館にいます。大量に収穫した食料の加工、蝋燭《ろうそく》作りと全員で冬を越すための準備をしなければなりません。大事な冬支度の時期に冬の館から離れた道を農民が荷馬車で走ることはよほどのことがない限りありません。そして、あの近くに空っぽになった農村はあるのですけれど、冬の館はないのです」

貴族と契約し、貴族に生かされている身食い兵は農民の暮らしなど知らないに違いない。なるべく人目につかないように、と人が集まる冬の館のある町を避けたせいで、荷馬車を使う違和感が大きくなったのだ。

「灰色神官達を助けに行きましょう」

わたしがレッサーバスで駆け出すと、護衛騎士達が慌てた様子で追いかけて来る。

「待ってください、ローゼマイン様！」

「私とエックハルトはこの者から話を聞き、ここの処理をする。ユストクス、行け！　ローゼマインを野放しにするな」

「はっ！」

後ろの方でフェルディナンドの声が聞こえた。野放しとはとても失敬な言い方である。

分岐点まで戻ると、荷馬車はすぐに発見できた。先程と変わらず、のんびりとした動きでゴトゴトと動いている。これが夏ならば、自分の家へ帰る農民の普通の光景だったと思う。御者も本当に普通の農民にしか見えない。

「ローゼマイン様、先程と同じように攻撃するのでよろしいですか？」

コルネリウスの声にわたしはゆっくりと頷いた。

「先程の身食い兵は指輪をしていなかったでしょう？　こちらに指輪があるかもしれません。門を通る時に指輪を使ったのは間違いないのです。証拠品を押さえたいですね」

捕らえてすぐに指輪のある手を切り落とそうとしたエックハルトは、指輪が見当たらないことに困惑していた。ならば、こちらの荷馬車には指輪があるはずだ。

わたしが手を振って合図すると、コルネリウスが魔力攻撃を繰り出した。先程と同じように大きな爆発音と土埃が舞い上がり、馬がパニックを起こす。アンゲリカが飛び込んで行って、手綱と轅を切るのも先程と同じだ。

「うわぁ！　なんだ、なんだ!?」

訓練された身食い兵とは思えないような情けない声がした。御者台に降り立ち、シュティンルークを構えるアンゲリカを見て、泡《あわ》を吹きながら御者台に座る男が後ずさりする。

「聞いてねぇよ！　なんだ、これ!?　俺はただこいつらを運ぶだけって頼まれただけだぞ。こんな危険な仕事だなんて、これっぽっちも……」

身食い兵が演技をしているのか、本当にただの農民なのか、すぐには判別できない。

「誰に何を頼まれたのです？」

アンゲリカがシュティンルークを突きつけ、警戒したまま尋ねる。切っ先を向けられた男はガクガクと震えながら「嫌だ、助けてくれ！」と叫んだ。

「誰に何を頼まれたのか、聞いているのです」

「俺が頼まれたのは……ぐぁっ！」

何か言いかけた瞬間、男の体に光の茨《いばら》のような物が浮き出た。光の茨はギリギリと男の体に食い込んでいき、金色の炎へ姿を変えていく。同時に、男の胸元に紐で下げられていた指輪が光った。

「アンゲリカ！」

爆発の兆《きざ》しを感じてわたしが叫ぶと、アンゲリカは即座に守りの刺繍《ししゅう》のあるマントをつかんで自分の身を庇《かば》いながらその場を飛び退く。

胸元で爆発が起こり、男は叫び声の形に口を大きく開けた。

「うあぁぁっ！」

その叫び声ごと金色の炎に包まれて消えていく。金色の炎が完全に消えてなくなった時、男の姿はもうどこにもなかった。

「今のは……？」

「ずいぶん強力な契約魔術に縛られていたようですね。依頼主や行き先について喋ってはならないと契約を結んでいたのでしょう」

ダームエルがそう言いながら、荷台に向かう。初めて見た契約魔術の違反者の末路にわたしは大きく目を見開いたが、他の皆は「なるほど」と納得しているだけで特に動揺を見せていない。

「……契約魔術に違反すると、あのようなことになるのですか？」

「私も初めて見ましたが、自滅した者について悩んでも仕方がありません。それよりも、灰色神官達がいるかどうかが重要です」

ダームエルは武器を構えて警戒しながら荷台を覆う布を剥ぎ取った。

「……あ」

しまった、と言いたげな表情でダームエルが布を被《かぶ》せ直す。その動きに皆が一斉に武器を構えた。一瞬で緊迫《きんぱく》した雰囲気になった周囲を見て、ダームエルが自分の武器を消すと、軽く手を振って困ったような笑みを浮かべた。

「大丈夫です。ここに乗せられているのは全員灰色神官だけで、四人とも揃っています。ただ、女性は近付かない方が良いです。その、服を剥ぎ取られているわけで、女性にお見せできる恰好ではありませんから」

布を捲ると裸状態だったらしい。それは確かにまずい。この寒さでは風邪《かぜ》を引く。

「神官長、灰色神官達を救出しました。でも、服を剥ぎ取られているので、そちらの身食い兵が着ていた服は回収してください。たとえ血がついていてもわたくしがヴァッシェンで綺麗にしますから」

オルドナンツを飛ばしてわたしは服を確保してくれるようにお願いする。多少切り裂かれている部分があったとしても、何もないよりはマシだろう。

ユストクスは服の回収のために馬車へ向かい、コルネリウスとダームエルが布に隠した状態で灰色神官達の縛めを切ったり、事情聴取をしたりしている。アンゲリカは周辺警戒をしていて、わたしとユーディットはレッサーバスで待機だ。

「……ローゼマイン様、わたくし、未成年ですけれど貴族街から出てしまいました。罰則《ばっそく》になるのでしょうか？」

灰色神官達を助け終わった今になって、ユーディットは自分が未成年であり、任務で貴族街から出てはならないことを思い出したらしい。だが、問題はない。

「ユーディットは貴族街を出ていませんよ。何を言っているのですか？」

「え？　え？」

「神官長が言っていたでしょう？　この件は決して公表しない、と。灰色神官はさらわれなかったし、わたくし達は神殿を出ることもなかったのです」

聖典を盗まれたことを含めて、全てなかったことになるのだ。神殿から出ていないことになるのだから罰則などあるはずがない。

「それよりも、神殿にオルドナンツを飛ばしてくださいませ。無事を知らせなければ」

「はい！」

「ユーディットです。レオノーレ、無事に灰色神官達を救出しました」

白い鳥が飛んでいく。これでフランから孤児院の皆にも灰色神官達の無事が伝わるだろう。

「服はひどい状態ですが、全員無事でよかったです」

ユストクスが届けてくれた灰色神官達の服は身食い兵から脱がすのが大変だということで、二人分はすっぱりと前が切られてしまっていた。もう二人分は灰色神官達の逃亡を防ぐために脱がしていたのか、今後の着替えにするつもりだったのか、馬車の中に丸めて置かれていたらしい。

ボロボロの服を着る羽目になった二人は必死に前を掻《か》き合わせて押さえているが、ないよりはマシだ。孤児院に戻ったらヴィルマに頼んで新しい服を出してもらえばいい。

「まさかローゼマイン様が騎士達を率いて助けに来てくださるとは思っていなかったので、本当に嬉しく存じます」

「コンラートが孤児院の窓から門番がさらわれるのを見ていたので、こうしてすぐに助けに来ることができたのです。戻ったらコンラートに無事な姿を見せてあげてくださいね」

「はい」

契約魔術の違反者の末路のように怖いこともあったけれど、救出は無事に済んだ。灰色神官達をレッサーバスの後部座席に乗せ、ユーディットが助手席に座り、わたし達が神殿へ戻る準備をしていると、オルドナンツが飛んできた。

「レオノーレです。大変恐縮《きょうしゅく》ですが、無事に灰色神官達の救出が終わったのでしたら、なるべく早く戻って来てくださいませ。わたくしではハルトムートを止められません」

……え？　ハルトムート⁉

証拠品

フェルディナンド達と合流し、急いで神殿へ戻る。正面玄関までレオノーレとフランとヴィルマが出迎えに来てくれていた。

「ヴィルマ、灰色神官達は全員無事です。ただ、服がボロボロなので新しい服を準備してください。

それから、今日はもう休めるように配慮をお願いしますね」

「かしこまりました。ローゼマイン様、皆様。彼等を助けてくださってありがとう存じます」

ヴィルマが喜びに綻《ほころ》んだ笑顔でこの場にいる皆を見回した。まるで自分が助けられたような嬉しそうな笑顔だ。

「皆様は彼等だけではなく、自分の身に何かがあったとしても見捨てられるだろうと思っていた孤児達全員の心を救ってくださったのです。心から感謝しています」

ヴィルマの言葉にわたしの側近達が複雑な笑みを返す。ヴィルマと灰色神官達が孤児院へ向かうのを見ながら、ダームエルが小さく呟いた。

「我々はローゼマイン様のご命令に従っただけですから、次に同じことが起こった場合、ご命令がなければ灰色神官達を助けません。それでも、こうして礼を言われるのは嬉しいものですね」

「あら、次もわたくしは同じように命令しますから、助けることになります。それだけは間違いありませんよ」

わたしは自分の側近達を見回しながらそう言った後、報告のタイミングを計っているレオノーレに視線を止めた。

「それで、レオノーレ。一体ハルトムートに何があったのですか?」

「見ていただくのが一番早いと存じます」

レオノーレが疲れたような顔でそう言って、神殿長室や神官長室がある場所とは少し違う青色神官の部屋がある方へ歩いていく。わたしの歩く速度に合わせて歩いてくれているので、頭を抱えたくはなるけれど、それほど大急ぎの案件ではないようだ。

「あ、神官長も付いて来てくれるのですか？」

「ハルトムートは私の側仕え達を使っているはずだから無関係ではあるまい。私の側仕えは一人も出迎えに出ていないからな。少々不安だ」

フェルディナンドが一緒に来てくれるのは非常に心強い。

「ハルトムートがわたくしの手に負えなかった時は神官長にお願いしますね」

「君の側近だ。君が何とかしなさい」

フェルディナンドが突き放した物言いをした時には目的地に到着したようだ。ある扉の前に一人の灰色神官が立っているのが見える。彼はわたし達の姿を見て、明らかに安堵の息を吐くと、すぐに背後の扉を開けてくれた。

「おや。おかえりなさいませ、ローゼマイン様。見苦しい恰好で申し訳ございません」

くるりと振り返ったハルトムートが非常に爽やかな笑顔を見せてくれた。ぐるぐる巻きになっている青色神官の上に馬乗りになり、おそらくシュタープを変形させた短剣を振りかざした状態で。そんなハルトムートの周囲では何人もの灰色神官達が必死に他の側仕え達を縛り上げている。

……何、これ？

「助けてください、神殿長！　話を終えるとハルトムート様が突然このような暴挙《ぼうきょ》に！」

ハルトムートに押さえこまれている青色神官がわたし達の顔を見て、ジタバタともがきながら助けを求めてくる。次の瞬間、ハルトムートにガッと短剣の柄《つか》で殴られた。

「ローゼマイン様に助けを求めるというのはずいぶんと厚かましいと思うのですが？」

「た、たたた、大変申し訳ございませんでした！」

予想外の状況に皆が呆然としていた中で、誰よりも先に叫んだのはレオノーレだった。

「何をしているのですか、ハルトムート⁉　情報の流出を防ぐために縛るだけだと言っていたではありませんか！」

レオノーレによると、話を聞くために呼びつけると逃げられたり、貴族へ救援を求められたりする恐れがあるので、ハルトムートは青色神官の部屋を突撃訪問して質問することにしたそうだ。

「情報漏洩《ろうえい》を防止することは重要ですから、そこまでならばわたくしは何も思わなかったのです」

わたしもレオノーレと同じように、アポイントメントを取るのが当たり前の貴族社会で結構無茶をするなぁ、と思ったが、同行していたフェルディナンドの側仕えにとっては前代未聞の大変な事態である。「そのようなことをして本当に大丈夫なのでしょうか？」と質問が寄せられ、フランには「青色神官を縛るという仕事は、灰色神官達にはとても精神的な負荷が大きいようです」と苦情が寄せられる結果になっていたそうだ。

「そこでローゼマイン様にオルドナンツを送ったのですけれど、まさか青色神官を縛り、武器を振り上げているとは思いませんでした。ハルトムート、貴方は一体何をしているのですか？　何か有益な証拠でもございましたの？」

レオノーレが厳しい眼差《まなざ》しでハルトムートと青色神官を見下ろす。ハルトムートはぞっとするほど冷たい目で青色神官を見下ろした後、わたしの方を向いてニコリと笑った。

「有益な情報は特にありませんでした。ですが、ローゼマイン様のお耳には入れ難《にく》い暴言がございましたので、どのような意図と証拠があり、暴言に及んだのか尋ねていたところでございます」

旧ヴェローニカ派の青色神官が口にしそうな暴言など「平民上がり」というものに違いない。これまで神殿内では「まだそのようなことを言っているのですか」と呆れた目で見られる程度で終わっていたが、ハルトムートにとっては武器を振りかざして尋問しなければならない暴言のようだ。フェルディナンドが「馬鹿馬鹿しい」と呟きながら軽く手を振る。

「ハルトムート、情報の流出を警戒するのは間違っていない。今回のような場合は特に重要だ。しかし、少々手荒だな。神官長室に青色神官を集めて、見張りを付け、執務をさせなさい。このように転がしている時間が勿体ない。それから、ローゼマインへの暴言に関する尋問は後日にしなさい。今は時間が惜《お》しい。わかるな？」

「そうですね」

ハルトムートは「後日じっくり行います」と言いながら素直に立ち上がる。フェルディナンドは力なく倒れている青色神官を静かに見下ろした。

「青色神官全員へ質問を終えるまでここでこのまま縛られているのと、神官長室でハルトムートの監視下に置かれながら執務をするのと、どちらか好きな方を選べ」

フェルディナンドの質問に青色神官は情けない顔でわたしに助けを求めるような視線を向けてきた。そんな目を向けられても困る。どっちもひどい選択肢だとは思うが、フェルディナンドとハルトムートの二人がここまで情報漏洩を気にするのならば、わたしが口を出せることではない。わたしは小さく首を横に振った。

……助けられないよ、ごめんね。

青色神官は絶望の表情になり、ガクリと項垂《うなだ》れながら「……し、執務をさせてください」と小さく答えた。

「よろしい。そのように取り計らいなさい。ハルトムート、其方が責任を持って彼に執務をさせるように。これから先の青色神官への質問は私が行う」

その言葉を受けて、フェルディナンドの側仕えがすぐに動き始めた。青色神官の縛めを解き、神官長室へ連れて行く。それから、これまでにハルトムートの指示で縛られた青色神官達にも選択肢を示さなければならない。大忙しだ。

「他に情報はあったか？」

「今のところは特にございません。昼食時に廊下を人が移動するのを感じたという程度です。ただ、青色神官達はローゼマイン様の素晴らしさも、工房で印刷業を行う灰色神官達の価値も、全く理解していないことはよくわかりました。執務の中でそれを教えていかなければなりませんね。では、後はお任せいたします」

ハルトムートはビクビクとしている青色神官を追い立てるようにして、神官長室へ向かう。その背中を見送った後、フェルディナンドはわたしを見下ろした。

「さて、これから先は君に対する暴言を吐きそうな青色神官ばかりが残っている。暴走の危険性があるハルトムートを運よく隔離《かくり》することができたわけだが、誰の部屋から行くか……。シキコーザの一族と仲が良かった青色神官はあと三名いる。実家は全て旧ヴェローニカ派だ」

そう言いながら、フェルディナンドは三人の名前を挙げる。エグモントという名前を聞いた瞬間、ぴくっとわたしの耳が動いた。

「エグモントです。彼が犯人に決まっています」

「根拠は？」

「女の勘《かん》です。彼にはわたくしの図書室を荒らした前科があります」

「馬鹿馬鹿しい。ただの私怨《しえん》ではないか。全く根拠になっておらぬ」

フェルディナンドが眉間に深い皺を刻んでわたしを睨む。でも、わたしは思う。エグモントしかいない。絶対に間違いないのだ。

わたしの主張にコルネリウスが軽く肩を竦めた。

「フェルディナンド様、エグモントから質問すれば良いのではありませんか？　違っていても少し順番が変わるだけです」

「ふむ。確かにこのような問答をしている時間が惜しい」

フェルディナンドがエグモントのところに向かう気になってくれたのでコルネリウスを感謝して見上げると、コルネリウスはニッと笑ってわたしを見下ろした。

「それに私はローゼマイン様の女の勘を信用していますよ。どのように幼くても女ですからね」

「ごめんなさい。今すぐに忘れてください、コルネリウス兄様。神官長の言う通り、わたくしの場合はただの私怨ですっ！」

フェルディナンドのようにツッコミを入れてくれるわけでもなく、含み笑顔で肯定されて繰り返されると、穴があれば入りたいどころか、自分で掘って埋まりたいほど恥ずかしくなる。頭を抱えるわたしの肩をコルネリウスが笑いを必死に堪《こら》えている顔で軽く叩いた。

「神殿長及び神官長より急ぎの話がある。扉を開けてもらおうか」

「お約束はなかったと存じます」

扉の向こうから側仕えの女性の声が聞こえた。「今日のところはお引き取り下さい」という返事に、フェルディナンドがぞろぞろと付いてきている護衛騎士達の中からコルネリウスとエックハルトを呼んで扉を指差す。

「中に影響がない程度の力で叩き切れ」

「え？　よろしいのですか？」

コルネリウスが困惑した顔でフェルディナンドを見上げた時、エックハルトはすでにシュタープを変形させ、扉の前に立っていた。

「フェルディナンド様、私一人で十分です」

エックハルトはそう言って剣を振り上げると、本当に軽く扉を叩き切った。ピシッと線が入って、扉がゆっくりと部屋の中側に向かって倒れていく。鮮やかな手並みに目を瞬いていると、「コルネリウスに経験を積ませるつもりだったのだが、まぁ、よかろう」とフェルディナンドが呆れたように呟いた。

扉が傾いていけば、当然のことだが、中が丸見えになる。何が起こっているのかわからないというように唖然とした顔で倒れていく扉を見ている側仕えの巫女の姿が目に入った。奥の方には長椅子に座っている青い衣と灰色の衣が見える。

「話があると言ったはずだ」

扉の近くにいた側仕えを無視して、フェルディナンドは倒れた扉を踏み越えてスタスタと部屋に入っていく。エックハルトとユストクスが平然とした顔で付いて行くので、慌ててわたしも自分の護衛騎士達を連れてその後ろに付いて行った。

長椅子の上で側仕えといちゃいちゃしていたらしいエグモントが「うわぁ！」と叫んだ後、フェルディナンドの後ろにいたわたしを見つけて叫ぶ。

「ぶ、ぶぶ、無礼にも程があるぞっ！　予《あらかじ》め、約束を取り付けるという作法も知らぬのか、これだから卑《いや》しい生まれ育ちは！」

エグモントの叫びにピリッと周囲の側近達の空気が尖った。

「あぁ、ここにはハルトムートを連れて来なくて正解でしたね」

「えぇ、わたくしも危うくシュティンルークを出してしまうところでした」

コルネリウスとアンゲリカがフフフッと笑う。フェルディナンドは冷たくエグモントとその後ろに隠れるようにして身嗜《みだしな》みを整えている側仕えを見下ろしながら、フンと鼻で笑った。

「そこの灰色巫女を側仕えに召し上げる時、事前に約束を取り付けることなく神殿長室を訪れていた其方が偉そうに言えることか？」

フェルディナンドが言っているのは、どうやらわたしがユレーヴェで寝ている間の話のようだ。そういえばリリーが妊娠し、代わりの巫女が召し上げられたという報告を受けた時にエグモントが無作法をしていたと聞いたような気もする。

フェルディナンドの指摘にエグモントは一度言葉に詰まった後、ぐぐっと胸を張り、ビシッとわたしを指差した。

「お前のような小娘が皆を騙《だま》していられるのは今の内だ。すぐに化けの皮を剥がしてやるからな」

……あれ？

自分に向かって突きつけられたエグモントの人差し指の隣、中指が握りこまれているせいだろう。魔石のはまった指輪がキラリと光ったのがよく見えた。家紋のような模様が浮かぶ指輪に思わず目が釘づけになる。

……あんな指輪、前は付けてなかったよね？

左手の中指に指輪をはめるのは洗礼式を終えた貴族の子だ。貴族の子として洗礼式を受けない青色神官は魔術具の指輪を付けない。家族からもらった指輪を付ける者もいるらしいが、エグモントは今まで付けていなかった。その他にわたしが知っている、中指に指輪を付けている者は従属契約を結んだ身食い兵だ。

「エグモント、その指輪は……」

わたしの言葉に皆の視線が指輪に向かう。次の瞬間、わたしの視界はフェルディナンドのマントしか見えなくなった。

「え？」

視線を上げると、フェルディナンドがシュタープを剣に変形させて、振り抜いている体勢だった。

皆が息を呑む音がやけに大きく響く。それから、一拍の間をおいて悲鳴と血飛沫《ちしぶき》が辺りに飛び、マントの向こうでゴトリと重い物が落ちた音がした。

「あ……ぎゃあああぁぁぁぁっ！」

エグモントの絶叫《ぜっきょう》が上がり、それに続くようにしてエグモントの側仕え達の悲鳴が響く。マントの向こうで何が起こっているのか想像はつくけれど、わたしの視界にはフェルディナンドのマントと鎧《よろい》以外は入ってこない。そんな中、フェルディナンドはエグモントに向かってシュタープを構えたまま静かに指示を出し始めた。

「ユストクス、エックハルト。ローゼマインの工房へ向かい、魔術具を！　ユーディットとレオノーレはローゼマインの護衛として同行し、神殿長室で待機だ。こちらが呼ぶまで出てくるな。コルネリウスとダームエルとアンゲリカは側仕えを全員捕縛《ほばく》せよ」

「はっ！」

エックハルトとユストクスがすぐさま動き始める。エックハルトはフランの肩を軽く叩いて「部屋の扉を開けろ」と言いながら早足で歩いていき、ユストクスはフェルディナンドを見上げたまま立ち竦んでいるわたしをひょいっと抱き上げた。

「急ぎますから失礼いたします、姫様。ユーディット、レオノーレ、行きましょう」

ユストクスはわたしを抱き上げたまま走り始めた。

到着した時には神殿長室はフランによってすでに大きく開けられていた。エックハルトが工房に繋がる扉の前で待機している。

「ローゼマイン、工房を開けてくれ。魔術具を出さねばならぬ」

わたしは扉を開け、エックハルトとユストクスが通れるように許可を出す。二人は時を止める魔術具を抱えて出て行った。

「大丈夫ですか？　お近くでご覧になったのでしたら、気分が悪くなったでしょう？」

レオノーレが心配そうにわたしを覗き込む。わたしはゆっくりと首を横に振った。

「平気です。わたくし、神官長のマントしか見えなかったので……。レオノーレやユーディットは大丈夫ですか？」

「わたくし達はこれでも騎士ですから」

力強く笑うわたし達の前にお茶とお菓子が出される。ニコラがいつも通りの笑顔を浮かべながら「おいしい物を食べて元気を出してくださいね」と言った。その笑顔に日常が戻ってきた気分を感じながら、わたしはそっとお茶に口を付ける。

「何かあったのですか、ローゼマイン様？」

ローデリヒが不安そうな顔で聞いてきた。わたしは「不審な指輪を付けている者が青色神官の中にいました」とだけ答える。

「捕らえるのは神官長と護衛騎士達に任せましょう。わたくしはわたくしにできることをしなくては。下町から新しい情報は入っているかしら？」

犯人を捕まえたり尋問をしたりするのは、わたし向きの仕事ではない。わたしが頭を切り替えると、フィリーネが即座にメモ用紙を持って報告を始める。

「下町の者からの情報です。神殿の門番がいないため、馬車の中で待たされることになる主のために、オトマール商会へお菓子を買いにくる御者が数人いたようです。四の鐘が鳴るより少し前に最初の御者が来たようです」

オトマール商会のユッテからの情報で神殿の門番がいなくなった時間についての情報が入っていた。それはわたし達がイタリアンレストランに向かってすぐの時間だった。

「それに加えて、本日、貴族の使いらしき男がイタリアンレストランで食事をしたいという申し出があったそうです。ローゼマイン様とフェルディナンド様の来店があるため断ったそうですが、似た雰囲気の男が周辺をうろついているのを店の者が確認しています」

「もしかしたら、その男がわたくし達の動向を見張っていたのかもしれませんね。あまりにもはっきりと不在の時間を把握されていたようですもの」

イタリアンレストランでの不審者の目撃情報についてフィリーネと話していると、今度はローデリヒが報告を始める。

「こちらはギルベルタ商会からです。三の鐘と四の鐘の間に貴族の使いらしき男がやって来て、新しい流行の染め布を所望したそうです。商人を装《よそお》っていたようですが、物腰、言葉遣い、店員への態度が貴族の周辺にいる者と同じ感じだったそうです。ローゼマイン様が気に入っている布を所望していたと聞きました」

新しい染めに関しては自分の好みを追求していくのが主流となっている。貴族が注文する時は染めの見本を見て、好みのタイプの布を自宅に持ってこさせ、工房や職人を指名するのだ。「わたしと同じ」という注文の仕方はフロレンツィア派の貴族はしない。

「何が目的なのでしょう？　ギルベルタ商会も何か汚名を着せられるような陰謀《いんぼう》に巻き込まれている可能性がありますね」

わたしの脳裏に浮かぶのはギルベルタ商会のダプラ見習いをしているトゥーリだ。髪飾り職人であるトゥーリが狙われていることも考慮しなければならない。

そんな報告を受けていると、ほどなく、ユストクスがやって来た。

「姫様、大変恐縮ですが、城まで騎獣を出してほしいとフェルディナンド様が仰《おお》せでございます」

馬車で運べないことはないけれど、迅速に、人目につかずに時を止める魔術具とエグモントの側仕え達を移動させるのはレッサーバスの方が都合が良いらしい。レッサーバスならば直接城に入れるけれど、馬車で運ぶとなれば城に入る門で一度検査があるのだ。

わたしは護衛騎士達を引き連れて、城へ向かう準備をする。時を止める魔術具と縛られている四人の側仕えを護送するのだ。護衛騎士達が魔術具や側仕え達を乗せていく。フェルディナンドがその様子を見ながら呟いた。

「このようなことをさせてすまない、ローゼマイン」

「構いません。わたくしの聖典を取り戻すためですから」

守られているだけのわたしよりも、フェルディナンドや護衛騎士の方がよほど大変だ。

「君の仕事は城まで運ぶだけだ。その後はすぐに神殿へ戻りなさい。君には孤児院の様子を見たり、神官長室で執務をしている青色神官達を解放したり、すべきことがたくさんあるからな」

側仕えが暴れないように監視のため、助手席にユーディット、後部座席にアンゲリカとレオノーレも乗せて、わたしはフェルディナンドの騎獣を追いかけて城へ移動する。いつもと違って、領主一族の居住区域ではない場所へ向かっているようだ。冬の主討伐の時に集合していた訓練場らしき建物が見えるので、騎士達が使用する一角だろうか。

「……フェルディナンド様がどこへ向かっているのかわかりますか？」

アンゲリカが向かう先に待ち構えている数人の騎士達を示しながら簡潔に答えた。

「犯罪者を扱う場所です」

護衛騎士達がレッサーバスから時を止める魔術具や側仕え達を降ろしていく間、カルステッドがわたしの頭を軽く撫でてくれる。

「大変なことになったようだな、ローゼマイン。証拠と手がかりは我々が得るので、こちらに任せて少し休みなさい」

「でも、皆が動いているのにわたくしだけ……」

自分だけ休むのは悪い、とわたしが言うよりも先にカルステッドがわたしの額を軽く弾いた。

「……この後に備えるのが大事だ。青色神官を捕まえたところで終わりではないのだからな。むしろ、これは始まりだ」

それぞれが見たもの

カルステッドに諭《さと》されて、わたしは荷物を降ろすとすぐに神殿へ戻った。エグモントが関わりを持っているのは確実だが、他の青色神官達も多少の関わりがあるかもしれない。わたしは神官長室へ寄ってハルトムートに声をかける。

「ハルトムート、神官長が城へ向かったので、エグモント以外の二人の事情聴取をお願いしても良いかしら?」

「ローゼマイン様のお願いであれば、喜んで」

ハルトムートはフェルディナンドの側仕えを連れて出て行く。その途端、ハルトムートの監視下で執務をしていた青色神官達が一斉に肩の力を抜いた。

「気を抜いている場合ではありませんよ。神官長が正式に交代すれば、これが日常になるのですから。しっかり執務に励《はげ》んでくださいませ」

使えない青色神官などいらぬというスタンスはフェルディナンドもハルトムートも同じだ。しかし、彼等に対する処置が放置と排除で大きく違う。ヴェローニカから逃れるために神官として神殿入りしなければならなかったフェルディナンドと、貴族の身分はそのままでわたしを手伝うために出向しているハルトムートでは神殿や神官に対する意識が全く違うのである。

ハルトムートは典型的な上級貴族だ。青色神官は貴族院を卒業していないので、自分達と同じ貴族とは考えていない。神殿長であるわたしとフェルディナンドを除けば、神殿において最も実家の格が高いせいもあって、青色も灰色も自分より下の身分の神官という枠で一括《ひとくく》りにしている節がある。ハルトムートにとって大事なことは、就任の挨拶で言っていたように「わたしの役に立つか否か」だ。下手したら、灰色神官達の方が価値があると思っていても全く不思議ではない。

……それに、この冬を越えても青色のままでいられる神官がどれだけいるかもわからないし。フェルディナンドは旧ヴェローニカ派の排除があると言っていた。援助してくれる実家がなくなれば、青色神官は青色神官でいられない。大きく変わるのは貴族の関係だけではない。貴族社会の影響を色濃く受ける神殿も無関係ではないのだ。

……貴族院にいる学生達は名捧げをすれば命は助かるだろうけど、小さい子はどうなるんだろう？　孤児院で引き取る？　全員を引き取るのはさすがに予算がきついかな？

でも、貴族を育てていかなければ先々困るはずだ。ジルヴェスターはその辺りをどのように考えているのだろうか。貴族院に向かう前に一度話し合いが必要かもしれない。

考え事をしながら執務をしていると、ハルトムートが戻って来た。後の二人は侵入してきた貴族に特に関与はなかったようだ。青色神官全員の事情聴取が終わったので、監視も終了である。

「皆の協力に感謝します。もう自室に戻っていただいてよろしくてよ」

青色神官達とその側仕えを解放し、ハルトムートに付き合わされた神官長室の側仕え達を労《ねぎら》って自室に戻る。その頃にはもう未成年の側近は帰る時間になっていた。

「ローゼマイン様、身辺には十分にお気を付けくださいませ」

心配そうな顔でレオノーレ、ユーディット、ローデリヒ、フィリーネが帰っていく。それを見送った後、コルネリウスがゆっくりと息を吐いた。

「私ではローゼマイン様が毒殺されかけてもそれがわかりません。身辺に気を付けると言われてもどのように気を付ければ良いのやら……まだまだ未熟です」

近い内にエックハルト兄上に教えてもらわなければ、と呟きながら漆黒の瞳に強い光を宿すコルネリウスの肩にハルトムートが手を置いた。

「コルネリウス、ローゼマイン様が毒殺されかけるとはどういう意味でしょう？」

毒殺騒ぎの時にはすでに席を外していたハルトムートの橙色の目がギラリと光る。そういえば、まだハルトムートに偽物の聖典の顛末《てんまつ》について話をしていなかった。わたしはハルトムートに別行動していた時の報告をする。

「ほぉ、偽物の聖典に毒が塗ってあり、ローゼマイン様も私も毒殺される危険性があった、と。ダールドルフ子爵夫人が持ち込んだのですよね？」

ハルトムートは偽物の聖典に毒が塗られていたことに、ひやりとするような笑みを浮かべた。青色神官に馬乗りになっていた姿が蘇《よみがえ》り、わたしは慌てる。

「まだ犯人が彼女と完全には決まっていませんよ。せめて、門番の四人から事情を聴いたヴィルマの報告を待ってから断定してくださいませ」

「では、報告が来るまでの間によく使われる毒物とその対処方法についてお話ししましょう」

ハルトムートはダームエル、アンゲリカ、コルネリウスに向かって毒の種類や対処方法をレクチャーし始めた。アンゲリカはしっかりとシュティンルークに魔力を注いでいる。

「ハルトムートはどこでそのようなことを知ったのですか？」

「神殿での執務の合間にユストクス様から教えていただきました。領主一族の側近として持っていた方が良い知識だそうです。今の領主一族は仲が良くて出番はないかもしれない、と言われていたのですが、これほど早く必要になるとは思いませんでした」

そう言いながら、ハルトムートはフランに鍵の保管箱を持ってこさせた。革の手袋をはめ、聖典の鍵を手に取る。そして、護衛騎士達に説明しながらエックハルトがしていたように色々な薬をかけたり、魔石を当てたりし始めた。

「……ローゼマイン様、この聖典の鍵も偽物なのでしょうか？　姿を写しただけの聖典とは違ってずいぶんと複雑な魔法陣が刻まれているようですが」

「わたくしの魔力で登録されている鍵ではないのですけれど……」

鍵は本物なのだろうか。わたしは首を傾げる。ハルトムートが聖典の鍵を摘まみ上げ、魔石の部分を凝視する。

「ここに忍び込んだ貴族が魔力だけを登録し直したということはありませんか？　それだけでもどこからどこまでが偽物なのか咄嗟《とっさ》には判断できません。聖典が偽物だったので、鍵も偽物だと決めつけて探し回ることになれば、犯人達はその混乱ぶりを嘲笑《あざわら》うことができますから」

ハルトムートの言葉にわたしは鍵を見つめた。精巧な偽物なのか、魔力だけが登録し直された本物なのか、わたしにはわからない。

「……どちらにせよ、聖典が戻らなければこれが本物かどうかも確認できませんね。神官長が戻られるのはいつでしょう？」

「周囲には内密に、そして、迅速に記憶を覗くとおっしゃいましたから、明日か明後日《あさって》にはお戻りになると思います」


ダームエルはそう言ったけれど、次の日になってもフェルディナンドは戻ってこなかった。少しでも多くの情報を集めるためにわたしは四人の灰色神官達を呼んで事情を聴く。

「最初、御者はプランタン商会だと名乗り、エグモント様へ取り次ぐように、と申し出たのです」

門番達はすぐにおかしいと思ったのだそうだ。プランタン商会はいつも同じ御者を使う。馬車も違う。ギルからの連絡もなかった。何よりも御者の態度は貴族寄りのものだった。

「富豪とはいえ平民です。貴族の子である青色神官に取り次ぎを願い出る場合、プランタン商会もギルベルタ商会もオトマール商会もとても丁寧な物腰です。いいから早く取り次げ、とはおっしゃいません」

「我々が疑問点を指摘すると、ダールドルフ子爵夫人が馬車から少し顔を出しました。お約束をしているので早く取り次ぐように、とおっしゃったのです。私はシキコーザ様にお仕えしていたことがあるので、ダールドルフ子爵夫人のお顔を覚えていました。ですから、すぐに面会予約があるかどうか尋ねてくると伝えてエグモント様のところへ向かいました」

シキコーザもその親族も灰色神官に対する扱いはひどいものだった。ここで怒らせれば大変なことになると判断したらしい。エグモントに来客があると伝えればきちんと面会予約はできていたようで、出迎えに行くという返事があった。

「門へ戻り、面会予約はあったことを門番達に伝え、馬車用の門を開けに行きました。馬車が通った後、門を閉めようとしたところで私達は捕らえられたのですが、本当にあっという間のことで、何が起こったのか全くわかりませんでした」

「身動きのできない状態にされ、馬車に運び込まれました。馬車の中で普通の紐で更に縛られました。その時、街を出る時に魔力の縛めが消えるという言葉が聞こえ、自分達が街の外に連れ出されることがわかったのです」

「私達も何とか抵抗しようと試みました。門を通過する時にもがいて兵士の注意を引いてみたのですが、蹴《け》られたり踏まれたりして痛い思いをしただけで兵士達に気付いてはもらえませんでした」

馬車は街から出てしまった。その後、どこかの農村に荷馬車と御者の農民が準備されていて、乗り換えるように言われたそうだ。その際、簡単には逃げられないように服を脱げと命じられ、縛り直されて荷馬車に乗せられたらしい。

「農民の男は金で雇《やと》われたようです。契約書に血判《けっぱん》を押し、指輪を預かっていました。当初は指にはめる予定だったようですが、彼は魔力がなく指輪の太さを調節できなかったため、紐に通して服の下に隠していました」

その後は荷車に布をかけられて運ばれただけなので、それ以上のことは何もわからないらしい。

「教えてくれて助かりました。ダールドルフ子爵夫人には苦情を申し入れておきましょう」

わたしは灰色神官達に孤児院へ戻るように言う。

「……侵入した貴族の女性はダールドルフ子爵夫人、手引きした青色神官はエグモントで間違いないようですね」

「灰色神官の証言では貴族社会で信用されませんが、間違いないでしょう。フェルディナンド様がエグモントの記憶からどの程度の情報を持って帰ってくれるかが大事ですね」

エグモントの指輪が誰に繋がる物なのか調べることも大事なことだけれど、貴族に通用する証拠を揃えるのにどのくらいの時間がかかるかわからない。犯人がわかっているのに動けないことにじりじりとした焦りを感じている。わたしは少しでも早く聖典を取り戻したいのだ。

「ローゼマイン様、聖典を探そうとして勝手に飛び出さないでくださいね」

「領主の養女という権力をかざすためには、それなりに筋道を通すことが必要だとわかっているから、わたくしはこうして神殿でおとなしくしているのですよ」

神殿にいてもできることをやるしかない。幸いなことに、今のわたしは以前のビンデバルト伯爵の時とは違って、下町の皆を貴族の横暴で潰さないように立ち回ることができるのだから。

「ギルを通じてギルベルタ商会やプランタン商会に事情を説明しました。勝手に名を使われる危険性について注意を促したことで、ギルベルタ商会からは不審な貴族の使いに売った布の見本もこうしていただきましたし……」

わたしはギルが預かってきた布を広げた。わたしが愛用している布は母さんに注文してから染めてもらうので、すぐには準備できない。それに、使いの態度が良くなかったので、似たような雰囲気だけれど、別の職人が染めた布を売ったと聞いている。

「それにしても、わたくしが気に入っている布を買ってどうするのかしら？」

首を傾げていると、オルドナンツが飛んで来た。「フェルディナンドだ。これから戻る。護衛騎士を集めておけ」と簡潔な言葉を三回繰り返して白い鳥は黄色の魔石になる。

「ダームエル、護衛騎士を集めてください。ザームは神官長室に連絡をお願いします」

「かしこまりました」

「結論から言うと、十分な証拠が得られた」

城から戻り、神官服に着替えたフェルディナンドが神殿長室にやって来た。わたしはもちろん、護衛騎士達も緊張した厳しい顔つきで話を聞いている。

「今回の件はエグモントの実家の問い合わせから始まったようだ」

フェルディナンドは静かに話し始めた。エグモントは「実家から神殿長と神官長の両方がいない日がないか？」と問われたらしい。わたし達は城にも出入りしているので、不在の期間はそれなりにある。けれど、エグモントはそれがいつなのかという情報が入る立場ではない。

そんな質問があった数日後、神殿長と神官長が不在になるという連絡が来た。イタリアンレストランへ給仕の側仕え達も連れて行くため、神殿長室が完全に閉鎖されると通達がされたのだ。

「エグモントはこの情報をすぐに実家へ伝えた。その後、実家を通して送られてきたのがダールドルフ子爵夫人の面会依頼だった」

ダールドルフ子爵夫人から「不在の日時を指定した面会依頼」がやってくる。実家の力関係を考えても断れるわけがない。エグモントはすぐに了承《りょうしょう》の返事を出したそうだ。

「エグモントは、内密のお願いがあるので当日はプランタン商会と名乗って向かいます、と書かれた手紙を受け取っていたらしい。ダールドルフ子爵夫人のお願いをできるだけ聞き入れるように、と実家からの念押しもあったそうだ。指示通りに燃やされて処分されているので、これを証拠品とすることはできなかったが……」

当日、エグモントは一体何があるのか、と緊張しながら待っていた。そんな中、門から到着が知らされ、出迎えに出たそうだ。

「エグモントの記憶に出てきたのは、間違いなくダールドルフ子爵夫人だった。彼は門番の灰色神官達が誘拐されたことは知らなかったようだ」

エグモントはダールドルフ子爵夫人に「神殿長室に残っている側仕えも理由を付けて外へ出してほしいのです。神殿で手荒なことはしたくありませんから」と頼まれたらしい。言われるまま、自分の側仕えを神殿長室の確認に向かわせれば、ちょうどニコラとギルとフリッツの三人が神の恵みを孤児院へ運ぶところだったようだ。エグモントはそのまま三人を孤児院に引き留めるように側仕えの一人に命じた。

「ギル達を遠ざけて忍び込んだのですね？」

「あぁ。エグモントは別の側仕えに命じて、側仕え用の部屋の方から神殿長室へ忍び込ませた。内側から部屋の鍵を開けさせ、聖典の鍵を持ってこさせたらしい。鍵の置き場はどこも大して変わらないからな」

鍵は筆頭側仕えが管理している。神殿長室を施錠《せじょう》していても、残っている側仕え達が使う部屋は完全に施錠されていない。内部の事情に詳しい者の手引きがあれば、忍び込むことは可能だ。

エグモントの側仕えがフランの部屋で鍵の保管箱を探している間に、ダールドルフ子爵夫人は聖典を入れ替えたそうだ。

「わたくしの息子が殺されることになり、わたくしの一族がアウブから疎まれることになった原因はあの平民上がりの子供なのです。少し復讐《ふくしゅう》するくらいは許されるでしょう?」

拳ほどの大きさの魔術具を聖典に当てると、本物とそっくり同じ物ができあがる。ダールドルフ子爵夫人が聖典を偽物に入れ替えた。その場で見ていても、どちらがどちらかわからないほどに精巧な偽物だったようだ。

「これで秋の成人式や冬の社交界で周囲を騙して領主の養女となった忌々しい子供が慌てる姿を見られるでしょう。本物の聖典が失われていることに気付いた時にはもう遅いのです。誰がどのように入れ替えたかもわからなくなっているに違いありません」

ダールドルフ子爵夫人はクスリと毒を秘めた笑みを見せると、エグモントの側仕えが持ってきた鍵の保管箱から一つの鍵を取り出して握り込む。彼女の魔力を登録し直すことで聖典の鍵まで偽物だと慌てさせるのだそうだ。

「あの子供も、後見人をしている神官長のフェルディナンド様も管理不行き届きを責められ、何がしかの処分を受けることになるでしょうね」

聖典の入れ替えを通じて、儀式の場で神殿長に恥をかかせる。あわよくば領主の養女や神殿長という立場から引きずり下ろせるのだとダールドルフ子爵夫人は言った。

エグモントはその状況を想像して笑っていたそうだ。平民上がりの青色巫女として神殿に入って来たくせに神殿長となって偉そうにしている子供が、儀式の場で偽物の聖典だということに気付いて慌てふためくのだ。それはとても楽しみな光景ではないだろうか。前神殿長が亡くなってから寄付金の分け前は減ったし、祈念式や収穫祭に向かううまみもぐっと減ってしまった。少しは溜飲《りゅういん》が下がるだろう。そう考えていたらしい。

「平民の儀式がどのようになったのか、ぜひわたくしにも教えてくださいませ」

ダールドルフ子爵夫人はエグモントに背を向けて、偽物の聖典を手袋のはまった手で一度そっと撫でた後、鍵を保管箱に戻したそうだ。

「聖典の入れ替えを終わらせたエグモントとダールドルフ子爵夫人は、侵入した痕跡を残さないように最大限の注意を払って神殿長室を出ると、エグモントの部屋に移動した。そして、契約魔術を結んだのだ」

部屋を移動したダールドルフ子爵夫人は聖典を入れ替えた時に起こることや処分について話をし、

「あの子供が神殿長を降ろされたら、次の神殿長には貴方を推薦《すいせん》しましょうか。これほど協力いただきましたからね」と笑った。

「エグモントは愛想笑いをしつつ、貴族の言葉など信用できるものではないと考えていた。だが、その気持ちを見透かしたように、言葉だけでは信用できないでしょうとダールドルフ子爵夫人は一枚の契約書を取り出した」

その契約書には確かに「次の神殿長にエグモントを推薦する」という文章があった。

「契約魔術を交わすということは、破れない約束をすると言うことだ。エグモントは次期神殿長という響きに舞い上がって契約書に名を記し、血判を押した。それで契約魔術は完了だ。信頼の証《あか》しとして魔石のはまった指輪が贈られ、これで貴方も貴族の仲間入りですね、と言われたのだ」

貴族の子は洗礼式で魔石のはまった指輪を親から贈られる。青色神官で自分の指輪を持っていないエグモントは、ダールドルフ子爵夫人に渡された指輪を当然のように左手の中指にはめた。

「これで貴方も自分の魔力を扱うことができるでしょう。後はあの周囲を騙している平民上がりの神殿長が引きずり下ろされるのを待っていれば良いのです」

ダールドルフ子爵夫人にそう言われ、エグモントは指輪の魔石を見ながらにんまりと笑う。二人で平民上がりの神殿長を散々こき下ろしてすっきりしたところで、ダールドルフ子爵夫人は聖典を抱えて騎獣で帰っていった。馬車だけは別行動をさせて、周囲に自分が神殿へ行ったことがわからないように細工するらしい。

「痕跡は残していない。静かに秋の成人式を待てば良いと、自室で祝杯をあげているところに、我々が力ずくで入り、捕まったということだ。君に対する暴言は散々ダールドルフ子爵夫人に言われたことに加えて、酒を飲んで気が大きくなっていたせいもあるようだな」

フェルディナンドはゆっくりと息を吐いた後、わたしを見て、皮肉な笑みを浮かべた。

「ローゼマイン、覚えているか？　ビンデバルト伯爵が孤児に従属契約を結ばせた時のことを」

あの時、デリアが養子縁組と信じて交わした契約は、二重になっていて従属契約だった。

「まさか……」

「あぁ、契約書は二重だった。エグモントが結んだのは従属契約で、指輪は身食い兵と同じ物だ。用が済めば消すためであろう。……身柄を早めに確保できて幸いだった。青色神官であるエグモントの記憶は動かしようのない証拠となり得るからな。ダールドルフ子爵夫人とその一族は確実に処分できる。また、エグモントがはめていた指輪の紋章がゲルラッハの物であったため、そちらの関与も明らかだ」

フェルディナンドは「冬がとても楽になった」と唇の端を上げる。旧ヴェローニカ派を捕らえるのにも有効な証拠らしく、かなり機嫌が良い。カルステッドも報告を受けたジルヴェスターも「よくぞ罠《わな》を切り抜けた」と褒めてくれたそうだ。

「今回は君の女の勘というよりも、本に対する執着に驚かされた。この件は君の違和感から発覚したものだからな。気付かなければ大変なことになっていたであろう」

「わたくしの本に対する執着が少しでも理解できたのでしたら、早速行きましょう」

わたしが立ち上がると、フェルディナンドは眉間の皺を深くしてわたしを見る。

「どこへ行く気だ？」

「聖典を取り戻すのですよ。他に何をするのですか？」

ダールドルフ子爵夫人が持ち去ったとわかって、貴族達が納得できる証拠が挙がったのだから、聖典を取り戻しに行く以外にすることなどないだろう。わたしの言葉を聞いたフェルディナンドはまるで馬鹿にするように片方の眉を上げてわたしを見た。

「質問と答えが噛み合っていない。私はどこへ行くのか、と聞いているのだ。聞かなくてもわかる君の目的など一言も聞いていない」

「ダールドルフ子爵夫人がいそうな場所です。まずは、貴族街にある冬の館。そこにいなければ、ダールドルフにある夏の館へ突撃です。どこまで追いかけたとしても、わたくしの本は必ず取り戻します。絶対に逃がしません」

わたしがグッと拳を握って宣言すると、フェルディナンドも立ち上がった。

「確かに聖典は取り戻さねばならぬ。では、ダールドルフ子爵の館に向かうとしよう。歯向かう者は片端から縛り上げて行け。誰がどのような記憶を持っているかわからぬからな」

わたしは聖典を取り戻すため、フェルディナンドや護衛騎士達と一緒に貴族街にあるダールドルフ子爵の冬の館へ突撃した。

ダールドルフ子爵の館

ダールドルフ子爵夫人を捕らえるに足りるだけの証拠をじりじりとした気分で待っていたわたし

は、フェルディナンドの「よし」を聞いて神殿長室を飛び出した。護衛騎士に加えて、「神殿長であるローゼマイン様にとって大事な聖典を取り戻すのは、新しい神官長として大事な務めだと思うのです」と主張するハルトムートも一緒だ。

「わたくしの本は取り戻さなければなりませんものね」

「はい。聖女に聖典は必要不可欠です」

こういう時のハルトムートは心強い味方である。わたしは魔力で身体強化を更に強めながら全速力で走って外に出た。外へ出た時点で息が上がって、すでにぜいぜい言っているが、ここでへこたれるわけにはいかない。

……聖典を取り戻すためなら、わたし、ブラッディカーニバルの開催も辞さないよ！

騎獣に乗りこんで、ガシッとハンドルを握り、さぁ、行くぞ！　と勢い込んだところでわたしは動きを止める。困った。すぐさま聖典を取り戻しに行きたいのに、ダールドルフ子爵の館がわからない。

「あの、神官長。ダールドルフ子爵の館はどこですか？」

「え？　ローゼマイン様は場所がわからないのに飛び出したのですか!?」

「聖典を取り戻そうという心意気が大事なのですよ、ユーディット」

周囲の護衛騎士達がガクッと肩を落とす中、わたしの全速力に早歩きで対応できるフェルディナンドが呆れた顔になりながら騎獣を動かし始める。

「君は私の後に付いて来なさい。先に行かれたら非常に面倒なことになりそうだ」

ダールドルフ子爵の館は騎士によって見張られていたようで、到着と同時に二人の騎士がフェルディナンドのところへやって来て、「やはりこちらにいらっしゃるのは子爵夫人だけのようです」と囁《ささや》いた。ダールドルフはまだ雪が降っている地域ではない。家族はまだ夏の館にいるらしい。

「少しでも累《るい》を及ぼすのを避けるためか、邪魔が入らないように一人で行動しているのか……」

フェルディナンドがそう呟き、騎士達に次の指示を出す。それを横目で見つつ、わたしは玄関扉の前に立ち、ハルトムートに玄関扉のドアノッカーを叩いてもらう。

……自分でノックしたら「淑女《しゅくじょ》たる者……」って神官長に怒られるからハルトムートに任せるのであって、ノッカーに手が届かない我が身が憎いなんて思ってないよ。思ってないからね！

高い位置にある牛っぽい動物のドアノッカーを睨みながらそう思っていると、扉が開いた。目を丸くした筆頭側仕えらしき真面目そうなおじさんが側近達を見回す。それから、わたしに視線を止めて、何度か目を瞬かせた。

「ローゼマイン様ではございませんか。ギーベはまだこちらにお戻りではございませんし、奥様からもお約束があるとは伺っていないのですが、一体どのようなご用件でしょう？」

捕縛するつもりで来ているのだから、面会予約を取るわけがない。わたしはニコリと微笑む。

「わたくし、ダールドルフ子爵夫人にお会いしたいのです。お部屋に案内してくださる？」

「お約束のない方をお通しすることはできません。それはご存じでしょう、ローゼマイン様？」

丁寧な物腰で、しかし、厳格な顔でそう言われ、わたしはすぐさまその側仕えをシュタープの光の帯で縛り上げた。歯向かう者は縛り上げても良いとフェルディナンドに言われているのだ。聖典を取り戻そうとしているわたしの邪魔をする者は縛り上げてポイである。

「ローゼマイン様⁉」

突然縛り上げられ、バランスを保てずにバタリと床に倒れた筆頭側仕えは何が起こったのかわからないような顔をしている。わたしはもう一度側仕えに問いかけた。

「ねぇ、ダールドルフ子爵夫人のお部屋はどちらかしら？」

「お答えすることはできません」

縛られていても側仕えは頑《かたく》なに口を閉ざす。素晴らしい職業意識だ。いくら聞いても無駄だろう。わたしは聞き出すことをすぐさま諦めた。縛り上げた男の横を通ってさっさと館の中に入る。

「教えていただけなくて残念です。でも、貴族の館は似たような作りですもの。主の居住区域を片端から調べて行けばわかることですね」

「当主不在でお約束もない中、使用人をこのように縛り上げて他人の館へ入るなど、いくらローゼマイン様が領主の養女とはいえ、このような不作法が許されるとお考えですか？」

縛られて転がされていても、強い光を宿す目で彼はわたしを見上げて意見した。床に転がった彼を見下ろして、わたしはクスッと笑いながら体中に魔力を満たしていく。

「あら、嫌だわ。これがダールドルフのやり方でしょう？　ダールドルフ子爵夫人は約束をしていないにもかかわらず、わたくしが留守をしている神殿のお部屋に門番を縛り上げて侵入し、わたくしの大事な物を盗んだのです。わざわざダールドルフのやり方に合わせているのですから、貴方に非難される覚えはありません」

「なっ⁉」

大きく目を見開く男を魔力で軽く威圧する。あくまで軽く。この男はわたしの敵ではない。大事な情報源だ。

「ダールドルフ子爵夫人のお部屋はどちらでしょう？　答えてくださる？」

「う……うぐっ⁉」

軽くしか威圧していないはずなのに、彼は泡を吹いて意識を失ってしまった。

……まぁ、いいか。

彼が意識を失おうともわたしがやることは変わらない。わたしは女主人の部屋がある三階を目指して階段をよいしょと上がり始めた。

「ローゼマイン、騎獣を使った方が良いのではないか？」

苛立《いらだ》たしそうにフェルディナンドがそう言った時、突然上の方でドン！　ドドン！　と貴族の館ではあり得ないような音が響いてきた。

「女主人の部屋の方からだ。急げ！」

「ユーディットとアンゲリカはローゼマインに付いていろ！」

わたしの護衛を二人だけ残し、フェルディナンドは護衛騎士達を率いて階段を駆け上がっていく。スピードが段違いだ。わたしは急いでレッサーバスを出して乗り込み、皆を追いかけた。

「エックハルト、やれ！」

「はっ！」

護衛騎士達がシュタープを構える中、エックハルトが剣で扉を叩き切って蹴破るところでわたしはちょうど皆に追いついた。

次の瞬間、吐き気を催《もよお》すような生臭い臭いが部屋から流れてくる。扉の前に立っていたフェルディナンドとエックハルトが大きく目を見開くのがわかった。

「下がれ、ローゼマイン！」

「はいっ！」

鋭い声にわたしはその場を飛び退くようにレッサーバスを後退させる。部屋の中が見える位置にいるコルネリウスとダームエルの顔色も悪い。

「何があるのですか？」

「死体です。派手に血飛沫が飛び、血だまりができている床の上に女性がおそらく三人死んでいます。三人ともほぼ頭が吹き飛ばされたような状態ですね」

「ひゃうっ！　そこまで詳しい説明はいりませんでした！」

わたしはすぐさま顔を伏せてきつく目を閉じる。わたしの考えるブラッディカーニバルはそこまで血みどろではない。

……想定以上のブラッディカーニバルが終了してたよ！

「我々に気付いて自殺か。思い切りが良すぎるであろう」

フェルディナンドが溜息を吐きながら部屋に踏み入っていく。ユストクスとエックハルト、そして、わたしの側近の男性達がそれに続く。女性騎士は、部屋の中が見えない廊下の隅でがくがくぶるぶるしているわたしの護衛として残された。

……本物のブラッディカーニバル、マジ怖い。

「ローゼマイン様、こちらはダールドルフ子爵夫人が残した手紙のようです」

ハルトムートが持って来てくれたのは書き殴りに近い物だった。一族への恨みと「わたくしの記憶は渡しません。探せるものならば探してみなさい」というとても挑戦的な言葉が書かれている。

聖典が見つからなければ、シキコーザが処刑される原因となった神殿長と神官長の顔に泥を塗ることができ、領地に一つしかない聖典を失った領主を困らせることができる。それが叶っただけで満足なのだそうだ。シキコーザが処刑された時の家族の言動に絶望したようで、一族が滅んでも原因となったわたしやフェルディナンドに復讐したかったようだ。点々と血が飛んで模様のようになっている紙からも激しい憎悪《ぞうお》と感情が伝わってくる。

「……一族は完全に巻き添えですね」

「彼女と一緒に死んでいた側仕えもそうでしょう。記憶を読まれないようにしていますから、今回の企みに側仕えも加担していたのだと思われます」

自分だけではなく、今回の聖典の入れ替えに関わった者を殺したらしい。これではすぐに聖典が見つからないに違いない。

「……聖典の行方《ゆくえ》がわからなくなりましたね」

ダールドルフ子爵夫人を捕らえればわかると思っていたが、その手がかりが完全に消えてしまったのである。どこに聖典があるのか、全くわからない。

「突発的な自殺から考えても、我々の動きは予想外だったのでしょう。まだこの館に残っている可能性やどこかに移動させたとしても痕跡が残っている可能性があります」

ハルトムートはそう言ったけれど、何の手がかりもなく聖典を探すのはとても難しいと思う。ダールドルフ子爵の助力がなければ子爵夫人の隠し部屋は開けられないし、あの職業意識の高そうな使用人達から証言を取るのも難しいだろう。片端から記憶を覗くという方法もないわけではないが、それでは今回の件が公《おおやけ》になるに違いない。

……どうしよう？　ダールドルフ子爵に快《こころよ》く聖典探しを手伝ってもらわなきゃダメなんだけど、手伝ってくれるわけがないよね？

「ローゼマイン、外の騎士にこちらを手伝うように声をかけ、護衛騎士を連れて先に城へ行ってくれないか。アウブとの面会を取りつけ、事情を説明し、ギーベを呼び出すのだ。私はこの場の保存と情報収集を行ってから向かう。死亡は確認したが、この死体が本当にダールドルフ子爵夫人かどうかも確認しなければならぬ」

フェルディナンドは指示を出した後、また部屋へ戻っていく。ここで考え込んでいても聖典は出てこない。わたしはすぐさまジルヴェスターに「急ぎで面会したいです」とオルドナンツを飛ばし、リヒャルダにも同様に城へ戻ることを伝える。それから、外を見張っている騎士達にフェルディナンドのお手伝いを頼むと、自分の護衛騎士達を引き連れて城へ向かった。

聖典が盗まれたことやエグモントを捕らえたことはフェルディナンドが人払いをして報告してい

るし、エグモントの記憶を探る中でカルステッドが報告しているからだろう。ジルヴェスターはわたしのオルドナンツで緊急事態が起こったことを悟ったようだ。フェルディナンドが城へ到着するとすぐに呼び出され、執務室に到着した時にはすでに人払いがされていた。

「何があった？」

ジルヴェスターが鋭い深緑の目でわたし達を見回す。フェルディナンドが一歩前に進み出て、口を開いた。

「ダールドルフ子爵夫人とその側仕えが亡くなりました。記憶を読まれないように頭を吹き飛ばして自殺。他殺ではないことと、共にいた側仕えが子爵夫人の魔力で殺害されたことは確認済みです」

「何だと？」

フェルディナンドからの報告を聞いたジルヴェスターはきつく目を閉じた後、ゆっくりと息を吐いた。

「至急ギーベを呼び出し、一族の関与を調べて処分しなければならぬ。……冬の予定が狂うな」

旧ヴェローニカ派の処分は冬に行うと言っていた。今回、ダールドルフの一族を処分すれば、旧ヴェローニカ派に何らかの影響があるだろう。それが冬の予定にどのように関わってくるのかが読めない、とジルヴェスターは渋い顔になる。

「養父様、ダールドルフの一族全員を処分するのですか？」

「聖典を盗んだ上に、領主の養女の暗殺未遂だ。連座は当然ではないか」

「当然……なのかもしれませんけれど、そのように連座で直接の罪がない者を処分していけば、今のユルゲンシュミットと同じで貴族が不足し、領地の経営が立ち行かなくなるのでは？」

粛清のやりすぎで国の運営がうまくいかないほど貴族を殺すなんてバカじゃない？　と言っていたことを自分達でするのは更にバカな行為だと思う。

「……では、どうしろと言うのか？」

「シュツェーリアの盾で敵意や悪意の有無を確認し、名捧げで縛って、一族を存続させることはできませんか？」

アウブにはアウブでなければ動かせない魔術具があるように、土地を治めるギーベにもギーベでなければ動かせない魔術具がある。魔力圧縮方法で魔力が上がっている者は増えたけれど、エーレンフェストにそれほど貴族の余裕はないはずだ。

「貴族院の子供達は名捧げで連座の処分を免《まぬが》れるのでしょう？　ならば、敵意の有無が確認できた場合、大人も処分を免れる救済の道があっても良いと思うのです」

わたしの言葉に厳しい顔で首を横に振ったのは、ジルヴェスターではなく騎士団長であるカルステッドだった。

「だが、それではこれまで連座で処分された者に示しがつかぬ」

「お父様、一族の一人が敵意を持っていても全員が敵意を持っているとは限りません。罪は個人のものにしてくださいませ。そうでなければ、悪意や憎悪の連鎖《れんさ》は止められないと思います。シュツェーリアの盾で敵意の有無が調べられるのですから、不必要な処分で悪感情を相手に持たせるのは止めましょう」

相手が腹の中で何を考えているのかわからないのならば仕方がないかもしれないけれど、シュツエーリアの盾を使えば相手が敵意を持っているかどうかがわかるのだ。積極的に使用して、助けられる貴族を増やした方が良いと思う。

「だが、領主一族の暗殺未遂でそのような生温《なまぬる》い処分は……」

「お父様、お忘れですか？　聖典さえ戻れば、この件はなかったことになるのです。ならば、大っぴらに罪に問う必要もありません。秘密裏に名捧げをして終了です」

わたしの言葉にジルヴェスターが少し考え込み、何かを見極めるようにじっとわたしを見つめた。ジルヴェスターの領主の顔に思わず背筋が伸びる。

「ローゼマイン、ダールドルフ子爵夫人に暗殺未遂までされた其方が何故そこまであの一族を庇うのだ？　ここで放置すれば、また同じような目に遭う可能性もある。潰しておくのは其方の安全のためだぞ」

「一族を救済する道があった方が真剣に聖典を探してもらえるからです」

使用人からの事情聴取、子爵夫人の隠し部屋の捜索や屋敷内を調べることに関しても、救済の道が示されていれば真剣さが全く違うはずだ。一族総出で探してくれるだろう。彼女のことを全く知らないわたし達が闇雲に探すよりも交友関係や性格や好みを知っている人達が探す方が、よほど効率が良いと思う。

「今の時点で敵意がない者を処分するのは悪手です。救済の道を示して、精一杯働いてもらうのが一番だと思います」

処刑をすれば簡単に不安の種を取り除くことができるかもしれないけれど、不利益も大きいと思う。連座で一族全員が処分されるとなれば破れかぶれになる者もいるかもしれないが、救済の道があれば、一族や土地を守ることを役目とするギーベは何とか一族を救おうとするはずだ。

わたしの主張にカルステッドは呆れた顔をしたが、ジルヴェスターはニッと面白がるように唇の端を上げた。

「……いいだろう。正直なところ、旧ヴェローニカ派を排除して貴族の数が減りすぎるのは頭が痛い問題だったのだ。其方の風の盾を使って篩《ふるい》にかけ、救済の道を示してやろう」

聖典が盗まれたということは公にしたくないので、ダールドルフ子爵との話し合いは内密に行わなければならない。ジルヴェスターは子爵の館に移動すると言った。こっそり抜け出すので、ある部屋で待ち合わせをすることになる。

「アウブは側近を撒《ま》いてくるとおっしゃいましたけれど、どのようにすれば側近を撒くことができるのでしょう？」

不思議そうな顔でレオノーレが言ったけれど、わたしもジルヴェスターの抜け出し技は知らない。言われた通りの部屋で待機しながら外を眺める。待ち合わせに指定されたのは客用の部屋で、大きなバルコニーの向こうは明るく晴れていた。

「待たせたな。行くぞ」

扉が開いた気配もないのに、突然ジルヴェスターとカルステッドが現れた。

「お二人とも一体どこから出てきたのですか？」

「使用人が使う近道と領主にしか使えぬ脱出口の合わせ技だ。其方等には真似できぬ」

ふふん、と胸を張って言っているが、そんなことで胸を張って良いのだろうか。呆れるわたしの前で、ジルヴェスターがバルコニーに繋がる掃き出し窓を大きく開けて振り返った。

「さぁ、ローゼマイン。其方の騎獣を出せ。私の騎獣では目立つからな。私とカルステッドは其方の騎獣に乗っていく」

確かに三つ頭の獅子《しし》はジルヴェスターだけが使う騎獣だ。目立つし、移動しているのが丸わかりになる。わたしはレッサーバスを少し大きくしてジルヴェスターとカルステッドを乗せた。

「おぉ！」

ジルヴェスターは目を輝かせてあちらこちらを覗き込んでいるが、助手席にユーディットがいるので、これでも領主らしい威厳を忘れないようにかなり控えめにしている。ユーディットがいなければ質問攻めだっただろう。

二人にシートベルトを締めてもらって、わたしはレッサーバスで駆け出した。

聖典の行方

「アウブ・エーレンフェスト、これは一体何事でしょう？」

緊急の呼び出しを受け、夏の館から貴族街へ騎獣で戻ったダールドルフ子爵とその息子は、自宅の客間に領主がいるのを見て大きく目を見開いた。驚くだろう。その領主は透き通った半球状の盾の中にいるのだから。

「其方の妻は神殿に侵入して盗みを働いた。聖典を偽物と入れ替え、毒物を塗り、ローゼマインの暗殺を謀《はか》ったのだ。証拠もある。私は以前、ローゼマインに二度と関わらせるなと言っておいたはずだ。一族が大事ならば何故其方は妻を放置したのだ、ギーベ・ダールドルフ？」

ジルヴェスターの言葉にダールドルフ子爵はその場に慌てて跪き、顔色を真っ青に変えた。唇を震わせ、小さく震えている。その隣に跪いた次期ギーベと思われる男性がギリッと奥歯を噛み締め、父親を非難する。

「だから、言ったではありませんか、父上。彼女は感情的すぎて貴族としての振る舞いがおかしい、と。シキコーザのような出来損《できそこ》ないのために一族全員が害を被《こうむ》る前にどこかに幽閉でもしておいた方が良い、と。母上亡き後、私はあの女を第一夫人として遇するのも反対だったのです」

「其方は次期ギーベか？」

「……イェレミアスと申します。あの女がこのような不祥事《ふしょうじ》を起こすまでは次期ギーベでした」

彼はやり場のない怒りを呑み込んだような顔をした後、全てを諦めたように笑った。

「まだ次期ギーベかもしれぬぞ」

ジルヴェスターの言葉にイェレミアスが目を見開き、居住まいを正す。ダールドルフ子爵も驚愕《きょうがく》の顔でジルヴェスターを見つめた。

「エーレンフェストの聖女は非常に慈悲深い。罪は犯した個人のものであるべきだ。他の者が連座で命を失わずにすむ方法がないか、と私は嘆願されたのだ」

「まさか、本当に……そのようなことが!?」

二人が愕然とした顔でわたしとジルヴェスターを見比べた。何かに騙されているのではないか、と考えているような顔をしている。ここで疑われていても話が進まない。わたしはなるべく聖女らしく見えるような笑顔を浮かべて口を開く。

「ギーベ・ダールドルフ、わたくしは盗まれた聖典が戻ればそれで良いのです。子爵夫人が亡くなった以上、罪のない一族全てに累を及ぼすことは望んでいません」

わたしの聖女らしい笑顔は成功したのか、二人は驚きと歓喜と希望に満ちた顔になってわたしを見上げた。しかし、訪問と同時にわたしに縛られて威圧された筆頭側仕えは驚きと疑いと不安に満ちた顔になっている。

……別に騙してるわけじゃないから、余計なことは言わないでね。

わたしがニコリと微笑みかけると、彼は怯《おび》えたように肩を震わせ、一歩後ろに下がった。

「だが、いくら嘆願されたとはいえ、これまで連座で処分を受けてきた者のことを考えれば無条件にローゼマインの要求を受け入れるわけにはいかぬ。それは理解できよう」

ジルヴェスターは二人を見ながら、ゆっくりとした口調でそう言った。

「連座を避けるためには、聖典を取り戻した上で敵意や悪意がないことを確認し、アウブである私に名捧げをしなければならぬ」

「な、名捧げでございますか？」

「あぁ、そうだ。生半可《なまはんか》な覚悟ではできぬ。だが、ギーベ・ダールドルフと次期ギーベであるイェレミアス、其方等二人に名を捧げる覚悟があるならば、私はその覚悟に免じて今回の罪をダールドルフ子爵夫人個人のものとするつもりだ」

名捧げは己にとって唯一の主に命懸けの忠誠を誓うことである。生殺与奪《せいさつよだつ》の権利を主に委《ゆだ》ね、自分が絶対的な臣下であることを示すものだ。本来このように条件を出されて行うようなことではない。また、名を捧げ、縛られることの意味を知っていれば、そう簡単には決意はできない。二人がゴクリと唾を飲む音が大きく響いた。

「アウブ・エーレンフェスト、私は……一族を救う道を示してくださったアウブに感謝と忠誠を捧げたいと存じます」

イェレミアスの決意の後、しばらく沈黙していたダールドルフ子爵がグッと拳を握る。きつく目を閉じた彼は跪いたまま、力なく首《こうべ》を垂れた。

「……アウブ・エーレンフェスト。そのお心はありがたいのですが、私にはできません」

「父上⁉」

イェレミアスが大きく目を見開く。わたしもギーベが一族を救う道を自ら断つとは思わなかった。驚きに目を見張るわたし達の前にダールドルフ子爵は苦しそうな呻き声を出した。

「私には捧げるべき名がもうないのです」

彼はすでに誰かに名を捧げていたらしい。フェルディナンドや自分の側近達から名捧げは滅多にしないと聞いていたのだが、そうではなかったのだろうか。わたしは不思議な気分でダールドルフ子爵を見下ろす。

「捧げる名がないのならば、ダールドルフは……」

「ですが！　一族のためにできるだけの誠意をお見せいたします。聖典を必ず探し出し、我々に敵意も悪意もないことを証明いたします」

だから、連座を回避する道を塞がないでほしいとダールドルフ子爵は懇願する。ジルヴェスターは彼を睨むように目を細めた。

「……誰に名を捧げた？　それによっては信用できぬ」

「ヴェローニカ様でございます」

ダールドルフ子爵の説明によると、ヴェローニカの母親ガブリエーレはアーレンスバッハから嫁いできたものの、エーレンフェストに馴染めなかった。彼女は自分の子供の後ろ盾となり、守るために裏切らない臣下を必要とし、自分の忠臣達とその子等に名捧げを強要したのだそうだ。

「アーレンスバッハではエーレンフェストに比べると、名捧げが頻繁《ひんぱん》に行われているそうです。ガブリエーレ様と共にやって来た母上から、私は名も捧げられぬ臣下など信用できない、と言われて育ちました」

ダールドルフ子爵が名を捧げられる年齢になった頃、名を捧げる対象として母親から名前を挙げられたのはヴェローニカとゲオルギーネの二人だった。まだジルヴェスターが生まれる前の話らしい。ダールドルフ子爵はすでに領主の第一夫人となっていたヴェローニカを名捧げの対象としたそうだ。

「つまり、其方と同じようにアーレンスバッハの血に連なる者は名捧げをしているということか？　母上や姉上に……」

「はい。ライゼガングに対抗するため、アーレンスバッハの血を引くヴェローニカ様を守《も》り立て、結束を固めなければならなかったのです」

旧ヴェローニカ派の中心となっている中級貴族達が派閥の鞍替《くらが》えをしない理由がわかって、わたしは何とも言えない気分になった。どうやらアーレンスバッハとエーレンフェストでは名捧げにも大きな違いがあるようだ。

「其方、我が子には名捧げはさせなかったのだな？」

ジルヴェスターは名を捧げると言ったイエレミアスへ視線を向ける。

「息子が成人した時にはヴェローニカ様がライゼガングを抑えられる程の権力を握り、結束を固める必要がないほどに派閥が大きくなっていたため、特に必要を感じませんでしたから。……アウブ・エーレンフェスト、私にできる限りのことはいたします。どうか我が一族に慈悲を……」

懇願するダールドルフ子爵を静かに見下ろしていたジルヴェスターが軽く手を振った。

「盗まれた聖典を取り戻せ。全てはそれからだ。其方等の働き、じっくりと見せてもらう」

「恐れ入ります」

連座に関しては一度棚上げとなった状態で、聖典の捜索が始まった。ダールドルフ子爵はすぐさま周囲の貴族達に「先に貴族街へ向かったはずの妻の行方が知れないのだが、何かご存じであれば教えてほしい」と次々にオルドナンツを飛ばした。

そして、部屋で死んでいた三人の葬儀《そうぎ》をフェルディナンドが極秘で行い、遺体から取り出された魔石で死体がダールドルフ子爵夫人本人のものであることを確認する。その後はフェルディナンドが要求するままに彼女の部屋と隠し部屋を開放して、好きなように中を探す許可をくれた。

「私はオルドナンツの対処をします。イェレミアスに探索を命じてください」

ダールドルフ子爵が次々と帰って来るオルドナンツの対処を始めた。わたしは聖典を探すためにもイェレミアスに自分達が知っている限りのダールドルフ子爵夫人の行動について話をする。彼は「本当に何ということを……」と怒りを露わにしながら色々と質問をしてきた。

「ローゼマイン様、聖典とはどのようなものでしょう？　使用人達にも捜索を命じるつもりですが、私はあまり間近で拝見したことがございません。おそらく彼等にもわからないと存じます」

どのような装丁《そうてい》でどのような大きさなのか、わたしは聖典について説明をする。筆頭側仕えが使用人達に指示を出し、館内の大規模な捜索が始まった。

「聖典は何に使うのですか？　使用目的によって隠し場所が変わってくるかもしれません」

「聖典は儀式の時に使います。わたくしは祝詞を覚えているので、なくても儀式はできます。けれど、領地に一つの聖典ですから失われるのは困るのです。次の神殿長が祝詞を覚えるためにも必要でしょう？　エグモントの記憶や書き残された紙によると、わたくし達を困らせるために盗んだようです」

「儀式で使う以外に特に使い道はないのですか？」

……わたしには全く必要ない使い道だけど、王様になるための手引書っぽいよ。

「それ以外には特に使うところはございません」

わたしの答えにイェレミアスが難しい顔をしたところで、館内の捜索に向かっていた筆頭側仕えとフェルディナンド達が戻って来た。館中をひっくり返す勢いで聖典を探したけれど見つからなかったそうだ。わたしが違和感を覚えなければ、聖典が入れ替えられたことが発覚するのはずっと先のことだったはずなので、まだ手元に置いてあるのかもしれないと思ったけれど、聖典は館のどこにもなかったらしい。

「どこかに移動させた確率が高いな。ダールドルフ子爵夫人は転移陣を持っていたのか？」

「彼女自身は持っていませんし、我が家で管理している転移陣の使用許可は出していません」

暗殺や襲撃等を警戒した結果、人を移動させる転移陣は領主でなければ設置することができない。それに、領主が独断で設置できる転移陣の転送範囲は領地内に限られる。貴族院と行き来するための転移陣のように領地を跨《また》ぐ場合は王の許可が必要だ。

物を移動するための転移陣も、転送範囲は領地内だけで領地間を跨ぐことはできない。正確には両方の領主が納得し合えば設置は可能だが、あまり転移陣を設置しているという話は聞かない。代替わりや時代によって状況が変わった時に面倒が起こる可能性が高いからだ。

個人で使用可能な転移陣は、フェルディナンドが使っていたように送るための陣と受け取るための陣が対になっていて、基本的に一方通行である。おまけに、送受どちらかに作製者の魔力がなければ動かせないとか、受取先の許可がなければ送れないとか、色々な制約がある。危険物が突然送り付けられる事態を警戒した結果らしい。つまり、何らかの方法で転移陣を手に入れていたとしても送り付けられる先はエーレンフェスト内に限られる。

「ギーベ・ダールドルフ、夫人の交友関係で聖典を必要としそうな者、そのような危険な物を預かれるほどの交流がある人物は誰だ？」

旧ヴェローニカ派について調べていたフェルディナンドがダールドルフ子爵夫人の交友関係を知らないわけがない。わざわざダールドルフ子爵に尋ねるのは、本当に協力する気があるのかどうか試しているのだろう。

「ギーベ・ゲルラッハかと存じます。彼と妻は共にゲオルギーネ様に名捧げをした同士なのです。ですから、こうして一族から隠れて聖典を手に入れるのでしたら、ゲオルギーネ様のためなのかもしれません。ギーベ・ゲルラッハは文官上がりのギーベですから、個人で転移陣を作製することも可能でしょう」

「ふむ」

ダールドルフ子爵の答えを聞いたフェルディナンドは満足そうに頷いた。フェルディナンドが持っている情報との食い違いはないようだ。

「だが、彼女が普段使う部屋にも、隠し部屋にも、側仕え達の部屋にも転移陣はなかった。転移陣がなければ転送はできぬ。ギーベ・ゲルラッハ以外に思い当たる者はいないか？」

「……奥様はこちらの館に戻ってから全く外出していらっしゃいませんでした。面会予約もなく、どなたともお会いしていません」

筆頭側仕えがそう言った。子爵夫人の部屋はバルコニーもないので、騎獣でこっそり出入りすることもできないらしい。そんな筆頭側仕えの証言に加えて、ダールドルフ子爵の元へオルドナンツで集まって来た情報も彼女は外に出ていないというものだった。エグモントを捕らえて城へ連行した時にフェルディナンドが騎士を監視に付けたので、当日の閉門頃から外出していないのは間違いないらしい。

エグモントの記憶にある神殿を出た時間と筆頭側仕えが覚えている貴族街の館へ戻る時間はほぼ同じだった。他所《よそ》に行っている時間はほとんどないし、聖典を抱えたままうろうろとするのは危険すぎると思う。

……転移陣もないし、どこにも外出していないなんて……。貴族街に入る前はあんなに精力的に動いていたみたいなのに。

自分の手下を使ってイタリアンレストランやギルベルタ商会で情報を集めたり、布を買ったりしていたはずだ。あれには一体何の意味があったのだろうか。ダールドルフ子爵夫人の行動について色々と考えていたわたしは筆頭側仕えを振り返った。

「そういえば、ギルベルタ商会の布が届いたのはいつですか？」

聖典以外にも確認しておかなければならないことを思い出して質問する。下町関係が巻き込まれる可能性のある布についての情報も集めておいた方が良いだろう。

「ギルベルタ商会の布でございますか？」

「ええ。ダールドルフ子爵夫人の使いと思われる方がエーレンフェストの新しい流行である染めの布をギルベルタ商会で購入しています。聖典を手に入れるのと同じ日に、普段は利用しない商人から布を買っているので何か関連があるのではないかと思ったのですけれど……」

わたしが筆頭側仕えにどのような布を購入したのか説明すると、思い当たることがあったのか、あぁ、と声を出した。

「布が届いたのは奥様がお戻りになるより前のことでした。お昼頃に奥様からの注文を届けに来た商人がいました。見知らぬ商人でしたが、奥様の筆跡《ひっせき》の手紙が一緒だったので、お金を払って商品を受け取りました。その布は午後に側仕えが持ち出しています」

「え？」

午後ということはダールドルフ子爵夫人が戻ってからの時間ではないか。もし、側仕えがギルベルタ商会の布に包んで聖典を持ち出したのであれば、聖典のいざこざにギルベルタ商会が確実に巻き込まれるだろう。

「その側仕えは一体どこへ向かったのですか？　その布に包まれて聖典が持ち出された可能性はありませんか？」

わたしの言葉に皆が一斉に筆頭側仕えへ視線を向ける。馬車の手配をしたのは筆頭側仕えだったようだ。すぐに答えが返ってくる。

「側仕えを乗せた馬車は城へ向かったと記憶しております」

「城ですか⁉」

思わぬ場所が出てきて、わたしは目を丸くした。城へ聖典を持って行くだろうか。それ以前に布を持って行ってどうするというのだろうか。

首を傾げるわたしの前でイェレミアスがハッとしたように顔を上げた。

「……そうか。フェルディナンド様の結婚祝いだ」

「え？」

「フェルディナンド様の結婚祝いの贈り物として布を城に届けておけば、ギーベ・ゲルラッハを通すことなく、他の者に怪しまれることなく、アーレンスバッハへ荷を運ぶことができます。転移陣など必要ありません。もし、ゲオルギーネ様に聖典を届けたいのであれば、最も怪しまれないやり方ではないでしょうか」

領主一族の結婚だ。アーレンスバッハからも色々な贈り物が届くけれど、エーレンフェストからもたくさんの贈り物を持って行く。各地のギーベや貴族からのたくさんの贈り物は冬の社交界を前にあちらこちらから城へ届いていて、どんどんと積まれていく部屋があるのだそうだ。

「新しいエーレンフェストの染め布ならば、結婚の贈り物として相応しいと思われます。女性向けの布であれば、アウブ・アーレンスバッハやフェルディナンド様ではなく、ディートリンデ様やゲオルギーネ様へ間違いなく届くでしょう」

すでに製法を売ったリンシャンや卒業式の贈り物として貴族院へ持って行くことが決まっている髪飾りと違って新しい流行だし、お菓子などと違って春に出発する時まで城へ置いていても腐ったり傷んだりしない。聖典が入る大きさの箱が準備できる。新郎から花嫁に新しい布を贈るのはよくあることなので、誰も疑問に思わないだろう、とイェレミアスが言った。

……そういえば、アウレーリアに布を贈ろうとした時に、本当はランプレヒト兄様が贈る物だとブリュンヒルデに教えてもらったっけ。

やっと見つけた手がかりに、わたしはすくっと立ち上がった。

「城へ行きます」

ダールドルフ子爵達には騎士の見張りを付け、他の手がかりがないか探してもらうことになった。フェルディナンドは城の文官に「結婚祝いの確認をするために城へ向かう」とオルドナンツを飛ばす。わたしも同行して、贈り物が積まれている部屋でギルベルタ商会の布探しだ。

城にあるフェルディナンドの執務室へ向かうと、オルドナンツを受け取った文官が待っていてくれた。いつも城での執務を手伝っている文官らしい。神殿に来ることはない側近だそうだ。

「結婚祝いの贈り物を確認されるということなので、鍵を預かってきました。フェルディナンド様がわざわざ確認しなくても、命じてくだされればこちらで確認したのですが……」

忙しいのに自分でやるべきことを増やさなくても、と文官は少し不満そうに言った。フェルディナンドの仕事を減らそうと努力してくれている文官らしい。

「結婚祝いがたくさん届いているとアウブから連絡があったのだ。確認は大変だが、冬の社交界ではそれぞれに礼を述べねばならぬし、返礼も必要になる。何をもらったかも知らずに礼を述べるわけにもいかないであろう？　神殿の儀式がない今の内に確認しておかねばならぬ」

贈り物が置かれている部屋の鍵を文官からにこやかな作り笑いで取り上げながら、フェルディナンドは彼の前に次々と仕事を積み上げていく。

「贈り物の確認にはユストクスとローゼマインを同行するので、其方はこちらの仕事に励め」

「フェルディナンド様、ローゼマイン様を同行させるのに私の同行は許されないのですか？」

残って仕事をしろ、と言われた文官が恨めしそうにフェルディナンドを見る。

「わたくしの我儘なのです。ディートリンデ様やレティーツィア様への贈り物をしたいと思ったのですけれど、すでに各地のギーベから贈り物が届いているでしょう？　同じような物を贈るわけにはいかないので、どのような贈り物があるのか確認したいと思ったのです。貴族院へ向かうまであまり時間がなくて急なことになってしまってごめんなさいね」

わたしが文官に詫びると、フェルディナンドは「そういうことだ。こちらも時間がないのだ」と踵《きびす》を返す。ちらりと振り返ると、文官は一人寂しく肩を落としながら書類を手に取っていた。

「……何だか可哀想ですね。一人だけ残って執務だなんて」

「仕方があるまい。仮に探し物があった時にどう説明するつもりだ？」

「それはそうなのですけれど……」

わたしはレッサーバスでフェルディナンドの隣を歩き、贈り物が保管されている部屋へたどり着いた。フェルディナンドから預かった鍵でユストクスが扉を開けると、たくさんの贈り物が積み上げられているのが見えた。

「木箱がたくさんありますね」

「品物を剥き出しにしておくと、馬車へ運ぶ際に汚れる可能性もあるからな」

積み上げることを考えても木箱に入れておくのが一番良いらしい。

「さっさと探しなさい。どのような布か、知っているのは君なのだからな」

ギルベルタ商会で売られた布を知っているわたしが確認係だ。自分の側近達に木箱を持ってきてもらい、中を覗く。その際、フェルディナンドも誰に何をもらったのか確認することになった。

「確認が終わった箱はこちらに積んでいってください。未確認の箱と交じらないように気を付けてくださいね」

護衛騎士達が流れ作業のように木箱を持ってきてくれる。フェルディナンドはそれを一つ一つ確認し、ユストクスが書き留めていく。わたしは新しい染め布が出た時だけじっくりと確認する。似たように見えても同じ染めの布はないのだ。

「フェルディナンド様、これです！　ギルベルタ商会が売った布！」

いくつか見た後、わたしは見覚えのある布を発見した。母さんが染める布によく似た花の模様の布が入っている。春に届けられてから仕立てるのにちょうど良いように夏の貴色が使われた布だ。

「軽く毒物の検査はされているが、手を触れる前に確認しなさい。聖典を入れ替える時の毒が付着している可能性がないわけではない」

フェルディナンドの言葉に、わたしの護衛騎士達がハルトムートの指示に従って毒物検査を始めた。ユストクスが「教えたことをしっかり覚えているのですね」と感心したように呟く。

特に毒が付着していないことが確認されたので、わたしは布を取り出そうとした。

「お、重い……」

芯《しん》に巻かれた布は大きくて重くてわたしは箱から取り出すこともできない。レオノーレとアンゲリカに取り出してもらい、ついでに、ぐるぐると布を剥がしてもらう。

「……あら？」

布を剥がしたら聖典が出てくると思ったのだが、出てきたのは木箱だった。

「また箱ですね」

「芯として使うには非常に重いですよ、この箱。中に何かが入っているのは確実です」

二人はそう言って、布を巻く芯の部分に使われている箱を開けてくれる。動かないように布が詰められた木箱の中にわたしの聖典があった。

「ありました！　わたくしの聖典！」

「触る前に毒物の検査をさせてくださいませ、ローゼマイン様」

「全く同じ外見の物に毒が塗られていたのをお忘れですか？」

二人に叱られて、わたしはまたしても毒の検査が終わるのをそわそわしながら待つ。

「これで触っても大丈夫ですよ、ローゼマイン様」

聖典を取り出したハルトムートが持ちやすいように差し出してくれる。目の前に出された聖典をわたしは胸に抱き締め、表紙や装丁をよく見て、くんくんと匂いを嗅《か》いで確認した。

「見た目といい、匂いといい、重さといい、これはわたくしの聖典に間違いありません」

わたしが笑顔で確信を持って見上げると、フェルディナンドは不気味な物を見るような目でわたしを見下ろした。

「そのようなことで間違いないと確信を持てる君が気持ち悪い」

……何ですと⁉

「本に対する愛があればこのくらいできます」

「そうか。だが、どうでも良い」

フェルディナンドはそう言って軽く手を振りながら、ゆっくりと息を吐いた。

「それにしても、今回はずいぶんと手の込んだことをしてくれたものだ」

「これがアーレンスバッハで見つかったら、神官長がエーレンフェストの聖典を盗んだと思われるところだったかもしれませんよ」

わたしの言葉にフェルディナンドはゆっくりと首を横に振る。

「いや、アーレンスバッハに盗人《ぬすっと》の汚名を着せようとエーレンフェストが画策《かくさく》したと非難されるところだったのだ」

「どちらも大して変わりませんよ。妙な計画は潰したのですから」

聖典は見つけたのだ。失点にもならず、今回の件はなかった事として済ませられるし、フェルディナンドが嵌《は》められる可能性も潰した。

「今回の件、ゲオルギーネ様に繋がる証拠はないのですよね？」

「今のところ、どれもこれもダールドルフ子爵夫人が個人で行ったことだからな。アーレンスバッハにいる彼女と繋がる証拠は全くない。エグモントの指輪がなければ、ギーベ・ゲルラッハにさえ繋がらなかったくらいだ」

ゲオルギーネが裏にいるのは間違いないのだろうけれど、用心深いというか、厭《いや》らしいというか、非常に面倒な相手である。

「だが、聖典は見つけた。私も君も失点を作らずにすんだし、毒殺も未然に防いだ。この布を回収しておけばギルベルタ商会が巻き込まれることもあるまい。次期ギーベ・ダールドルフがアウブに忠誠を誓うことになったし、結果としては上々だったのではないか？」

「わたくしが違和感に気付いたからですね。いっぱい褒めてくれてもいいですよ」

途中はあまり役に立っていなかったので、わたしはお手柄だったところを強調しておく。

「そう言われると認めたくなくなるのだが、まぁ、そう言えなくもない」

「それ、褒めてないですよね？」

「君が自分の失点にならぬように立ち回っただけだ。改めて褒めるようなことではあるまい」

フェルディナンドに褒めてもらえなかったけれど、聖典とギルベルタ商会の布は無事に回収できた。

その後もフェルディナンドにこき使われ、贈り物を全て確認してから神殿へ戻る。

「鍵を使って聖典を開けることで、鍵が本物かどうか確認しておきなさい」

「わかりました」

フェルディナンドに言われた通り、鍵に魔力を登録して聖典に差し込んだ。鍵の保管箱に残っていた聖典の鍵は本物だったようだ。問題なく開けることができた。

表紙を開いたところには相変わらず魔法陣と文字が浮かんでいる。聖典が本物であることが確認できたので、すぐにジルヴェスターとダールドルフ子爵へ報告した。

「無事に取り戻しました。それから、問題が起こると困るのでギルベルタ商会の布も回収させてもらっています」

名捧げや連座のあれこれはジルヴェスターの仕事なので、わたしが首を突っ込むことではない。ダールドルフの一族に関しては、聖典を探すために頑張っている姿を見てくれているし、アーレンスバッハ系の貴族に関する情報も色々ともらったので、おそらく悪い結果にはならないと思う。

「聖典が戻ってよかったですね。一時はどうなることかと思いました」

神殿でやきもきしながら待っていてくれたフランが戻ってきた聖典を見て、嬉しそうに顔を綻ばせる。わたしは大きく頷いて、もう一度聖典を抱き締めた。

「おかえりなさい、わたくしの聖典」

予定変更

聖典を取り戻したことで無事に秋の成人式は終わった。貴族の誰かが聖典の確認に来るのかと思っていたけれど、神殿の確認係はエグモントだったようだ。成人式でわたしが聖典をきちんと開いて使ったかどうかを尋ねる手紙が実家から彼宛に届いたのである。

「神官長、これはどうしましょう？」

「儀式に持ち込んだだけで聖典を開こうとしなかった、とエグモントの名前で返事をしておけばよかろう。冬の社交界で一体どれだけの貴族が釣れるのか楽しみだ」

フェルディナンドがとても愉《たの》しそうに唇の端を上げて笑っていて、ハルトムートも「ローゼマイン様にとって危険な貴族は一掃しておかなければ」と一緒に頷いている。

……ある意味で一番危険な貴族ってハルトムートじゃないかな？

わたしはモニカにエグモントの側仕えの振りをして返事を書いてもらった。魔術具の手紙だったようで、わたしが内容を確認して封筒に入れると白い鳥になって飛んでいく。

「冬の洗礼式が終わるとすぐに城へ移動して社交界に備えなければならないのですけれど、また貴族が忍び込んでくるのでは……と思うと神殿が心配ですね」

わたし達が移動した後も、冬の社交界に向けて南の方から貴族達がやってきて神殿内を通っていくのだ。何かちょっかいを出してくる者もいるかもしれない。今回は冬の社交界が始まるギリギリまでダームエルに残ってもらう。わたしやフェルディナンドは領主一族の会議に呼び出されたので、冬の洗礼式を終えるとすぐに城へ移動しなければならないからだ。

今回の領主一族の会議は、ダールドルフ子爵から仕入れた情報を騎士団の上層部と共有し、冬の粛清の計画を詰めるためのものである。極秘に行われるので、同行しても良い側近は口が堅く、最も信頼できる者を文官、側仕え、護衛騎士、各一人だけと決められている。わたしが同行しているのはハルトムート、リヒャルダ、コルネリウスの三人だ。

ジルヴェスターから冬の粛清に関する予定が説明され、捕らえる予定の貴族について話がされる。これまで粛清の計画について聞かされていなかったヴィルフリートとシャルロッテとメルヒオールは驚きに顔色を変えたし、その側近達も気を引き締めているのがわかった。その中で旧ヴェローニカ派の名捧げについても述べられる。ヴィルフリートが緊張した面持《おもも》ちで口を開いた。

「父上、すでに名捧げをしている貴族の扱いはどうなさるおつもりですか？」

これまで取り込みができなかった旧ヴェローニカ派の数を考えれば、名捧げをした者がエーレンフェストの常識では考えられないほど多いことはすぐにわかる。

「先代領主の第一夫人であるヴェローニカに名を捧げた者は不正に関わっていない限り、特に処分はしないつもりだ」

ヴェローニカは名捧げ石を白の塔に持ち込んでいないため、新たな命令を下すことはできない。名捧げをしていない他の貴族達とさほど変わらないとジルヴェスターは判断したようだ。

「あの、ヴェローニカ様に名を返してもらうことはできないのですか？」

フェルディナンドは神殿へ入る時、エックハルト達に名を返そうとしたと聞いたことがある。ヴェローニカから名を返してもらえば良いのではないだろうか。けれど、わたしの提案を却下したのはフェルディナンドだった。

「ローゼマイン、名を捧げられた己だけの臣下を彼女がそう易々《やすやす》と手放すと思うか？　名を返してほしいと持ちかけて、妙な命令や取り引きを口にされる方が面倒ではないか」

「それに、そのような大事な物が保管されているのはおそらく隠し部屋だ。母上がはるか高みに上がれば、その魔石で隠し部屋を開けることは可能だが、その場合は名捧げをした貴族達も一緒にはるか高みに向かうことになる。今の時点で余計な死者を出したくはないし、エーレンフェストのために働くことを誓ってくれればそれで良い」

ジルヴェスターはそこで一度言葉を切り、「ただし」と深緑の瞳をキラリと光らせる。

「姉上に名を捧げた者は別だ。姉上はアーレンスバッハの第一夫人で、他領のために動く立場にある。その命令に逆らえぬ貴族など、エーレンフェストにとっては危険でしかない。自分で派閥を選べぬ子供はできるだけ救いたいと思っているが、すでに姉上に名捧げをした者には容赦《ようしゃ》せぬ」

ダールドルフ子爵は親から名捧げをするように命じられたと聞いている。ならば、今回の来訪でゲオルギーネに名を捧げるように言われた子供もいるかもしれない。わたしの脳裏に旧ヴェローニカ派の子供達の顔が思い浮かんだ。

……皆、大丈夫かな？

「去年の表彰式の襲撃時にローゼマインの盾へ全員が入れたことを考えても、子供達に領主一族への敵意や悪意を持っている者はいない。今までの慣例《かんれい》を考えれば連座で処分される予定の者もいるが、私はできるだけ命を救いたいと思っている。其方等には領主一族に名を捧げ、連座を免れるように子供達を説得してほしい」

貴族院では皆が協力し合って上手く動いていた。粛清で心地良い関係が壊れるのはできるだけ避けたい。ジルヴェスターの言葉にヴィルフリートとシャルロッテが決意を秘めた目で頷き合う。

「私もできる限り皆を救いたいと思います」

「わたくしも頑張ります、お父様」

「養父様、貴族院の子供達は自分で判断させるので問題ないと思います。けれど、貴族院入学前の子供達はどうなさるおつもりですか？」

わたしの質問にフロレンツィアがニコリと笑った。

「子供部屋はわたくしが担当する予定です。保護して城の騎士寮で生活をさせます。その中で親の罪と危険性を説明し、連座で処分されるか、他の者と寮で生活していくかを選択してもらいます」

貴族院入学前の幼い子供には名捧げの石が準備できないので、名捧げを疑う必要が全くない。また、洗礼式を終えているので貴族として生活するために最低限必要な魔術具や指輪を持っている。貴族院へ入るまでの数年間の生活を保障してあげれば、見習いの仕事をしてお給料をもらえるようになるので、貴族として何とか生活できるようになる、とフロレンツィアは言った。

残っている親族がいれば引き取ってもらえるかもしれないし、引き取ってもらえなくても貴族として独り立ちできるように面倒を見る計画が立っているらしい。ホッと安心したのも束の間《つかま》のことで、わたしはその計画に入っていない子供のことが気になった。

「では、洗礼式を終えていない子供はどうなるのでしょう？　洗礼式を終えるまでは正式にエーレンフェストの子供として認められませんけれど、彼等の存在をどのように扱うかで数年後の貴族の数に大きな違いが出てきます」

「ふーむ、数に入っていないので、特に考えていなかったな。魔力が高い子供ならば引き取ろうとする貴族もいるかもしれぬが、罪を犯して処分された者の子を引き取りたがる者は少ないであろう。

それに、幼すぎる者は母親がいなければ育つのが難しいのではないか?」

洗礼式を迎えなければ正式に子供として登録されない。貴族の館にはコンラートのように魔術具を奪われたり、与えられなかったりするような子供がいるので、正確に何人いるのか予想できないのだ。彼等の命を救ったところで、貴族になれない者は城に必要ないとジルヴェスターは言う。

「実態が把握できない中で彼等の養育にどれだけの人数と予算が必要なのか、また、全員に貴族として相応しい魔力量があるかどうかもわからぬ。洗礼式前の子供に関しては生まれなかった者として扱うべきであろう」

「でしたら、洗礼前の子供達は孤児院で引き取ってもよろしいですか? 魔術具を持っていない子供でも神具に奉納すれば命を長らえることはできますし、魔力を持つ子供が増えると神事が少しは楽になります。冬の粛清で実家の状況が変われば、青色神官が減る可能性は高いですから」

「青色神官か……。そこまでは考慮していなかったな」

大半の貴族達にとって青色神官は貴族の範疇《はんちゅう》に入っていないせいだろう。

「神殿長としての意見ですが、これ以上青色神官が減ると、神殿は金銭的にも魔力的にもとても困ります。せめて、魔力のある子供は神殿で確保したいです」

政変で減った青色神官や青色巫女達の不足分を、わたしやヴィルフリート達で埋めることができた。だが、この先はフェルディナンドがいなくなる。彼の奉納分の穴埋めをどうするのか考えておかなければならない。あまり青色神官が減るのも困るのだ。

「子を養うためのお金はどうするつもりだ? 貴族の子を養育しようと思ったら金がかかるぞ。何人も引き取れるものではあるまい」

その指摘にわたしはニコリと笑った。子供を育てるお金は親からもらうに決まっている。

「粛清した親の資産から養育費を分けてくださいませ。彼等のために蓄えられている物を孤児院に移動したところで大して困りませんよね？」

「……まぁ、そうだな。ローゼマインは無駄遣いもしなさそうだし、よかろう」

ジルヴェスターが苦笑しながら、了解してくれた。

「わたくしの孤児院で養育すれば、洗礼式までに中級貴族の子供と同程度の教育は受けられます。……さすがに生まれてすぐに与えられる子供用の魔術具がなければ、貴族として生きるのは難しいでしょう。けれど、魔術具を持っている優秀な子供には奨学金《しょうがくきん》を出すなどして貴族の子として洗礼式をしても良いと思うのです」

親のないまま洗礼式をして、領主か孤児院長が後見人となり、洗礼式の後は城の寮で生活をして貴族の常識を学ぶようにすればどうか、とわたしは提案した。

「貴族になれなかった子はどうするつもりだ？」

「魔力のある子は魔術具を動かせます。貴族として生きていくことができなくても、神殿で神具に魔力を注ぐお仕事はできます。魔力を注ぐ青色神官達に与えられているのと同額の補助金をアウブから彼等に与えれば、十分に生活できます」

別に青色神官達と同じ水準の生活をする必要はない。前神殿長がわたしにさせようと思っていたように、孤児院で生活させて、魔力を注ぐ仕事をさせれば良い。城からの補助金で馬車や料理人を準備すれば、祈念式や収穫祭に向かう仕事もできるはずだ。

「仮に、青色神官が増えて魔力を奉納する仕事がなくなっても、わたくしの本を転移陣で届けたり、魔力が必要なお手紙を書いたりする仕事はできます。わたくし、いずれは孤児達を下町の商人に雇ってもらえるようにするつもりなのです」

魔力を使う仕事を準備すれば平民として生きていくことはできる。何もしていない幼子を連座で死なせる必要はないし、必ずしも貴族として育てる必要はない。

「……なるほど。君も全くの考えなしではないのか」

フェルディナンドの失礼な物言いにムッと唇を尖らせたものの、基本的にわたしは考えなしなので反論は難しい。

「わかった。幼い子供の面倒が見られるのならば孤児院で確保しても構わぬ」

「恐れ入ります」

ジルヴェスターからの許可が出て、子供達に対する扱いがおおよそ決まった時、文官が入室許可を求めてきた。全員が口を閉ざして発言を止め、入ってきた文官を注視する。

「アウブ・エーレンフェスト、アウブ・アーレンスバッハより緊急の書状が届きました」

今、まさにアーレンスバッハ系の貴族の排除について話をしていたところだ。あまりのタイミングにざっと緊張が走る。嫌な予感を覚えたのは誰しも同じに違いない。

「なるべく早いお返事を、とのことです」

ジルヴェスターが厳しい表情で書状を受け取り、その場でさっと目を通す。眉間に皺が刻まれていき、顔色が変わる。ゆっくりと視線を上げて困ったようにフェルディナンドを見た。

「アウブ、私に関係があるのでしたら書状を拝見してもよろしいでしょうか？」

「……あぁ」

フェルディナンドが書状に目を通し、こめかみを軽く叩きながらゆっくりと息を吐く。厄介事《やっかいごと》を前にした時の仕草にざわりと胸の奥が震えた。アーレンスバッハからの厄介事などこれ以上必要ないのに、また何か起こったのだろうか。

ジルヴェスターが一度きつく目を閉じた後、感情を排した無表情でフェルディナンドを見た。

「フェルディナンド、返事は三日以内だ。……私としては断ってほしいと思っているが、決断は其方に任せる」

「恐れ入ります。よく考えさせてください」


「フェルディナンド様、何があったのですか？」

会議が終わって退室する時にわたしはフェルディナンドの袖をつかんで捕まえる。フェルディナンドは周囲を見回し、しばらく沈黙した後で「其方等は無関係とは言えぬな」と呟いて、執務室に来るように言った。わたしはハルトムートとコルネリウスとリヒャルダを連れたまま、フェルディナンドの執務室へ向かう。

「……アウブ・アーレンスバッハがいよいよ危険らしい。冬の間にあちらの貴族との繋がりを少しでも持たせたいので、できれば早急に来てほしいと書かれていた」

「ただでさえエーレンフェストにいられる期間が短いのに、これ以上短くなるのですか？」

普通の婚約期間から考えればアーレンスバッハの都合でずいぶんと短くなっている。それなのに、更に短くされるのだろうか。

「できれば、と書かれていたので断れないわけではないと思う。だが、私個人としてはアーレンスバッハへ向かいたいと思う」

「何故ですか？」

「まず、ゲオルギーネに名捧げした貴族に関する情報、粛清理由、証拠など、冬の粛清に必要な物は全て集まっている。後は私がいなくても騎士団とアウブがいれば問題なく片付くだろう。それに、神殿の引き継ぎもほとんど終えた」

いなくなれば戦力は落ちるけれど、何とかできるだけのお膳立《ぜんだ》てはしている、とフェルディナンドは言った。

「次に、ゲルラッハへ追及の手が及ぶ前に私を引き離しておきたいというゲオルギーネの思惑が感じられる。ダールドルフ子爵夫人が行方不明になったことは貴族間では伝わっているし、さらわれた灰色神官が予定されたところに到着していないのだから、不測の事態が起こったことは推測できるはずだ」

神殿で事を起こして防がれたのならば、フェルディナンドが動いたとあちらは認識するだろう。実際にエグモントの記憶を探った時も、ダールドルフ子爵の館に向かった時も、派手に動いているのはわたしではなくフェルディナンドだ。

「あちらはかなり用心深くやってきたはずだ。どこまで情報がつかめているのかわからぬが、計画を潰していく危険な私を排除しようと考えたのではないだろうか。本当に計画を潰したのが君だとは知らずに……」

フェルディナンドさえいなければ容易《たやす》いと思われているのだろう。あながち間違いではない。わたしは違和感を覚えただけで、後は基本的にフェルディナンドが片付けてくれたのだ。

「このような幾重にも罠を張る面倒な相手ですよ。わたくし、フェルディナンド様にそんなところへ行ってほしくないです」

「引っ込んでいては好き放題やられるだけだ。こちらからも行動を起こさなければならぬ。エーレンフェストにいれば防戦しかできぬが、あちらに向かえば、ゲオルギーネの動きを知り、情報を送るなり、牽制《けんせい》するなりできることがあろう」

繋がりが薄い大領地に向かってこちらから何かを仕掛けることはできない。防戦ばかりになるというフェルディナンドの言葉は正しいのかもしれない。

「……でも、すぐに出発しなくても、春で良いではありませんか」

「おそらく春では遅いのだ。アウブ・アーレンスバッハが危険で、私に領地の貴族との繋がりを少しでも作らせたいと考えているのは間違いないと思う」

確かに貴族との伝手《つて》を作ろうと思えば、領地の貴族が全て集まる冬の社交界の時期をアーレンスバッハで過ごす方が都合は良いだろう。アウブが生きている間ならば彼の主導で貴族との繋がりを作ってもらえるが、アウブがはるか高みに向かえばゲオルギーネの権力が大きくなる。他領からやってきた新参者にできることは少なくなるだろう。

「第一夫人の権力が増えすぎると、肝心な時に身動きが叶わぬ可能性もある。何より、冬であればディートリンデが貴族院に行っていて不在だ。邪魔されることなく動ける。これは大きい」

夏の滞在ではゲオルギーネの動向を見たいのにディートリンデに始終まとわりつかれていた。アーレンスバッハで同じことをされては碌に動けない。ディートリンデの不在期間があるのは非常に助かる、とフェルディナンドは言い切った。

「フェルディナンド様はもう決意しているのですね？」

「そうだな。……一つ気がかりがあるが、それさえ問題なければ行くべきであろう」

もう決意しているならば、いくら引き留めても無駄だ。せめて、気がかりがなくなるように協力したい。わたしはフェルディナンドを見上げる。

「気がかりとは何ですか？」

「私が行くと、君を奉納式で呼び戻さざるを得なくなる。今年は奉納式で戻ることなく貴族院で過ごせることになっていたのに、それを反故《ほご》にすることになってしまうではないか」

フェルディナンドが難しい顔をしてそう言った。そんなことで思い悩まないでほしい。奉納式で戻ることになっても例年通りだ。こんなに大変な時に気にかけるようなことではない。

「大丈夫です、フェルディナンド様。例年通りですから、わたくしは……」

「大丈夫です、フェルディナンド様。今年は魔力の豊富な罪人が大量に集まる予定ですし、私に協力してくれるやる気に満ちた青色神官がたくさんいます。全員に魔石と回復薬を使わせながら儀式を行えば問題ありません。それで足りない場合の協力者も確保しています」

わたしとハルトムートの言葉が綺麗に被った。最初の一言だけで、後は完全に逆だが。

「ローゼマイン様は貴族院生活を楽しんでください。奉納式は何が何でも青色神官にやらせます」

ハルトムートが爽やかな笑みを見せる。何だかとても青色神官達が心配になってきた。

「わたくし、帰ってきた方が良い気がしてきたのですけれど……」

「いや、帰る必要はなかろう。ハルトムートが君のためにやると言ったことは間違いなく実行されるのだから」

フェルディナンドは軽く手を振って、ハルトムートに神殿の奉納式を任せると言った。ずいぶんとハルトムートに対する信頼が厚い気がする。わたしにはきっと任せてもらえないのに。

「ローゼマイン、神殿と君に問題がないならば私はアーレンスバッハへ向かう。だが、生活に必要な物を整えたとあちらに言われても、それを鵜呑《うの》みにするわけにはいかぬ。忙しい中を悪いが、境界門まで荷を運ぶ役目を頼んでも良いか？　返事をするまでに三日、移動に馬車ではなく君の騎獣を使うことで更に数日の時間を稼ぐことができる。その期間でできるだけ薬や魔術具の準備を整えたいのだ」

フェルディナンドが行くと決意したのならば、わたしはできるだけ役に立ちたい。

「……わかりました。わたくしもできるだけのお手伝いをいたします」

「助かる」

決断したフェルディナンドの行動は早い。自分の館の側仕えに手紙を書いて衣類や日用品の準備を整えるように命じた。それから、オルドナンツの魔石を起動させてジルヴェスターへ送る。「アーレンスバッハへ向かうけれど、あちらへの返答は三日後にするように」と念押しをして。

それに了承のオルドナンツが飛んでくると、わたしに荷物を運ばせる予定や準備のため神殿へ同行させる連絡もする。その間にハルトムートが神殿の側仕えへ帰還の連絡の手紙を飛ばした。

「ローゼマインの同行を許可する。敵地に切り込むようなものだ。決して準備は怠《おこた》るな」

「心得ています」

誰に向かって言っている、とでも言いたげな顔でオルドナンツを返したフェルディナンドが立ち上がる。そこへまたオルドナンツが飛んできた。今度はわたしに。

「ローゼマイン、フェルディナンドの荷に不足がないか、リヒャルダやエルヴィーラに確認させろ。フェルディナンドには女性視点が足りなすぎる」

ジルヴェスターのオルドナンツにフェルディナンドがとても嫌な顔になった。ついでにわたしもちょっと唇を尖らせる。

「養父様は、わたくしが付いているだけでは女性視点が足りないと言いたいのでしょうか」

「なるほど、確かに足りぬな」

……ひどいっ！

わたしでは足りないと断定すると、フェルディナンドはわたしの後ろのリヒャルダを見た。

「リヒャルダ、そういうわけだ。アーレンスバッハへ持ち込む贈り物の選別を頼んでも良いか？ 贈り物はそれほど多く載せられぬが、全く何もなしというわけにはいかぬ。こちらに品が良い物や誰に贈るのが適当かまとめた一覧がある。これを参考にしてほしい」

フェルディナンドが前に調べていた贈り物リストを取り出し、「手が足りなければ私の文官を使ってくれ」と言いながらリヒャルダに手渡す。

「お任せくださいませ、フェルディナンド坊ちゃま。……いいえ、ご結婚が決まったのですからこれからはフェルディナンド様とお呼びしなければなりませんね」

その言葉にフェルディナンドが軽く目を見張る。クスと寂しげにリヒャルダが笑った。

「呼び方を変える時にはもっと喜ばしい気分になれると思っていたのですよ、わたくしは。このように不安な気持ちで忙《せわ》しなく送り出すことになるとは露《つゆ》ほども考えていませんでした」

「私もリヒャルダに坊ちゃまと呼ばれている方がまだしも救われる気分になるとは予想外だ」

フェルディナンドは苦い笑みを浮かべた後、リヒャルダに背を向ける。

「私は神殿の工房を閉鎖しなければならぬ。その後は館で荷をまとめることになる。すまぬが、城にある贈り物の選別をよろしく頼む」

「かしこまりました、フェルディナンド様」

出発準備

神殿に戻ると、フェルディナンドは手早く騎獣を片付けて足早に自分の部屋へ向かおうとする。

わたしは「待ってください、神官長」と呼び止めた。

「神官長、時を止める魔術具が必要です。お料理やお菓子をたっぷり詰めてアーレンスバッハへ持っていかなければ」

「……君はこの数日間で本当に料理を準備する気か？」

「当然ではありませんか。神官長は忙しいと食事を後回しにするので、今回も準備する物から料理を切り捨てるおつもりだったでしょう？」

図星だったのか、フェルディナンドが少し目をすがめて口を閉ざした。

「わたくしが準備するので、時を止める魔術具を貸してくださいませ」

「後でユストクスに運ばせる。それで良いな？」

フェルディナンドが大股《おおまた》で歩きながら側仕えに指示を出しているのを見つつ、わたしは騎獣を片付け、フランに孤児院と工房へ行って側仕え達を呼んでくれるように頼む。モニカと一緒に神殿長室へ戻ると、ニコラと二人で着替えさせてもらった。

「ニコラ、お菓子と食事の準備を大量にお願いします。フェルディナンド様の出立までに時を止める魔術具をいっぱいにするだけの食事を作らなければならないのです。イタリアンレストランにも応援をお願いしますが、こちらの厨房《ちゅうぼう》でもよろしくお願いします」

「かしこまりました」

ニコラが厨房へ駆けていくと、わたしはすぐに下町へ向けた手紙を書き始める。手紙を書き終える頃にはフランに呼ばれた側仕え達が部屋へ集合していた。

「ギル、こちらをベンノに渡してくださいｖ。神官長がザックに長椅子の依頼を出していたので進《しん》捗《ちょく》状況が知りたいのです。これがギルベルタ商会です。レティーツィア様に贈るために、ディートリンデ様のような金髪によく似合い、売りに出している髪飾りの中で最も高級な物を一つ購入したいと思っています。こちらはオトマール商会へのお願いです。神官長の食事やお菓子の準備の応援をお願いしてくださいませ」

「かしこまりました」

フリッツにはレティーツィアに贈るための教材や本を一揃い準備してもらい、ヴィルマには冬の間に孤児院の子供が増える可能性が高いことを告げる。そして、ロジーナには新しい曲を楽譜に書き写してもらう。本当はフェルディナンドがいない貴族院でこっそりと完成させるつもりだったが、全く間に合わない。主旋律《しゅせんりつ》だけの楽譜を贈って、編曲は自分でしてもらうことにしよう。

次の日には神殿長室へ時を止める魔術具が運び込まれ、フーゴとエラの作った料理やオトマール商会から届いたお菓子と料理が詰め込まれていく。ユストクスが一つ一つ毒見をして、何の料理が入っているのか丁寧にメモしているのが見えた。

わたしの部屋には三の鐘の頃から神官長室の側仕えが出入りするようになり、フェルディナンドの工房から出てきた木箱がわたしの工房へいくつか運び込まれていく。

そんな中、ベンノから返事が届いた。ザックが注文を受けた長椅子は破れにくい強い布が届いていないため、まだ完成していないそうだ。冬の間には完成する予定と書かれている。

わたしはいつもの仕事のお手伝いに加えて、報告をするために神官長室へ行ったけれど、荷物運びや衣装の片付けのために側仕えが減っている部屋に姿が見当たらない。

「エックハルト兄様、神官長はどこですか？」

「フェルディナンド様は工房の片付けで、木箱を出す以外はほとんど出てこない。急ぎの用件ならば、呼びかけてみれば良い。せっかくなので、ローゼマインはフェルディナンド様を手伝っていくと良いと思うぞ」

エックハルトはそう言って中に呼びかける魔術具を指差す。わたしが言われるままに「神官長、報告があるので入れてください」と声をかけると、フェルディナンドが工房から顔を出した。わたしが報告のために口を開くより先にエックハルトがわたしをぐいっと前に押し出す。

「フェルディナンド様、ローゼマインがぜひお手伝いしたいそうです」

「え？　そんなことは……。あぅ、ぜひお手伝いさせてくださいませ」

エックハルトの笑顔に負けて、わたしは自らお手伝いを申し出る。フェルディナンドに「入れ」と言われて書類の片付けを手伝いながら、わたしは自分が準備している料理やお菓子、髪飾り、教材に加えてベンノからの手紙について報告する。

「そういうわけなので、春になったら完成した長椅子と新しいお料理をお届けしますね。それまでに今回準備するお料理を全部食べてくださいせ」

こうしてフェルディナンドの健康ライフを維持するのだ、とわたしが決意していると、フェルディナンドは少し考えた後、ゆっくりと首を振った。

「いや、届ける必要はない。新しい長椅子は君のところに置いておくと良い」

「何故ですか？」

せっかくフェルディナンドがマットレスを気に入って作らせているのに、とわたしは目を瞬いた。クッションの良い長椅子があれば、フェルディナンドも少しは寛《くつろ》げるはずだ。わたしとしてはぜひともアーレンスバッハへ持って行ってほしい。

「……私が持っていく物は取り上げられる恐れがある。それならば、君が使った方が良い」

フェルディナンドの不快そうな脳裏に浮かんでいるのは、もしかしたら過去の情景だろうか。わたしは「そんなことありませんよ」とは言えず、口を噤んだ。

「それに……寄りかかる長椅子がなくなってしまっては、君が寛ぐ場所がなくなるであろう？」

「え？」

わたしの長椅子は部屋にある。なくなってもいないし、なくなる予定もない。意味がわからなくてわたしはフェルディナンドを見上げる。フェルディナンドは薄い金色の目を少し細めて嫌そうに顔をしかめると、わたしを見下ろして軽く息を吐いた。

「私を長椅子に例えたのは君ではないか。……言うなれば、私の代わりだ」

フェルディナンドは「察しろ、馬鹿者」とぽすっと軽くわたしの頭を叩き、木箱を工房の外へ出しに行く。そんな難しくて回りくどいことがわたしに察せられるわけがないでしょう、と心の中で呟きながら、フェルディナンドの背中を見た。神殿に入ってからずっと見てきた背中だ。

……あの後ろにいたら安心だったんだけどな。

一瞬のうちに神殿に入ってから今までの思い出が脳裏に浮かんだ。突然の出発に準備で忙しいはずのフェルディナンドがわたしに残してくれる優しさが胸に痛い。

フェルディナンドが工房を出た瞬間、消えるように姿が見えなくなった。こんなふうにこれから先、わたしの前にいてくれる人はいないのだ。案内人のいない道を自分で歩いていかなければならないような心細さが胸に広がる。

「ローゼマイン、そちらの書類をまとめてくれ」

木箱を外に出したフェルディナンドはすぐに戻ってきた。自分の目の前にフェルディナンドがいる安心感に泣きたくなる。

……代わりの長椅子なんていりませんから、せめて、出発を春にしましょう。

そんな言葉が喉元《のどもと》まで出かかった。言えるわけがない身勝手な我儘だ。言いたい言葉を呑み込んで、わたしはぐいっと目元を拭う。

「ローゼマイン、どうかしたのか？」

「……ねぇ、神官長。こんなに忙しくて時間がないのですから、他の人が入れるように工房の入室制限を解除してはいかがですか？」

とりあえず、わたしは我儘の代わりに有益な提案をしてみた。

「悪くないな」

入室制限を解除したことで、他の人も入れるようになった。そうなると、背が低くて力がないわたしはすぐさまお払い箱である。エックハルトが嬉々《きき》として工房へ入り、フェルディナンドを手伝っているのを見て軽く肩を竦めた。

アーレンスバッハへ持っていく物とわたしの工房に運び込む物と館に持ち帰る物に分けられた荷物が次々と運ばれていく。これまでにも多少の片付けはしていたが、まだまだ持ち出さなければならない物は多い。

「館の片付けもある。ここの片付けは今日中に終わらせてほしい」

フェルディナンドの言葉を聞いた神官長室の側仕え達が大きく目を見開いた。神官長室の通常業務もあるのに、今まで立ち入ったこともない雑多な工房の全てを片付けるのは大変だ。

「神官長の側仕えだけでは無理ですよ。どう考えても時間が足りません。孤児院から灰色神官達を応援に呼びましょう」

「召し上げるつもりもないのに側仕えではない者を呼んでどうする？」

「別に側仕えに取り立てる必要はありません。相応の報酬《ほうしゅう》を渡せばよいのです。モニカ、孤児院へ行って、力仕事が得意な灰色神官を十人ほど呼んで来てください」

「かしこまりました」

モニカがくるりと身を翻《ひるがえ》して孤児院の方へ歩き出す。わたしは困惑しているフェルディナンドを見上げて小さく笑う。

「馴染みがない者に触れられたくない物の片付けはエックハルト兄様や側仕えにしてもらい、応援の灰色神官達にはできあがった荷物を運ぶ仕事をしてもらえばいかがです？」

「……君は他人に仕事を振り分けるのが本当に上手いな」

「わたくしは他人に頼まなければ自分では何もできませんからね。できる人にずっと任せてきました。神官長は何でも自分でやってしまいますけれど、もっと味方を作って任せることを覚えた方が良いと思いますよ」

そう言いながら、わたしはフェルディナンドにも簡単にできる味方の作り方を考えてみる。身を守る術には長《た》けているけれど、警戒心が強すぎて積極的に味方を作らない。今いる者だけで何とかしようとするのだ。しかし、味方らしい味方がライムント以外にいないアーレンスバッハへ行って、エックハルトとユストクス以外に信用できないのでは困る。

「フェルディナンド様、せっかく貴族が多く集まっている冬にアーレンスバッハへ向かうのですから、歓迎の御礼というふうに理由を付けてフェシュピールを弾き、女性貴族を味方に付けるのはいかがでしょう？　手軽で簡単です。新しい曲があれば興味を持ってくれる方は絶対にいると思います。せっかくの腕前と声と顔は有効利用しましょう」

エーレンフェストでもフェシュピールの演奏でフェルディナンドにときめいた貴族女性が多かったのだから、アーレンスバッハでもやってみる価値はあると思う。

「あ、それから、お菓子を準備しています。レティーツィア様の教育を任されるのですから、何かが達成できたらご褒美にお菓子をあげてくださいね。叱ってばかりでは育ちません。褒めることを忘れずに。それから、レティーツィア様の側近と教育の仕方についてはよく話し合ってくださいませ。自分の計画だけで動いてはダメですよ。後は……」

「もう良い。君は君のやるべきことをしなさい」

わたしが思いつく限りの注意をしていると、フェルディナンドが面倒臭そうに溜息を吐きながら手を振った。しかし、やるべきことと言われても困る。フェルディナンドに持たせたい色々な物の手配は終わった。後は集まってくるのを待つだけだ。料理はどんどん仕上がっているし、オトマール商会から届けられた物はユストクスが確認しながら詰めている。レティーツィアに贈るための髪飾りはギルを通して購入したし、教材はフリッツが詰めてくれた。ロジーナはすでに主旋律の楽譜を書き終え、ギリギリまで編曲したいとフェシュピールを抱えて奮闘《ふんとう》している。

「神官長、わたくしのやるべきことは何でしょう？　わたくしが神殿に戻ってきたのは神官長のお手伝いのためですよね？」

「フラン達と共に図書室へ行き、私が持ちこんだ本を回収してきてくれ」

「本を、回収ですか……」

フェルディナンドの個人的な本なのだから、神殿を去るならば持って帰るのは当たり前だが、本が減るのはとても悲しい。わたしは自分の側仕えを連れてとぼとぼと神殿図書室へ向かった。

暖炉《だんろ》のない図書室はキンと冷えた空気でいっぱいだ。わたしは小さく身震いすると、「これと、これと、それと……」と言いながらフェルディナンドが持ち込んだ本を指差して、フランに鍵を外すように指示を出した。

書見台と本を繋いでいた太い鎖がジャラリと音を立てて外され、書見台の上から本が一つ、また一つと取り去られていく。寂しい気持ちでわたしはザームとフランが持ち上げた本を見つめる。

……あ、あの本……。

この神殿図書室はわたしが初めて入った図書室で、ここに置かれていた本はわたしが自由に読むことを許された最初の本だ。青色巫女見習いとして入った初めの日に読んだ本もフェルディナンドの本だった。

「どうかされましたか、ローゼマイン様？」

「フランが手にしている本はわたくしが初めてここで読んだ本だったな、と思い出していました」

フランは本を見下ろし、何かを思い出したように小さく笑った。

「ギルを軽く威圧しながら昼食よりも読書を優先したローゼマイン様の姿を私も覚えています。昼食を抜いたせいで、その後、倒れたでしょう？」

フランがそう言うと、ザームもクスリと笑ってわたしを見た。

「ギルベルタ商会が寄付金を持って来た時ですね。神官長がひどく驚いていらっしゃいましたよ。ローゼマイン様が回復して神殿に来られるまで毎日フランに確認していらっしゃいましたから」

「……フランもザームもそういうことは綺麗に忘れると良いですよ」

フランとザームはポツポツとフェルディナンドにまつわる思い出話をしながら大事に一冊ずつ布で包んで運んでいく。その思い出話の大半がわたしの言動に頭を抱えるフェルディナンドだ。もうちょっと良い思い出はないのだろうか。自分の失敗談ばかりを並べられているようで恥ずかしい。

「ローゼマイン様はモニカと共にこちらでお待ちくださいませ。神官長に届けて参ります」

フランとザームは何冊も一度に抱えて運ぶのではなく、数回の往復をしながら一冊ずつ丁寧に運ぶらしい。フェルディナンドには側仕えと一緒に本を回収しろと言われたけれど、彼が持ち込んだ本は分厚くて重い物ばかりだ。わたしに持てる本はない。

わたしは二人の背中を見送った後、本が減ってガランとした図書室をぐるりと見回した。

「……この本棚にはメスティオノーラが彫《ほ》り込まれているのですね」

神殿長の鍵がなければ開けられない扉付きの本棚は周囲の本棚に比べて彫刻も凝っていた。グルトリスハイトを抱えた女神が彫られている。わたしはまじまじと本棚を見つめた。

「わたくし、もう何年もここに入って本棚を見ているはずなのに、本しか見ていなかったようで気付きませんでした」

「ローゼマイン様らしいですね。先程のフランとザームの話も興味深かったです。わたくしは孤児院が救われる前のローゼマイン様をほとんど存じませんから」

クスクスとモニカが笑ってそう言った。

「本棚の彫刻にも気付かなかったローゼマイン様はご存じないでしょうけれど、実は神殿のあちらこちらにこのような彫刻があるのですよ」

モニカはとっくに本棚の彫刻に気付いていたらしい。実は神殿の色々なところに色々な神様が隠れているそうだ。初めて知った。清めで磨いていないと気付かないらしい。

「ローゼマイン様、お待たせいたしました。神官長が騎獣を準備してほしいそうです」

フランとザームによって本が運び終わったら、貴族街への運送係だ。図書室を出たわたしは部屋へ戻って着替える。着替え終えると護衛をしていたアンゲリカがわたしのところへやってきた。

「ローゼマイン様はフェルディナンド様のところに荷物を送った後、城へ戻るのでしょう？　今日はわたくしが神殿に残りますから、ダームエルを帰してください」

「では、ダームエルは明日お休みしても良いですよ。冬の社交界の準備もあるでしょう?」

「恐れ入ります」

毎日神殿の護衛では冬の社交界に必要な準備もできない。今日はダームエルを帰らせて、アンゲリカに残ってもらうことで決まった。

「そういえば、アンゲリカは準備を終えたのですか?」

「優秀な妹がいるので、わたくしの準備に抜かりはありません」

「リーゼレータに全て任せず、アンゲリカも自分でできるようになった方が良いですよ」

「実はわたくしもそう思っています」

恥ずかしそうにアンゲリカが頬に手を当てて微笑んだ。やらなければいけないことはわかっていても、やる気がない時の返事だ。この返事の時は改善されないと思っておいて間違いない。

「アンゲリカ、そのようではリーゼレータがお嫁に行ってしまうと困りますよ」

「つまり、あと二年くらいは大丈夫ということですね」

「そういう意味ではありません」

アンゲリカの意識改革は早々に諦めて、わたしは正面玄関前に大きなレッサーバスを出しに行く。荷物をたくさん載せることを考えて出したので、レッサーバスではなく、もはや、レッサートラックである。みょんと出入り口を開けば、灰色神官達が次々と荷物を積み込み始めた。

「神官長、騎獣を出しました」

「ならば、君は暖炉の前で待機していなさい。多少健康になっているとはいえ、この寒さだ。あっという間に体調を崩すぞ」

フェルディナンドに注意されて、わたしは暖炉の前に準備された椅子に座って、皆の働きぶりを眺めていた。たくさんの灰色神官達が出入りするおかげで荷物の運び出しもスムーズだ。ユストクスが指示を出し、時を止める魔術具が数人がかりで運ばれていくのも見える。

昼食を挟んで少し休息をとった後、また作業は再開される。フェルディナンドの工房は完全に空っぽになり、衣類の入っていたクローゼットも青色神官の衣装を除いて運び出されていた。

空になった工房の扉を閉め、フェルディナンドが扉に手を当てて魔力を通す。魔石が色を失い、フェルディナンドの工房は完全に消滅した。

「これで私の魔力は解除した。後はハルトムートが好きに使うと良い」

「恐れ入ります」

ハルトムートが礼を述べ、自分の魔力を登録し、ハルトムート自身の隠し部屋を作っていく。

「私はこれから館に戻ってそちらの片付けと荷物の準備を行い、アーレンスバッハへ出発することになる。もう神殿へ来ることはないであろう。この神官服は清めて貸し出し用の衣装と共に置いておくように」

フェルディナンドは青の衣装を側仕えに渡す。これから先、見慣れたあの青の神官服をフェルディナンドが着ることはないのだ。それがわたしにはとても不思議に思える。フェルディナンドは貴族用の上着を羽織り、青のマントをつけた。

「ローゼマイン、ぼんやりするな。私の館へ荷物を運ばなければならぬ。移動するぞ」

「は、はい！」

わたしはフェルディナンドと一緒にレッサーバスのある正面玄関へ向かう。今日の見送りには神官長室の側仕えが全員揃っていた。貴族の側近達が神殿を出て騎獣を出し始める中、神官長室の側仕えはずらりと並んで祈りを捧げ始める。

「神官長の向かう先に神々の御加護がありますように。高く亭亭《ていてい》たる大空を司《つかさど》る最高神　広く浩浩《こうこう》たる大地を司る五柱《いつはしら》の大神《おおがみ》　水の女神フリュートレーネ　火の神ライデンシャフト　風の女神シュツェーリア　土の女神ゲドゥルリーヒ　命の神エーヴィリーベに祈りと感謝を捧げましょう」

ザッと一斉に側仕え達が神に祈りを捧げ、跪く。両手を胸の前で交差し、首を垂れる自分の側仕え達を何とも複雑な表情で見下ろし、フェルディナンドはわずかに唇の端を上げた。

「……私によく仕えてくれた其方等へ最後の命令だ。これからはハルトムートを主としてよく仕え、神殿長であるローゼマインを支えるように」

「仰せの通りにいたします」

一つ頷いて側仕えへの挨拶を終えたフェルディナンドは、わたしの見送りに出ているフランとザームに向き直った。二人ともわたしのために異動したフェルディナンドの元側仕えだ。忠誠心が厚く、有能だったからこそわたしに付けられたと聞いている。

「フラン、ザーム。ローゼマインを頼む」

先に跪いたのはザームだ。首を垂れて目を伏せるその姿にはフェルディナンドへの敬意が溢れている。

「心得ています。神官長はどうぞご自愛ください」

「神官長にお仕えできたことは私の誇りでございます」

「……そうか」

万感の思いが籠もったフランの言葉にフッと少しだけ嬉しそうに顔を綻ばせたフェルディナンドが、バサリと青いマントを翻して神殿を出た。騎獣に乗るとずらりと並ぶ側仕え達を一度見て、バッと空へ駆け出した。わたしはレッサーバスのハンドルを握って、先を行く青いマントを追いかける。

……これで神官長は神官長じゃなくなっちゃったんだね。


フェルディナンドの館に到着すると、今度はレッサーバスから荷物がどんどんと運び出されていく。アーレンスバッハへ持っていく物とこの館に置いておく物が分けられてそれぞれの部屋に運ばれていた。

荷物運びには役に立たないわたしは護衛にユーディットを付けられ、おとなしくお茶を飲んで待っているしかできない。本当は図書室に入りたかったけれど、図書室にも持ち込む荷物があるので邪魔だと言われてしまったのである。

……皆が動き回っている中で一人だけお茶を飲んでいるのがちょっと居たたまれないんだけどな。

そんなことを考えながら青いマントを羽織ったままで指示を出しているフェルディナンドを見ていたわたしは、あれ？　と首を傾げた。

「フェルディナンド様、そういえばマントはどうするのですか？　さすがにアーレンスバッハへ向かうのにダンケルフェルガーの色をまとうのはまずいですよね？　エーレンフェストの色をまとうのですか？」

「……忘れていたな」

フェルディナンドはむむっと眉間に皺を刻み込み、トントンと軽くこめかみを叩く。エーレンフェストの新しいマントは守りの魔法陣がないと言っていたはずだ。アーレンスバッハへ着けていくにはとても心許《こころもと》ないと思う。

「ローゼマイン、工房でインクを作れ。刺繍をするような時間はない。描くしかなかろう」

確かに出発を数日後に控えて、複雑な魔法陣を刺繍するのは難しいと思う。それに、例の消えるインクならば描いても消えるのでどのような守りを付けているのかもわかりにくくて良いと思う。

「どうしてわたくしのインクを作るのですか？」

「自分の物を使うと光るではないか。それに、君は暇だろう？　ダームエル、其方がローゼマインに付け。インクを作らせる」

教師役ができるダームエルとユーディットが護衛を交代し、わたしはフェルディナンドの館にある工房へ放り込まれた。

「どうせやることがなかったので構わないのですけれど、ただね、不思議なのですよ。他人のインクで魔法陣を描いてもお守りになるのでしょうか？」

マントの刺繍は親子や夫婦でなければできなかったはずだ。インクで描くのだから良いというものではないだろう。

「効力は弱くなりますが、他人の魔力の魔法陣でも全く効果がないわけではありません。自分に近い魔力の方がぐっと効力が強くなるだけです」

「そう言われてみれば、フェルディナンド様のマントも他の方の物ですから、確かに他人の物でも全く効果がないわけではないのですね」

「それに、フェルディナンド様がエーレンフェストの色をまとうのは星結びまでのことです。その後はアーレンスバッハの色をまとうので、簡易な物でも良いと考えられたのではありませんか？」

ダームエルの説明を聞きながら、わたしはインクを作るのに必要な素材を準備していく。フェルディナンドはどの工房も同じ配置で素材を置くので非常にわかりやすい。性格が出ていると思う。

「それにしても、フェルディナンド様がご結婚ですよ。私はいつになれば結婚できるでしょう？」

ぐるぐると混ぜている間、わたしはダームエルの嘆《なげ》きを聞く。ずっと独身だと思っていたフェルディナンドが結婚するのが結構ショックだったらしい。

「わたくしの魔力圧縮を覚えて、魔力の釣り合いが取れる下級貴族のお嬢さんがいればダームエルも結婚できるのではありませんか？　魔力圧縮を教える条件に合致する時点で派閥には問題ないでしょうし、魔力と階級が釣り合えばきっとお母様が紹介してくれると思います。ただ、お母様の紹介ならば、ダームエルはお断りできないでしょうけれど、その辺りは良いのですか？」

「……自力では諦めていますから」

入れていく物を次々と差し出しながらダームエルが肩を落とした。何とかしてあげたいけれど、わたしではどうにもならない。わたしにどうにかできる範囲にいるのはフィリーネくらいだ。

「フィリーネの将来を予約すればいかが？　わたくしの側近同士ですから派閥の問題はありませんし、魔力圧縮も頑張っているでしょう？　下級貴族同士ですから階級にも問題ないですよ」

わたしの提案にダームエルは困った顔で「止めてあげてください」と首を横に振った。

「……おそらくフィリーネはローデリヒに好意を抱いていますよ」

「え？　そうなのですか⁉」

「以前にローデリヒからこっそりと手紙をもらっていたこともございますし、彼が側近になってからはずいぶんと親身になっています。先日、想い人の眼中に入らないという恋愛相談も受けたので、おそらく相手はローデリヒではないか、と」

……ダームエルに恋愛相談？　フィリーネ、どう考えても相談相手を間違ってるよね？

さすがに失礼なので、心の声は口には出さない。

「わたくしはフィリーネに恋愛相談をされたことがないので、ローデリヒを好きだなんて知りませんでした。ダームエルの結婚相手に推薦するのは止めておいた方が良いかもしれませんね」

そんな話をしながらわたしは最後の粉を振りかける。カッと表面が光ってインクが完成した。

「フェルディナンド様、完成しました！」

できあがったインクを持って行くと、フェルディナンドはすぐに大きなテーブルの上にエーレンフェストのマントを広げ、手早く魔法陣を描き始める。少しくらい滲《にじ》んでも大丈夫なように大きめに描いているらしいけれど、手の動きは速くて全く迷いがない。

「……ふむ。星結びの儀式が終わるまでの短い期間だからな。これで十分であろう」

複雑な魔法陣を描き終わったフェルディナンドは、満足そうに頷いてペンを置き、インク壺《つぼ》の蓋を閉めた。星結びが終わると、アーレンスバッハの新しいマントが与えられる。そのマントには婚約期間中の花嫁が刺繍した魔法陣があるそうだ。ディートリンデにフェルディナンドの望む基準を満たす刺繍ができるのか、わたしはとても心配になった。同時に、ちょっとホッとする。

……神官長の花嫁がわたしじゃなくてよかった。インクで描くくらいならまだしも、あんな複雑な魔法陣を刺繍するなんて無理、無理。

「フェルディナンド様、そのマントはきちんとお返ししてくださいね」

ハイスヒッツェがディッター勝負の戦利品として、わたしのユレーヴェになるような貴重な素材と引き換えに指定するような大事なマントだ。使わないならば返してあげた方が良いと思う。

「……アーレンスバッハの状況がわからぬのに、他人の大事な物まであちらに持っては行けぬ。貴族院でダンケルフェルガーの領主候補生を通じてハイスヒッツェに返すか、領地対抗戦の当日に君から私が受け取って返すか、どちらかが確実であろう」

「わかりました。わたくしが持って行きます。本人の手でお返しした方が良いですから」

「では、頼む」

フェルディナンドはマントをユストクスに外させる。ユストクスは青のマントにヴァッシェンをかけて洗浄《せんじょう》すると、綺麗に畳《たた》んでフィリーネに渡した。

「フィリーネ、貴族院へ向かう時の荷物に入れておいてほしいとリヒャルダに頼んでくださいね」

「かしこまりました」

それから、フェルディナンドは出発までの間を忙しく過ごしていたようだ。わたしは城で過ごしていたが、彼と顔を合わせることなく数日が過ぎた。

わたしは出発当日のために体調を崩さないように注意しつつ、ヴィルフリートやシャルロッテ、メルヒオールと共にフロレンツィアの執務室へ行って、旧ヴェローニカ派の子供達について話をしたり、孤児院に必要な予算を計算したり、エックハルトやユストクスに渡すお守りを作ったり、貴族院へ向かう準備をしたりしながら過ごした。

別離

「ローゼマイン、今日は叔父上が出発する日だぞ。体調は大丈夫か?」

「大丈夫です、ヴィルフリート兄様。フェルディナンド様の荷物を運ぶという重要な任務があるのですから、少々体調が悪くても向かいますよ」

フェルディナンドを送っていく人員は、領主夫妻、ヴィルフリート、わたし、それぞれの側近達、騎士団の面々だ。シャルロッテとメルヒオールはボニファティウスと共にお留守番である。

出発当日、フェルディナンドの館から荷物を載せた馬車が二台やってきた。そして、城で保管されていた贈り物の中からリヒャルダとエルヴィーラが選んだ物が運ばれてくる。

「この騎獣に荷物を載せてくださいませ」

おおよそ馬車三台分の荷物が、下働きの者達の手によって大きくなっているレッサー君に積み込まれていく。アーレンスバッハには予め荷物の量を連絡しているようで、馬車が三台以上で出迎えに来てくれることになっているらしい。

荷物の積み替えの間にわたしはエックハルトとユストクスへ一生懸命に作ったお守りを渡す。

「フェルディナンド様を守る二人が一番危険な位置にいるでしょうから、こちらのお守りをお持ちくださいませ」

「恐れ入ります、姫様」

「エックハルト兄様、絶対にフェルディナンド様を守ってくださいませ」

「あぁ、必ず」

二人が約束してくれても不安が消えないわたしの肩をアンゲリカが安心させるように軽く叩いた。

「大丈夫です、ローゼマイン様。エックハルト様はとてもお強いですから、きっとフェルディナンド様を守ってくださいます。わたくしはエックハルト様の強さと主への忠誠心を信じています」

アンゲリカの深い青の瞳にはエックハルトへの揺るぎない信頼がある。エックハルトもふっと表情を緩めてアンゲリカを見下ろした。

「私も其方の強さに対する探究心とローゼマインに対する忠誠心は本物だと思っている。ローゼマインに何かあればフェルディナンド様が悲しまれる。必ずローゼマインを守ってほしい」

「はい！」

アンゲリカがぐっと拳を握って肘《ひじ》を曲げた。エックハルトが同じようにして肘を曲げ、拳を軽く合わせる。兵士がお互いの健闘を祈る時の仕草と同じだった。わたしも二人の仲間に入りたくて、拳を握って肘を曲げる。

「エックハルト兄様、わたくしも！　わたくしもエーレンフェストで頑張ります」

「あぁ、時折フェルディナンド様に料理を送ってくれると非常に助かる」

せっかく肘を曲げて主張したのに、頭を軽く撫でられて終わってしまった。違う。一緒に健闘を祈り合いたかったのだ。

「何をしているのだ、君は？」

「フェルディナンド様……。エックハルト兄様とアンゲリカがお互いの健闘を祈り合っているので、仲間に入りたかったのにさらりと流されてしまったのです」

肘を曲げてゴツンというのをしたかったのに、とフェルディナンドに訴えていると、エックハルトが嫌な顔をする。

「健闘を祈りたいとは言っても、其方に守る主はないではないか。あれは騎士が己の矜持《きょうじ》をかけて行うやり取りで、領主候補生である其方が行うことではない」

残念ながら兵士が健闘を祈るのと少し意味が違うようだ。お断りされてしまったわたしがむぅっと唇を尖らせていると、フェルディナンドが呆れた顔になる。

「ならば、君は私と約束しなさい」

「……何の約束ですか？」

もしや、何か無理難題を言い出すのだろうか。わたしが思わず身構えると、フェルディナンドはわたしと視線を合わせるようにその場に膝をついた。薄い金色の瞳が真剣に真っ直ぐわたしを見る。

突然の行動に驚くわたしに構わず、フェルディナンドは口を開いた。

「私はアーレンスバッハへ行って、あの地からエーレンフェストを守る。だから、ローゼマイン。君にはエーレンフェストの聖女としてここを守ってほしい。たとえ、中央や他領の甘言《かんげん》があっても乗せられず、余所見《よそみ》をせずに、エーレンフェストを守ると約束してくれ」

予想外の真剣な言葉にわたしがゴクリと唾を呑む。周囲がシンと静まって視線が集まってきた。視線が痛くて、空気が重い。そんな周囲を気にもかけていないようにフェルディナンドが少しだけ唇の端を上げる。

「……だが、口でいくら約束したところで、君は基本的に考えなしなので本や図書館を餌《えさ》にされたらすぐに飛びつくだろう。私との約束など忘れて飛びつく姿が目に浮かぶようだ」

「うっ……」

何とも答えられないわたしを見て、フェルディナンドは一度目を伏せると軽く息を吐く。そして、腰につけている革袋の中から一つの鍵を取り出した。金属で作られていて黄色の魔石が付いている鍵が目の前で揺れる。

「私はこれで君をエーレンフェストに繋いでおこうと思う」

「この鍵で？」

目の前で揺らされている鍵をわたしはじっと見つめる。何の鍵なのかわからない。本や図書館に飛びつくわたしを抑えられるような鍵なのだろうか。

フェルディナンドはわたしの手を取ると、鍵をそっとのせた。手にのせられた金属の鍵はずっしりと重い。

「これは私の館の鍵だ。私の工房、素材、本、資料、魔術具、館、そこで働く者達……。私がエーレンフェストに残す全てを君に譲る」

思わぬ言葉に、わたしは目を大きく見開いた。フェルディナンドは真剣な目でわたしを見ながら、一言、一言が耳に残るような深い声でゆっくりと静かに語る。

「いつだったか、君は魔力を与える代償《だいしょう》に自分の図書館が欲しいと言った。覚えているか？」

「覚えています。フェルディナンド様は魔木の研究をしたい、と……」

エーレンフェストに魔力の余裕ができる十年以上先の話だったはずだ。わたしの魔力を使って育てれば変わった素材ができそうなので、研究用に魔力が欲しいとフェルディナンドは言っていた。それに対して、わたしは「魔力の代償に図書館をください」と答えたと思う。

「そうだ。だから、私は自分の館を君に図書館として与える。その代わり、私に与えられるはずの君の魔力はエーレンフェストを守るために使ってほしい。エーレンフェストが私のゲドゥルリーヒだ。君に守ってほしい」

フェルディナンドがわたしの手を包み込んで鍵を握りこませ、「エンダーーン」と唱えた。ずわっと魔力が鍵に吸い込まれていく。所有者の変更がされたのがわかった。

自分の手を包み込んでいた大きな手が離れた瞬間、とても冷たい風が当たる。今まで守ってくれていたフェルディナンドがいなくなった後の自分が思い浮かんで、寒さが急に増した気がした。

「自分の図書館を守るためならば、少しは甘言に惑《まど》わされることも減るであろう？」

フッと得意そうに笑いながら立ち上がるフェルディナンドをわたしは軽く睨んだ。相変わらず全然信用されていないのが歯痒《はがゆ》い。下町の家族もいるし、ルッツやベンノもいるし、フランやギルのいる神殿もあるし、製紙業や印刷工房がたくさんできつつある。エーレンフェストを守るのは領主候補生であるわたしの役目だと思っている。

「別にもらわなくても守りますよ」

「ローゼマイン、私は確実にエーレンフェストを守ってほしいのだ。報酬の前払いだと思え。それとも何か？　私の館では君の図書館には不足だと言うつもりか？　必要がないならば返してくれても一向に構わぬ」

「そんなことはありません。本がたっぷりで嬉しいです！」

わたしは鍵を取り上げられないようにギュッと自分の胸元で握りしめる。もういっそ泣いて「行かないでください」と言ってしまいたい。「王命なんてどうでもいいよ！」と言えたらどれだけ気が楽になるだろうか。

けれど、それはフェルディナンドが望む領主の養女の姿ではないはずだ。込み上げてくる涙をぐっと堪える。それでも、自分の中の感情はそう簡単には止められない。理不尽《りふじん》な命令に対する怒りと、相変わらず自分が信用されていない悔しさと、些細な約束を覚えてくれている嬉しさと、フェルディナンドがいなくなる寂しさと、自分の図書館という嬉しい響きが溢れんばかりの魔力と共に体の中をぐるぐると回りだす。

……他の人の前で泣くのがダメなら、込み上げてくる涙がそのまま魔力になってしまえばいい。

「ローゼマイン様⁉」

「目が虹色ですよ！」

側近達の焦った声が響き、フェルディナンドが「ローゼマイン、抑えなさい」と言いながらわたしに向かって手を伸ばしてくる。

「抑えません」

わたしは右手に現れたシュタープを握り、「スティロ」と唱える。ペンの形になったシュタープを動かせば、溢れる魔力が光となって空中に魔法陣を描いていく。

「ローゼマイン、何をする気だ？」

「これは図書館の御礼です。エーレンフェストを発《た》つフェルディナンド様に祝福を」

家族への想いを全てぶつけるだけだったあの時の祝福とは違う。

今のわたしは神殿長となり、正しい祝福の仕方を知った。

貴族院へ行って自分の魔力を扱うためのシュタープを得た。

魔法陣に関する知識を教えられた。

わたしに全てを与えてくれた師に、最高の祝福で応えたい。

「全属性の魔法陣？　この魔法陣は何だ？」

フェルディナンドの言葉にわたしは唇の端を上げる。

「聖典の最後のページに載っている、神殿長だけが知ることのできる魔法陣です」

貴族院で習う、自分の望みを叶えるための複雑怪奇な魔法陣ではない。聖典の最初に浮かぶ、王を目指すための魔法陣でもない。神殿長となった者がただひたすらに全ての神へ祈りを捧げるためだけの魔法陣だ。自分のためには使えない、誰かのために神々に祈るためのものである。

わたしは覚えているままに手を動かして魔法陣を描いていく。

「高く亭亭たる大空を司る　最高神は闇と光の夫婦神」

祈りの言葉と共に魔法陣が眩《まばゆ》く金色に光り、その光の縁を闇のような黒が取り巻き始めた。周囲のどよめきが耳に入ってくるけれど、わたしは構わずに祈りの言葉を紡いでいく。

「広く浩浩たる大地を司る　五柱の大神　水の女神フリュートレーネ　火の神ライデンシャフト　風の女神シュツェーリア　土の女神ゲドゥルリーヒ　命の神エーヴィリーベよ」

神の名を唱えるごとにシュタープから魔力が流れていき、その神々を表す記号がそれぞれの貴色で光り始める。

「我の祈りを聞き届け　御身《おんみ》の祝福を与え給《たま》え　御身に捧ぐは我が力　祈りと感謝を捧げて　聖なる御加護を賜らん　穢《けが》れを清める水の力を　何者にも切れぬ火の力を　災いを寄せぬ風の力を　全てを受け入れる土の力を　決して諦めぬ命の力を　旅立つ者達へ」

魔法陣がふわりと動き、フェルディナンドとエックハルトとユストクスに祝福の光が降り注いでいく。全ての貴色が入り混じる虹色の祝福だ。

呆然とした顔で魔法陣を見上げ、祝福を受けているフェルディナンドを見て、わたしは精一杯胸を張って笑って見せる。

「わたくしだって成長しているのです。いつまでも同じではありませんよ」

これで少しはこれまでの献身に報《むく》いることができただろうか。

少しは成長したと認めてもらえるだろうか。

少しは安心してアーレンスバッハに向かってもらえるだろうか。

じっと見つめていると、フェルディナンドがわたしを見下ろしてフッと笑った。

「君にエーレンフェストを任せる。私の代わりに守ってくれ」

「はい」


わたし達は境界門へ移動した。すでにアーレンスバッハからの迎えは着いていて、荷物を載せ替え、挨拶を交わす。フェルディナンドはジルヴェスターと別れの言葉を交わすと、エーレンフェストのマントを翻し、境界門の向こうへ旅立った。

フェルディナンドに「エーレンフェストを任せる」と言ってもらえた日は少しばかり雪が散る寒い日だった。わたしは精一杯の笑顔で神官長を見送った後、隠し部屋に入るまで涙を堪えることができた自分を褒めてあげた。

エピローグ

「お待ちしておりました、アウブ・エーレンフェスト。それから、フェルディナンド様。すでにアーレンスバッハの姫君は到着していて、中でお待ちです」

境界門の兵士がエーレンフェスト一行の到着に安堵の表情を見せる。カルステッドと数人の騎士がまず境界門へ入って行き、そこにジルヴェスターとフロレンツィアがそれぞれの側近を連れて続く。フェルディナンドは自分の護衛騎士エックハルトを連れて境界門へ入った。ユストクスは荷物の運び込みの指示を出さなければならないので、境界門の中には同行しない。フェルディナンドがちらりと振り返れば、ローゼマインが騎獣から身を乗り出すのが見えた。

「ユストクス、どこに騎獣を止めるのが一番荷物を運びやすいですか？」

「では、こちらへお願いいたします、姫様」

……大声を出すな。アーレンスバッハの者に品がなく思われるぞ、馬鹿者。

人目があるため、注意することもできない。フェルディナンドは苦々しく思いながらも溜息一つで終わらせる。出発前に全属性の祝福を与えた聖女のような佇《たたず》まいはすでに全く感じられなかった。どうやらあの幻想的で美しい光景は、エーレンフェストを離れることで柄にもなく感傷的になっている自分の目の錯覚《さっかく》だったのかもしれないとフェルディナンドは思う。

……初めて見たあの美しい魔法陣を研究してみたいものだ。

全属性の魔法陣でありながら、全く無駄のない美しさを持つ魔法陣だった。脳裏に焼き付いている魔法陣を手の上に指先で描きかけて、フェルディナンドはそこで一度思考を止める。頭を左右に振って、思い浮かんでいた魔法陣を振り払った。そのような研究をする余裕があるところへ向かうわけではない。彼はこれからアウブ・アーレンスバッハやゲオルギーネと渡り合いながら、ディートリンデやレティーツィアと付き合っていかなければならないのだ。

「こうしてお目にかかることができて光栄に存じます」

アーレンスバッハの者が待機していると聞いていた部屋にエーレンフェスト一行が到着すると、一番に響いたのは幼い声だった。

「……レティーツィア様が代理なのですか？」

フェルディナンドを迎えに来たアーレンスバッハの代表はレティーツィアだった。彼女の説明によると、アウブ・アーレンスバッハの加減が良くなく、ディートリンデは領主教育の詰め込み中でとても出られる状況ではない。当初の予定ではゲオルギーネが代表として出迎えるはずだったが、体調を崩してしまい、急遽《きゅうきょ》レティーツィアが代理をすることになったらしい。

「貴族院に入学もしていないわたくしですが、精一杯アウブの代理を務めさせていただきます」

幼いながらもジルヴェスターに向かってしっかりと挨拶を行うレティーツィアを見下ろし、フェルディナンドは軽くこめかみを押さえた。アウブの体調が良くないことも、中継ぎの領主に急遽担《かつ》ぎ出すことになったディートリンデが教育を詰め込まれていることも間違いではないと思う。彼が一番気になったのは、ここにいないゲオルギーネの動向だ。本当に体調を崩してるのか疑わしいと思う。……彼女が一体何を企んでいるのか、非常に気になるところだな。

聖典に関する様々な事柄は全てが彼女に繋がっているとフェルディナンドは考えていた。もしかすると、まだ終わっていないのかもしれない。

「アウブ・エーレンフェストより申し出があった通りに馬車を準備しています。エーレンフェストの馬車はどちらでしょうか？　荷物の移動をいたしましょう」

「……馬車ではございません。エーレンフェストからは騎獣で運んできたのです」

理解できないというような顔をしているレティーツィアと共に一度外に出る。荷物を運びやすいように騎獣を移動させたローゼマインが、騎獣の後ろの部分を大きく開けるところだった。

「あの、アウブ・エーレンフェスト。あれは騎獣なのですか？」

「そうです。乗り込み型の騎獣はまだアーレンスバッハでは見られませんか？」

「……お話は伺いましたし、貴族院でも低学年の数人が乗り込み型の騎獣を使っています。けれど、あのように大きな騎獣は初めて拝見いたしました」

「大きさを自在に変えるのはまだローゼマインでなければできないでしょう」

ジルヴェスターが小さく笑いながら、ローゼマインの騎獣について説明する。レティーツィアは興味深そうに話を聞いていた。どうやらディートリンデと違って、他人の話を聞くことはできるようだ。教育係に任命されてしまっているフェルディナンドは、その一点だけで少し安堵した。

「フェルディナンド様の荷物の積み替えをお願いします」

レティーツィアの指示で、同行している騎士達や境界門の騎士達が荷物の積み替えを始める。エーレンフェストの者達には見慣れたローゼマインの騎獣も、アーレンスバッハの騎士達にとっては物珍しいようで、驚きの視線が注がれている。すでにエーレンフェストでは当たり前の光景になっているため、太ったグリュンに見えるローゼマインの騎獣を警戒しつつ、荷を運ぶ騎士達がフェルディナンドには少々滑稽《こっけい》に見えた。

ユストクスとローゼマインが指示を出しているが、雪のちらつく寒さだ。ローゼマインは早々に境界門へ入れなければ体調を崩すだろう。主治医の立場であるフェルディナンドはそう判断した。

「指示は私が出す。ローゼマインに境界門の中へ入るように言え」

「はっ！」

騎士の一人が駆けて行き、ローゼマインに言葉を伝える。振り返ったローゼマインとフェルディナンドの目が合った。ローゼマインがゆっくりと歩いて彼に近付いてくる。

「フェルディナンド様はアーレンスバッハの方と交流を深めた方が良いのではありませんか？　荷物運びの指示ならばわたくしでもできますよ」

「今日は雪がちらついている。健康な者でも体調を崩しそうな気候の日に君が外にいてどうする？さっさと中へ入りなさい」

「……せっかくわたくしがお役に立てる機会だったのですけれど」

フェルディナンドはせっかくの気遣いに文句を言うローゼマインの口元を無言でつねった。柔らかくてつまみ心地が良いのでついつい力を籠めて、摘まんだままぐにぐにと動かしてしまうのだが、ローゼマインの頬がつかみやすいのが悪いと思う。

「いひゃいれふっ！」

「君が入らなければ、同じ立場のヴィルフリートも入れないのだ。レオノーレ、アンゲリカ。ローゼマインをさっさと中に運び込め。ブリュンヒルデ、リーゼレータ。体が冷えているはずなので熱いお茶の準備を。男は荷物運びを手伝うように」

むぅっと唇を尖らせて頬を撫でているローゼマインをさっさと中へ入れるように彼女の側近達に命じると、フェルディナンドは次々と運び出される荷物を見遣《みや》った。ローゼマインとくだらないやり取りをしている間にも荷物は見る見るうちに減っている。それは、彼がエーレンフェストにいられる時間が刻一刻と減っていることを如実《にょじつ》に示していた。

「フェルディナンド」

ジルヴェスターが何か言いたげに一度口を開いた後、ぐっと奥歯を噛み締めて目を伏せた。自分の内に込み上げる感情を噛み殺す時によくしている彼の癖を目にしたフェルディナンドも少し目を伏せる。

「先日も言った通り、婚姻で外に出れば其方を姉上と同じくアーレンスバッハの者として遇することになる」

……目が潤んでいるぞ、ジルヴェスター。アウブが感情を隠せなくてどうする？

フェルディナンドはできればからかうようにそう言いたかったのだが、何故か言葉が出なかった。喉がヒリと焼けつくような痛みを感じて、ゴクリと唾を呑むことしかできない。

ジルヴェスターはそんな彼を恨めしそうに睨んで、口を開いた。

「フェルディナンド、あの夜に私が言いたいことは全て言った。……其方が覚えているかどうかは知らぬが……」

ジルヴェスターとカルステッドと最後に酒を酌《く》み交わした夜をフェルディナンドは思い出した。

◆

げんなりとした顔のカルステッドに「ここ最近、ずっと付き合わされるのだ。少しは元凶が話を聞いてやれ」と連れ出されて到着したのは、ジルヴェスターの私室だった。すでにずいぶんと飲んでいるらしいジルヴェスターが、完全に酔っ払った状態でフェルディナンドを待っていた。

「来たか、フェルディナンド。さぁ、飲め！」

ジルヴェスターに酒の入った杯《さかずき》を勢いよく突きつけられ、フェルディナンドに飛沫が少し飛んだ。それに少しばかり顔をしかめつつ、彼は「アーレンスバッハに向かう準備で時間がないのだが」とジルヴェスターを睨む。彼の本音としては、この状態のジルヴェスターに付き合うのが非常に面倒臭そうなので早々に逃げたかった。

だが、ジルヴェスターに「ローゼマインへあのようなお守りを作る時間はあるくせに、私と酒を飲む時間はないということか」と恨みがましく言われれば、フェルディナンドとしては杯を手に取るしかない。ローゼマインに関する頼み事を思い出したのだ。

「フェルディナンド、其方は薄情《はくじょう》だ」

「今頃わかったのか。いくら何でも遅すぎるぞ」

「そういうところが可愛くない。私は頼られる兄になりたかったのだ」

その言い方がシャルロッテに頼られる姉になりたくて馬鹿みたいに努力していたローゼマインの言葉と非常によく似ている。思わずフェルディナンドの口から笑いが漏れた。

「頼っているとも」

「適当なことを言うな！」

「……これだけ酔っていてもさすがにわかるか。だが、完全に嘘《うそ》ではないぞ」

フェルディナンドはそう言いながらゆっくりと杯を口元に近付けた。熟成された樽《たる》を思わせる木の香りが立ち上り、一口だけ含めば更に香りが強くなる。同時に、ふくらみのある芳醇《ほうじゅん》な味わいが口の中に広がり、柔らかな苦みと共に喉を通って行く。

口元を緩めながらもう一口飲んでいると、ジルヴェスターが得意そうに笑う。

「どうだ？　美味《うま》いだろう？」

「あぁ、私好みの良い味だ。手に入れるのは苦労したのではないか？」

肯定の言葉に気を良くしたのか、ジルヴェスターがフフンと笑いながら同じように杯を口にした。ジルヴェスターが少し落ち着いたのを見たカルステッドも苦笑しながら杯を手に取る。ゆっくりと酒を味わいながら、フェルディナンドは二人を見た。

「私が去った後、ローゼマインを守れるのは其方等だ。できる限りのお守りは持たせたし、ふらふらと他領へ飛び出すことがないように私の館を図書館として与えてエーレンフェストに縛るつもりだが、それでもまだヴィルフリートでは心許ない」

フェルディナンドの言葉にジルヴェスターが目を見張る。

「……父上より賜った館であろう？　私が管理するつもりだったが、ローゼマインに譲るのか？」

「私に子はおらぬ。被後見人のローゼマインに譲るのが順当であろう？」

「それはそうだが、フェルディナンドが他人に譲るとは思わなかった」

ジルヴェスターとカルステッドの二人から驚きの目で見られたフェルディナンドは、少しばかり感じたバツの悪さを逃そうと息を吐く。

「父上にいただいた館を譲ることは私も悩んだ。だが、これから先、中央からの誘惑をローゼマインが撥《は》ね退けるためには目に見える重しが必要だ。ヴィルフリートとの婚約だけでは足りぬ」

ローゼマインは貴族の中で一番自分を心配してくれているのがフェルディナンドだと断言した。つまり、今までフェルディナンドは貴族社会にローゼマインを繋ぐ鎖を作るために色々と考えてきたつもりだが、それがあまり功《こう》を奏《そう》していないということだ。

「アレは出身が出身なので貴族の常識では計れぬ。ならば、ローゼマインが家族同然だと認識している私自身が鎖となるしかなかろう。そのために私はできるだけローゼマインが望む家族らしい振る舞いをしたのだ」

「……その結果があの髪飾りか」

何故か呆れたようにカルステッドが溜息を吐いた。

「最近は卒業式のエスコート相手に髪飾りを贈ることが流行している。ローゼマインの見た目が年相応であれば求婚と思われても仕方がないぞ」

「私はまだ後見人であるし、見た目が見た目なので問題あるまい。首飾りでもないのに騒ぐようなことでもなかろう。婚約者であるヴィルフリートにあのお守りを作らせることができれば最善だったが、さすがに調合や魔法陣を叩き込むにも時間がなさすぎるし、魔力も素材も足りぬ」

「無茶を言うな！」

反射的にそう言ったジルヴェスターにフェルディナンドは一つ頷いた。

「さすがに無茶だと思ったからヴィルフリートに要求はしなかったのだ。それに、冬の計画で色々と忙しい其方等に作れと言うのも酷だと思ったから私が作った。求婚の魔石のように見えて不都合ならば、さっさとヴィルフリートが成長して作り変えれば問題はないし、貴族院を卒業して結婚してしまえば中央からの横槍《よこやり》を心配する必要もなくなる。その時はお守りを外せばよかろう」

ローゼマインを守るために最善を尽くしたつもりなのに、文句ばかり言われて面倒になってきたフェルディナンドは軽く手を振って文句を封じる。

「……其方が王命やアーレンスバッハの圧力に抗《あらが》えぬのは私のせいだ」

ジルヴェスターがまたぐちぐちと愚痴を言い始めた。全く相談しないフェルディナンドを薄情だと詰《なじ》り、己の儘ならぬ立場を悔しがり、最終的には頼られぬ兄であると開き直って「其方が行くと私が困るから、行くな」とみっともないほどに感情的になっている。ここ半年ほど何度も聞いた愚痴がぐるぐると続くのに、フェルディナンドは呆れずにいられない。

「……ジルヴェスターといい、ローゼマインといい、其方等は本当に面倒臭いな」

「裏のない真っ直ぐな好意くらいは素直に受け取れ、フェルディナンド。ひねくれ者の其方がそのような笑みを浮かべているのだ。多少は好意に対する自覚があるのだろう？」

カルステッドの指摘にフェルディナンドはムッとした顔を作ってみるものの、自分がそれほど必要とされていることが少しばかり面映《おもは》ゆく感じられるのは事実だ。彼としては少々不本意ではあるが、自分に向けられる好意に鈍いとローゼマインから指摘された通りなのかもしれない。

「フェルディナンド、其方のゲドゥルリーヒはエーレンフェストだ。私は其方の兄として、それ以外は絶対に認めぬからな！　覚えておけ！」

ジルヴェスターはそう叫んで眠ってしまった。

◆

「……覚えている」

フェルディナンドが覚えているのはあの夜のことだけではない。父親が連れて来ただけの、初めて会った彼を弟として受け入れてくれたことも、兄貴風を吹かせて引っ張り回してくれたことも、目を尖らせるヴェローニカから力及ばぬものの庇おうとしてくれたことも、エーレンフェストに必要だという彼の提案を呑んで平民の子供を養女として引き取ってくれたことも覚えている。領主会議でアーレンスバッハにやりたくないと上位のアウブに抵抗し、王に対しても矢面《やおもて》に立って拒否するつもりだったこともわかっている。

父親である先代領主亡き今、フェルディナンドにとって家族と言えるのはジルヴェスターだけだ。

だが、アーレンスバッハへ行ってしまえば、ジルヴェスターはフェルディナンドをアーレンスバッハの者として扱わねばならなくなる。人払いをしてこっそりと私室に騎獣で乗り付けて酒を飲んだり、他愛もない話をしたり、策略を練ったり……今までと同じことはできない。

……わかっていたことではないか。今になって喪失感《そうしつかん》を覚える方がどうかしている。

フェルディナンドがフッと皮肉な笑みを浮かべるのを、ジルヴェスターは真面目な顔で見ていた。それに気付いて表情を引き締めるフェルディナンドを気遣うようにそっと息を吐く。

「ならば、エーレンフェストに固執せず、アーレンスバッハにおける自分の幸せを最優先にしてくれ。私が其方に望むのはそれだけだ」

フェルディナンドはこれまで何年も自分の幸せについて考えたことがなかったというのに、ジルヴェスターもローゼマインも「私の幸せ」について言及する。

……馬鹿馬鹿しい。そんなものよりエーレンフェストが最優先ではないか。

これまでのフェルディナンドならばそう言って突っ撥ねることもできたし、拒否することもできた。けれど、今、それを口にすることは何故かできなくて、一度口を噤む。

「……そのお言葉、忘れません、兄上」

フェルディナンドはジルヴェスターとの別れを済ませて踵を返した。境界門の中に入ればレティーツィアに何やら言っているローゼマインの姿が見える。貴族院に入っていないレティーツィアとローゼマインはさほど身長が変わらない。

……今は少しローゼマインの方が高いか？

ランプレヒトの星結びの儀式で見た時はローゼマインの方が少し低く見えたと思う。こうして比べてみると、あまり変わっていないように見えるローゼマインも少し成長していることがわかった。レティーツィアの金髪にローゼマインと同じような髪飾りが揺れている。「これはフェルディナンド様からの贈り物にするのですよ」と言って、ローゼマインが準備していた物だ。

……君から渡してどうする？

相変わらず気が回るのか、回らないのかわからないローゼマインの行動にフェルディナンドは溜息を止められない。彼が近付けば同じような年頃に見える二人を囲む側近達は笑いを堪えるような顔になっているのが見える。フェルディナンドの姿を見つけたヴィルフリートが顔色を変えてローゼマインを止めようとしたが、彼はそれを制してローゼマインの背後に立ち、何を話しているのか耳を澄ませた。

「……と、そのようにフェルディナンド様の優しさは回りくどくて、とってもわかりにくいのです。それに、教育熱心で非常に厳しいですけれど、それはレティーツィア様の成長を願ってのことです。あまりにも厳しければ、わたくしに一報くだされば改善するようにこちらからもお願いしてみますから、遠慮なくおっしゃってくださいね」

「ローゼマイン、君は一体何を言っている？」

「ひゃうっ⁉」

フェルディナンドが声をかけた瞬間、ローゼマインがビクッとして文字通り飛び上がり、引きつった笑みを浮かべながらジリジリと後退し始めた。

「わたくし、悪口は言っていませんよ。フェルディナンド様が誤解されないように思い当たる注意点を述べていただけです。ね、レティーツィア様？」

「え？　そ、そうですね」

レティーツィアの顔は明らかに「巻き込まないで」と言っているように見えるが、ローゼマインは余計なことをしている時に「見つかった！」という顔になっている。

……取り繕《つくろ》った笑顔を浮かべていても丸わかりだ、馬鹿者。

何を言っていたのか正直に述べよ、と普段の彼ならば頬をつねるところだが、アーレンスバッハの者の手前、それは止めておくことにした。

「レティーツィア様はあまりローゼマインの言葉を真に受けぬように。……それから、ローゼマイン。荷物の積み替えが終わったようだ」

そう言った瞬間、ローゼマインの手がフェルディナンドの袖をつかんだ。見上げてくる金色の目にはジルヴェスターと同じで、彼のことが心配で仕方ないという思いが揺れている。

「手紙はライムント経由で届ける。……私は約束を守るので、君も重々気を付けなさい」

フェルディナンドがローゼマインの手を袖から外しながらそう言うと、彼女は静かに頷いて一歩後ろに下がった。下がった場所にはヴィルフリートがいる。ジルヴェスターによく似ている彼ならば、呆れたり面白がったりしながらローゼマインを守ってくれるだろう。

「ヴィルフリート、後は任せる」

「はい、叔父上。叔父上もお元気で」

別れを終えたフェルディナンドは振り返らずに境界門をくぐり、アーレンスバッハの馬車に乗り込んだ。隣にエックハルトが、向かいにはレティーツィアとその護衛がいる。

ゆっくりと馬車は動き始め、少しすると窓からエーレンフェストの方で一斉に騎獣が飛び立つ様子が見えた。ローゼマインの騎獣は遠目にも目立つ。あの中に自分がいないことがフェルディナンドにはひどく不思議に思えた。

「……あの、フェルディナンド様。ローゼマイン様はどのような方なのでしょう？」

彼が窓の外を見ていると、レティーツィアがおずおずとした様子で声をかけてきた。何か話題を、と必死に考えて出てくるのが先程まで話していたローゼマインのことである。彼女とディートリンデはあまり親交がないのかもしれない。そんなことを考えながら、フェルディナンドは視線を外からレティーツィアへと移す。

「貴女の目にはローゼマインがどのように映りましたか？　初めて会ったのは境界門で行われた星結びの時ですが、直接話をしたのは今日が初めてでしょう？」

「貴族院で二年連続最優秀を取ったエーレンフェストの聖女と呼ばれている優秀な領主候補生で、フェルディナンド様が育てたと伺っています。星結びの時に神殿長として儀式を行っている時もとても美しいと思っていたのですけれど、今日お話をして、わたくしが想像していたよりもずっと優しくて親しみやすい方だと思いました。それから、本当にフェルディナンド様のことを心配していらっしゃるのだと……」

あの馬鹿者はほとんど初対面のレティーツィアに「フェルディナンド様をよろしくお願いします」と何度も言いながら、注意点をずらずらと並べ立てたらしい。

「それに、こちらはフェルディナンド様からの贈り物です、とローゼマイン様はおっしゃいましたけれど、本当はローゼマイン様が準備された物ではございませんか？」

髪飾りにそっと触れながらレティーツィアが青い瞳を嬉しそうに細めてそう言った。冬の社交界で使えるように、と冬の貴色である赤い花がレティーツィアの金髪を飾っている。

……余計なことばかりを言うし、頼んでもいないことを勝手にするのだ、ローゼマインは。

フェルディナンドは何となく恥ずかしいような照れくさいような気分になり、クスクスと笑いながらローゼマインを語るレティーツィアの言葉を否定したくて堪《たま》らない気持ちになってくる。

「私はあれの後見人で家族同然ですから、ローゼマインは私を心配しているのでしょうが、最近は心配がすぎて少々面倒に思えることもございます」

ローゼマインの注意事項を思い出したようにレティーツィアが小さく笑う。その後、寂しそうに微笑んで彼女は小さくポツリと零した。

「家族同然ですか。……少し羨《うらや》ましく感じます」

その呟きを聞いて、フェルディナンドはこの子供も家族との縁が薄いことを思い出した。幼い時に祖父母の養女としてアーレンスバッハへ移動したため、彼女の両親はドレヴァンヒェルにいる。養母となっていた祖母が亡くなり、今は養父である祖父がはるか高みへ向かおうとしている。周囲に残っている親族は、元々祖父の第三夫人だったゲオルギーネと養母となる予定のディートリンデ、それから、ディートリンデと結婚して養父となる予定のフェルディナンド。これでは本人も周囲も心穏やかではいられないことがわかる。

「レティーツィア様はなかなか苦労の多い立ち位置だと存じます。私を信用しなくても結構ですが、王命は信用しても良いのではございませんか？　レティーツィア様を教育し、成人したらアウブ・アーレンスバッハとする。それが王とアウブ・アーレンスバッハより私に課せられた義務です」

その言葉にレティーツィアだけではなく、隣の護衛騎士が訝《いぶか》しそうな表情になった。

「義務？……ディートリンデ様がアウブに固執すればどうなさるおつもりですか？」

「王に願い出ればよろしいかと。王命に背くアウブは中央より処分されるでしょう」

王命に背くことが簡単に許されるならばフェルディナンドがここにいるはずがない。仮に、ディートリンデがアウブに固執したところで、王命がある以上、どうなることでもないのだ。

「ずいぶんと不思議そうな顔をされていますが？」

「いえ、フェルディナンド様は妻の望みならばできるだけ叶えられるように努力する方だとディートリンデ様より伺っていたので少し驚いたのです」

……確かに言ったが、できるだけ、なので特に間違ってはいまい。

フェルディナンドは余計なことを言わずに社交用の微笑みを浮かべる。

「妻の望みと王命とどちらが大事なのか、自ずと答えは出るでしょう」

「……そうですね」

レティーツィアがそう言いながら窓の外を見遣った。エーレンフェストの方角を見て、少し安心したように笑う。

「ディートリンデ様とご結婚の後、わたくしの養父となる方がどのような方なのか、貴族院時代の成績については情報が入っても、お人柄についてはどなたも触れませんでした。けれど、王命を優先することを知る貴族で、親しい方からあのように心から心配され、別れを惜しまれ、慕《した》われている方ならば、わたくしはローゼマイン様のお言葉を信用したいと存じます」

……ローゼマインの言葉はあまり信用しなくてよろしい。

喉元まで出かけた言葉をフェルディナンドは咄嗟に呑み込んだ。せっかくレティーツィアが友好的な空気を出しているのに、それを踏みにじる必要はない。アーレンスバッハで少しでも楽に生きるためにはレティーツィアとその周囲の信用を得られた方が良いのだ。

もう少し信用を得るためにどうすれば良いのか考えていたフェルディナンドの脳裏に、ローゼマインが提案していた数々が浮かび上がってくる。

……いや、ちょっと待て。他に何かあるはずだ。

フェルディナンドの心情としてはローゼマインの提案をそのまま受け入れるのはどうにも悔しく感じられるのだが、提案の一部は有益で理に適《かな》っている。移動時間が勿体ないし、アーレンスバッハの城に到着してからではいつ話ができるかわからない。どうせ後々話し合わなければならないのだからと考えて、フェルディナンドはレティーツィアに対して今後の教育計画について話をすることにした。ついでに、宿ではレティーツィアの筆頭側仕えも含めて意見交換をしながら食事をすることに決める。

馬車での移動時間に少しずつ信頼を重ねながら、フェルディナンドはずっとローゼマインが提案していた以外の「味方の作り方」を考えていた。だが、彼はこれまでの人生で敵対を回避することはあっても、積極的に味方を作ろうと思ったことはなく、妙案が思い浮かばない。

「姫様が考えてくださったようにフェシュピールを弾けばよろしいのではございませんか？」

ユストクスは特に代案を出さずに笑いを堪えるようにしてそう言い、エックハルトは何だか満足そうに「フェルディナンド様のフェシュピールは私も楽しみです」と頷く。

……このままではローゼマインの言った通りにフェシュピールを弾くことになるのではないか？


ずっと考えていたにもかかわらず、数日経っても良い考えが浮かばないまま、フェルディナンドはアーレンスバッハの貴族街に到着した。エーレンフェストと違ってずいぶんと暖かく、そろそろ冬の社交界が始まろうとしているのに、まるで秋の半ばのような気候だ。

「ようこそ、フェルディナンド様」

城で出迎えてくれたのは、彼の婚約者であるディートリンデだ。顔立ちがヴェローニカと似ている。それだけでも彼にとっては忌避感《きひかん》が強い。そのうえ、考えなしで我儘だ。エーレンフェストでの滞在中にフェルディナンドはそれを思い知った。彼女を御し、ゲオルギーネと対峙《たいじ》しなければエーレンフェストやジルヴェスターを守ることはできない。

「時の女神に導かれた其方にエーレンフェストとジルヴェスターを頼む」

不意に父親の最期の言葉がフェルディナンドの耳に蘇る。了承の返事と同時に消えたのは自分を包んでいた魔力だった。自分の手の内に返された小さな塊、自分の手をきつく握る痩《や》せた指先、必死に縋《すが》ろうとする金色の瞳……。彼は未だに明確に覚えていた。

「私の全力を尽くしてお守りいたします」

亡き父親に対するフェルディナンドの誓いに、手を差し出していたディートリンデがニコリと微笑んだ。

「ご自分のお立場をよく理解しているようで、わたくしも嬉しいです」

別離から始まる冬の生活

埋まらない穴

領主執務室はペンを走らせる音や確認をし合う小声で満たされていた。

「アウブ・エーレンフェスト、こちらをお願いします」

私は文官が積み上げた書類を手に取り、確認してはサインしていく。目に見える光景はいつも通りだが、フェルディナンドがいなくなってからというもの、執務量が一気に増えた。それに、休憩《きゅうけい》が少し長引いただけでも側近達が目を尖らせるせいで、まるで監視の目が増えたように息苦しく感じられる。

「アウブ、こちらの確認をお願いします」

入室してきた文官が差し出した書類はギーベからの陳述書《ちんじゅつしょ》だった。

「あぁ、これは……」

フェルディナンドに、と言いかけた言葉を呑み込む。もういない相手に任せられるわけがない。数日経ってもまだフェルディナンドを頼ってしまうことに自嘲《じちょう》しつつ、私は書類に目を走らせる。今までギーベからの陳述書はフェルディナンドが確認し、よほど重要な案件でなければ処理してくれていた。

……さて、どうするか？

ギーベからの陳述には領主が処理しなければならない非常に重要な案件もあれば、一応確認をしておくという程度の些細な案件もある。今回は担当文官に連絡して確認すれば終わる程度の案件だが、全てを私が処理するのでは時間の無駄になる。これから先に些細な案件を任せられる者が必要だ。フェルディナンドは領主の仕事も手伝ってくれていた。それは元々私の仕事なので私がやれば良いだけだ。しかし、フェルディナンドが担当していた領主一族としての仕事はどうするべきか。婿入りによって彼が抜けた穴はかなり大きいのである。

「ボニファティウスはいるか？　少し手伝ってほしいのだが……」

ひとまず私はボニファティウスの執務室に詰めている文官へオルドナンツを飛ばしてみた。伯父《おじ》であるボニファティウスは年齢を理由に一度引退したけれど、今でも領主一族としての執務を手伝ってくれている。今後は領主候補生達の教育も手伝ってくれるそうだ。おそらく孫娘であるローゼマインとの触れ合い時間が欲しいだけだろうと思うが、今のエーレンフェストには成人している領主一族が少なすぎるので、助力は大歓迎である。

「ボニファティウス様はいらっしゃいません。騎士の訓練場です。ローゼマイン様が貴族院へ行くまでに騎士見習い達を鍛え上げるそうです」

去年のディッターで連携が向上していたことをローゼマインが「おじい様のおかげですね」と褒めまくったせいで、ボニファティウスは次の領地対抗戦でも孫娘からの褒め言葉を得るために暴走しているらしい。

「今年はフェルディナンド様に留守を任せて領地対抗戦へ行く予定でしたが、移動が早まったことで予定が変更になったでしょう？　せめて、ローゼマイン様から褒め言葉くらいはもらわなければ割に合わないと……。それに、今は騎士団長達が会議中なので訓練を止める者がいないそうです。アウブが止めてくださいますか？」

文官の苦笑混じりの言葉がオルドナンツで届いた。ボニファティウスがどれほど領地対抗戦でローゼマインと過ごすのを楽しみにしていたのか、私は知っている。訓練で騎士達に八つ当たりしているならば、私は近付きたくない。それに、騎士団長達は会議中だと言った。ならば、ボニファティウスは粛清の情報を伏せておきたい騎士達の注意を引く役をしているに違いない。

「執務をしてほしいと頼んだところで拒否されることは明らかだし、こちらに向かって延々と不満を述べられても困る。気が済むまで訓練に打ち込むように言ってくれ」

私は不自然な硬さが出ないように気を付けてオルドナンツを飛ばす。冬の粛清について知られてはならない者が周囲には多すぎる。どれだけ気を付けても過剰ではないだろう。この粛清も、本当ならばフェルディナンドが指揮を執《と》ることになっていた。情報を伏せるという点で旧ヴェローニカ派に最も距離がある彼が最適だったからだ。急に指揮を執る者が替わったので、騎士団長のカルステッドは大変なことになっている。あちらこちらにフェルディナンドの抜けた穴があり、それを何とか埋めようと皆が奮闘している。それを感じる度に、私は異母弟の存在がいかに大きかったのか思い知るのだ。

「ボニファティウス様がいらっしゃらないのであれば、こちらはどうしましょう？」

「……ヴィルフリートにやらせてみるか」

私は次期領主となる息子にオルドナンツを飛ばす。新しい仕事を任せたいと言えば、ヴィルフリートは嬉々としてやって来た。

「勉強中に呼び出してすまぬ」

「大丈夫です。座学の予習は終わっていますし、印刷業の仕事はシャルロッテに任せることもできます。私でなければできない次期領主としての仕事の方が大事ですから」

うきうきしていることが一目でわかる息子の姿に、私は笑いそうになるのを噛み締めた。本当にヴィルフリートは自分と似ている。私も大人扱いされているようで、父親から新しい仕事を任されることが嬉しかったものだ。新しい仕事は刺激的で楽しく感じられるが、それは未知に対する期待が満ちているからで、慣れた日常になれば仕事が退屈なものに変わることもよく知っている。

……何にせよ、やる気があるのは良いことだ。

飽き性なところがあるヴィルフリートには飽きる前に新しい仕事を積み上げて、次々と覚えさせることが重要になる。年齢的には少し早いが、教育の一環として領主の仕事を色々と任せてみた方が良いかも知れない。

……死は唐突に訪れるからな。

父上の死によって私が領主の座を継いだのは、自分で予想していた年齢よりずっと早く、初めて参加した領主会議では自分より若い領主がいなかった。領主の仕事に関しても引き継ぎが完全に終わっていたとは言い難く、ボニファティウスが私に領主の仕事を教え、支えてくれた。

……仮に、私が父上と同じ年に亡くなるとすればどうなる？

ボニファティウスはいつ亡くなってもおかしくない年になっている。本来ならば、ヴィルフリートが若くして領主を継ぐことになったとしてもフェルディナンドが支えてくれるはずだった。だが、もういない。フロレンツィア一人でヴィルフリートとローゼマインに引き継ぎができるだろうか。彼女は第一夫人としての仕事をしているが、領主の仕事には携《たずさ》わっていない。難しい部分も多いだろう。後々のことを考えれば、ヴィルフリートには早めに一通りの仕事を教えておいた方が良さそうだ。

「父上、私は何をすれば良いですか？」

「ギーベからの陳述書だ。ここの文官から回答を得てきてくれ」

私はヴィルフリートに陳述書を手渡した。側近の文官達が一緒なので、城で迷ったり見当違いな回答を得てくることはないだろう。ヴィルフリートが自分の側近を連れ、張り切った笑顔で執務室を出て行く。

……新しい仕事を任せてもフェルディナンドがあのような顔を見せることはなかったな。昔からアレは可愛げがなかったのだ。

五歳下の異母弟は、幼い頃から本当に感情を隠すことに長けていた。少し目を閉じれば思い出せる。フェルディナンドと初めて会った時のことを。

◆

夕食の席で父上から新しく弟ができると聞いた時、母上は不機嫌だったが、私はそれを特に気に留めてはいなかった。姉しかいなかったため、男兄弟ができることに興奮していたのだ。

兄としてどうするのか色々と考え、カルステッドやリヒャルダに意見を求めたものだ。

「今のままではお兄様として尊敬されないかもしれませんね」

リヒャルダの脅しとも取れる意見に、私は良い兄となれるように努力を始めた。弟妹に対する態度がひどかったゲオルギーネ姉上のようなことはせず、可愛がってやるのだと決意して。

「ジルヴェスター、彼がフェルディナンドだ。これから北の離れで其方と共に過ごすことになる。今後、其方を支えてくれる弟だ。仲良くしてやってくれ」

父上から紹介された異母弟は、水色の髪を首の辺りで切り揃えていた。綺麗な顔立ちだったせいで女の子に見えた。衣装が違えば絶対にわからなかっただろう。笑顔を浮かべることもなく、教えられた通りの挨拶を丁寧にしていた。今ならば、あれは完全に警戒している顔だったとわかる。だが、当時は緊張しているだけだと思っていたので、私は緊張を解いてやろうという親切心で自分の思うままにフェルディナンドを振り回した。

「私は其方の兄だぞ。ジルヴェスター様ではなく、兄上と呼べ」

「其方も髪を伸ばせ。私とお揃いだ」

「私が兄として勉強を教えてやろう。フェシュピールの練習がいいか？」

フェルディナンドの態度は軟化《なんか》したけれど、母上は徹底的にフェルディナンドの存在を無視していた。接触しようとしない母上の態度に私は首を傾げていた。

……私や父上に見えないところでフェルディナンドを排除しようとひどい嫌がらせをしているこ

とに気付いたのはいつのことだったか……。

リヒャルダやカルステッドにフェルディナンドを助けてもらったことも一度や二度ではない。父上や私から止めるように言ったが、そうすると母上の態度が更に頑なになり、嫌がらせがひどくなっていく。

「何故そんなことをするのです、母上!?」

「あれは貴方を脅《おびや》かす子供です。今の内に排除しなければなりません。男の領主候補生はジルヴェスターだけで良いのです」

全く聞く耳を持たないので、私は父上に相談してなるべく母上とフェルディナンドを会わせないようにした。

だが、そんな生活もフェルディナンドが貴族院三年生になるまでのことだった。優秀だったフェルディナンドは冬以外の季節も貴族院に滞在し、文官コースや騎士コースの勉強をすることを望んだのだ。フェルディナンド一人のために寮を開けておき、下働きや側近を置かなければならないので母上は却下した。だが、父上は母上の反対を押し切って彼の希望を受け入れた。二人が距離を置くことを最優先にしたのである。父上の決断によってフェルディナンドは呼び戻された時だけエーレンフェストに帰還し、一年の大半を貴族院で過ごせるようになった。

……たまに会うフェルディナンドが生き生きとしているから、私は安堵していたのだ。

貴族院にいる間は問題ないと思っていた。フェルディナンドが領地にいる時だけ母上の動向に目を光らせておけばいいと考えていたので、貴族院の寮監《りょうかん》を含めて嫌がらせを受けているとは考えていなかったのだ。それよりも自分の結婚問題で私も母上と対立することが多くなり、嫁姑《よめしゅうと》問題に意識が移った。フロレンツィアと結婚すること、結婚生活に母上を介入させないことが最優先になったのである。

結婚して浮かれていられたのは数年のことだ。ちょっとした病気だと思っていたのに父上は回復することなく弱っていく。同時に、執務の量は次々と増えていく。当時の私はそれだけで手一杯だった。たまに帰還するフェルディナンドに執務を手伝ってもらうことに何の疑問も抱かなかった。毎年のように最優秀を取り、ダンケルフェルガーのような大領地から婿としての打診を受け、魔術の研究のために全く戻ってこなくなったフェルディナンドは好き勝手にやっているのだと思っていたからだ。

だが、父上の死によって、わずかな安定がひっくり返った。私が知らない内にフェルディナンドの婿入り話は流れていて、母上は狂気じみた執念でフェルディナンドを排除しようとする。フェルディナンドは貴族院で最優秀を取り続ける実力者だ。彼が本気で抗えば排除されるのは母上になる。

……母上もフェルディナンドも失えぬ。

私はフェルディナンドに神殿入りを勧めた。彼自身はもちろん、「フェルディナンドと一緒にエーレンフェストを守ってくれ」という父親との約束も大事だったが、私にとっては母上も簡単に切り捨てられる存在ではなかった。父上の死後、自分にとって最大の後ろ盾になるという意味でも、血の繋がる家族という意味でも……。

母上は幼少期に自分の母親を亡くし、実兄を失い、実弟を神殿に入れられ、ライゼガング系貴族の妻を大事にする実父との関係が良好とは言えない状態で育った。そのため、普通の貴族ならば見向きもしない神殿の実弟を大事にして交流を持ち続け、第二夫人や異母兄妹という存在に憎悪の感情を抱いていたのである。実子の私や孫のヴィルフリートにはとても愛情深い。その分、自分とは血の繋がらないフェルディナンドへの憎悪は殊の外強かった。

フェルディナンドが神殿に入って貴族社会とは関わらないようにしているにもかかわらず、母上の狂気じみた敵視は続いた。最終的には、庇いようのない罪を犯したことで母上は白の塔へ幽閉され、フェルディナンドが貴族社会に戻ったのである。

◆

「どんどんとひどい顔色になっていますよ、ジルヴェスター様」

寝台に上がり、側近達の気配が少し遠ざかると、私はようやく楽に息ができるような心地がした。全身から力を抜いた私の額をフロレンツィアが優しく撫でる。

「これ以上気に病んではフェルディナンド様に叱られるのではございませんか？　あの方は貴方を、それから、エーレンフェストを守るために行ったのでしょう？」

心配そうに自分を見つめる藍色の瞳とゆるゆると撫でられる指先に泣きたい気持ちになった。

……エーレンフェストを守るためか……。

父上との約束があるから、フェルディナンドはずっと自分の傍らにいると思っていた。アレを振り回して甘えることで、居場所を作ってやっていたつもりだった。

……私はローゼマインのように上手にはできなかったな。

ローゼマインの存在があってよかったと思う。養女にしたのは我ながら英断だった。母上から逃れた先の神殿で、フェルディナンドが気にかける存在ができたことも嬉しかったし、面倒だと言いながら細々と世話を焼く様子は興味深かった。何よりローゼマインは平民のやり方でフェルディナンドの内面に踏み込んでいき、アレが私に隠していたことを次々と暴《あば》いていった。母上の所業の詳細も、顔色一つ変えずにフェルディナンドが無理していたことも、ヴィルフリートの危うさも、ローゼマインに指摘されなければ私は気付かなかった。

……そういえば、ローゼマインも憔悴《しょうすい》していると言っていたな。

リヒャルダからの報告を思い出した。ローゼマインは貴族社会で最もフェルディナンドを信頼し、庇護されていたのだ。おそらく私以上の喪失感に苛《さいな》まれているだろう。

……きっとローゼマインも穴だらけだ。

私と同じように自分の中の大事な部分が欠けたような感覚を抱えているに違いない。私はフェルディナンドだけではなく、ローゼマインを守ることもできなかった。私は兄なのに弟を守ることができず、逆に、弟から守られているだけなのだ。それが何よりも悔しい。

「……フェルディナンドがいないせいで何もかもが穴だらけではないか」

八つ当たりに満ちた呟きを零しながら、私はフロレンツィアをきつく抱きしめる。私の呻くような声を受け止めながら、フロレンツィアは私の背に腕を回して宥《なだ》めるように優しく抱きしめた。

「まだ終わったわけではありません。その悔しさを魔力として蓄えましょう。ジルヴェスター様がゲオルギーネ様を抑えられるくらいに強くなるのです。わたくしはジルヴェスター様の隣で見ています」

「……明日からはそのようにしよう」

妻の温もりに縋り付くようにして、私は泥のように眠った。

アーレンスバッハ生活の始まり

アーレンスバッハに到着すると、すぐに冬の社交界の始まりである。困ったことにアウブ・アーレンスバッハは我々の到着寸前に亡くなった。フェルディナンド様が目的としていた貴族との繋がりを作ってくれる者はほとんどおらず、レティーツィア様とその側近と多少なりとも道中で繋がりを作れたことに胸を撫で下ろしている状態だ。エーレンフェストへ書状を出した時には本当に危篤《きとく》だったようで、アウブ・アーレンスバッハの穴を埋めるためにフェルディナンド様が呼ばれたというのが真相らしい。

アウブが亡くなったため、跡継ぎであるディートリンデ様は出迎えに向かうこともできない。そして、エーレンフェストと最も縁の深いゲオルギーネ様が迎えに出立したけれど、夫の死を嘆くあまり、道中で体調を崩したそうだ。急遽レティーツィア様が呼び出され、側近の騎獣で馬車に追いつき、代理として出迎えることになったらしい。

……ゲオルギーネ様のお言葉はとても信用できるものではないな。

ゲオルギーネ様は自分が次期領主となるためには努力を惜しまず、色々と企てては敵を陥《おとしい》れ、確実に自分の立場を作っていく方だった。今もエーレンフェストに執着しているのだと言われたとしても、何の疑いもなく納得できる。そのくらい執念深くて怖い。

私は情報を集めるのが幼い頃から好きだった。自分の趣味で集めているので私にとってはどれも同じくらい大事だが、他人にとっては玉石混淆《ぎょくせきこんこう》の情報だ。くだらない物から重要な物まである。そんな私の情報を、ゲオルギーネ様は「情報精度が悪くて役に立たない」とおっしゃった。その言葉で私は自分の情報を彼女に公開する気が完全に失《う》せ、同時にお仕えする気も消え失せた。

けれど、私はゲオルギーネ様と同級生で、母上と姉上がゲオルギーネ様の側仕えをしていた関係で、子供部屋にいる頃に「わたくしに仕えるためには文官コースでしょう？　側仕えコースでは異性のユストクスはわたくしの側近になれませんから」と言われた。

……そうか。だったら……。

私は側仕えコースを取ることに決めた。母上と姉上が側仕えとしてゲオルギーネ様に仕えているのだから、別に自分が仕える必要はないと思ったのだ。ただ、忠告を無視して側仕えコースを選択したことで「ユストクスは裏切り者です。信用できません」と言われ、ゲオルギーネ様の当たりが非常に厳しいものになったわけだが。

当時の私は知らなかったが、私がコース選択を決めた時期はジルヴェスター様が生まれたことにより、母上がジルヴェスター様の元へ異動させられる話が出た頃だったらしい。ゲオルギーネ様は私が側仕えコースを取るのは、自分の文官として仕えるのではなく、弟に仕えるためだと考えたらしい。

　正直なところ、彼女からどう思われても良かった。私はどちらにも付きたくなかったのだ。領主候補生らしく愛想の良い淑女の顔をしていても、その胸の内には激しい感情が渦巻いていて、敵を沈めるためには手段を選ばないゲオルギーネ様も、三歳くらいまでは病弱で寝込んでいることが多かったのに元気になった途端、信じられないくらいの暴れん坊になったジルヴェスター様も、仕えたいと思える要素がなかった。


「ユストクス、お茶を淹れてくれ」

「かしこまりました、フェルディナンド様」

　私が名を捧げてでも仕えたいと思ったのはフェルディナンド様だった。私の情報を上手く使いこなし、適度に私を自由にさせてくれる良い主だ。フェルディナンド様は先代の第一夫人であるヴェローニカ様に疎まれ、排除されようとしていたが、上手くかわしていた。皮肉なことだが、忍耐力《にんたい》、注意深さ、勤勉さなどフェルディナンド様の優秀さは図らずもヴェローニカ様が育てたと言える。

「ゼルギウス、厨房へ案内していただけますか？」

　アーレンスバッハから付けられた側仕えのゼルギウスに声をかけ、私は厨房への道を教えてもらう。同時に、私はゼルギウスにフェルディナンド様の好みなどを教えなければならない。

「今は客室ですから厨房まで向かわなければならず、少々手間がかかります。ですが、ディートリンデ様との星結びの儀式が終われば本館のアウブの居住区域に移動するので楽になります」

フェルディナンド様に与えられたのは客室だ。まだ婚姻していないフェルディナンド様は本館のアウブの居室があるところへ入ることができない。星結びの儀式が終われば部屋を移動することになる。それ自体は当然のことなので、文句はない。

……だが、その星結びはいつになる？

アウブの死亡報告と次期領主の就任が春の領主会議で行われることは確実だ。けれど、その時に星結びの儀式が共にできるか否かは定かではない。ディートリンデ様が礎《いしずえ》の魔術を自分の魔力で染めて、完全に我が物とする方が優先されるからだ。

……貴族院にいる間は染められないだろうし、どう考えてもフェルディナンド様の魔力の方が強いだろう。

礎の魔術はまだ亡くなったアウブ・アーレンスバッハの魔力で染まっているはずだ。親子ならば魔力は似通っていて、扱うのにそれほどの不便はないはずだが、婚姻すれば夫婦の魔力はお互いに影響しあって染まり合っていく。フェルディナンド様の魔力の影響でアウブの魔力と反発する可能性が高くなることを考えると、婚姻は後回しにされる可能性が高い。

「こちらは下働きが使う道ですが、厨房への近道なのです」

ゼルギウスがにこやかにそう言いながら下働き達が使う道も通って最短で厨房へ向かう。私はその道を覚えながら、周囲を忙しなく歩いていく下働き達の会話に耳を澄ませた。

冬の間は貴族間の関係の構築と情報収集が一番主な仕事だ。フェルディナンド様からもゲオルギーネ様の情報が少しでも得られないか、と言われている。アウブ・アーレンスバッハが亡くなったため、次期領主のために領主の居住区域を空けなければならない。ゲオルギーネ様は居室を移すために引っ越しの最中らしい。下働きの出入りが激しいので、潜り込むには絶好の機会である。

ただ、準備には時間がかかる。まず、こちらの訛《なま》りを覚えなければならない。貴族院で交流し、領主会議などで交流がある貴族はほとんど違いがないのだが、下働きをしている平民に交じろうとすると訛りや独特の言い回しを覚える必要がある。エーレンフェストの下町で覚えた下町訛りとは少し違うようで覚え直しだ。それでも、動作などは流用できそうだ。私は周囲の下働きの様子を見ながら探る。

……でも、厄介だな。下働きまでお仕着せがあるのか。

下働きのお仕着せを手に入れなければ、潜り込むこともできないようだ。城へ到着した時にゲオルギーネ様にも挨拶したのだが「こちらで一緒に過ごせるようになるとは思っていませんでした、ユストクス。グードルーンはご一緒ではございませんの？　こちらでお会いすることはなさそうで、少し寂しい心地さえいたしますね」と言われたのだ。

つまり、女装してうろついたらすぐにわかりますよ、と釘を刺されたというわけである。ゲオルギーネ様は私が貴族院で好き勝手にやっていた頃を知っているので少々やりにくい。

「そういえば、フェルディナンド様。フェシュピールの練習をしなくてもよろしいのですか？」

お茶を差し出しながら、私はフェルディナンド様に問いかけた。

道中でも宿に着くたびに「何か良い方法がないものか」と難しい顔でブツブツと言っていたけれど、結局フェルディナンド様は有効な味方の作り方が思い浮かばなかったらしい。何度か相談されたのだが、姫様が提案されたフェシュピールを弾くという案が非常に有効だと思ったので、私は思考を放棄している。

アウブ亡き今、手っ取り早く味方を作る必要があるのに、フェルディナンド様は人と接するのが苦手で四角四面。与えられた課題は完璧にこなすけれど、合理性を重視しすぎて感情面はおざなりにしてしまう。そんなフェルディナンド様だが、フェシュピールの音色は柔らかく、歌う声は染み入るようで貴族院時代も心待ちにしている者は多かった。今回もアーレンスバッハの者達の心を解す一助となるだろう。うっとりする女性は多く、多少なりとも印象は良くなるに違いない。

……姫様はよくフェルディナンド様を理解していらっしゃる。

私がクスリと笑うと、フェルディナンド様が少し嫌な顔をした。姫様の助言通りにするのが癪《しゃく》に障るらしい。

「フェルディナンド様はフェシュピールの名手でしたから、私もぜひ拝聴《はいちょう》したいです」

ゼルギウスはフェルディナンド様と同時期に貴族院に在学していたようで、ぜひ補佐したいと名乗りを上げた側仕えだ。まだ完全には信用できないが、彼の目にはフェルディナンド様に対する憧れと尊敬の念が溢れている。

ゼルギウスによると、フェルディナンド様の優秀さを知る者はアーレンスバッハにもいて、執務面では歓迎されているそうだ。ディートリンデ様にお任せするのは荷が重いと上層部が感じているようで、彼等を少しでも味方につけられるならば、それに越したことはないだろう。

「フェルディナンド様はレティーツィア様の教育係となるのですから、優秀さを見せつけることは有効だと存じます。始まりの宴《うたげ》で演奏されますか？　それとも、別の機会を設けましょうか？」

ゼルギウスの説得にフェルディナンド様は諦めたような溜息を吐いて、始まりの宴でフェシュピールを弾くことを約束された。

「少しフェシュピールを弾く。下がっていろ」

「かしこまりました」

姫様から贈られた新しい曲の編曲もすると言う。準備を整えると、私達はフェルディナンド様の前から下がる。付き従うのは護衛騎士のエックハルトのみだ。

私は荷物の整理をしたり、自分の部屋を整えたりしながら、どのようにして下働きの服を手に入れるか、それればかりを考えていた。

「ゼルギウス、お茶を片付けて来ます」

「一緒に行きます。まだ一人にはさせられませんから」

ゼルギウスは私に対する監視でもあるらしい。私は「道を覚えるのがそれほど得意ではないので助かります」と言いながら、茶器をゼルギウスに持たせ、自分はポットなどの少し重い方を抱えた。先程も通った下働きの道を通って厨房へ向かう。

……少々気は進まないが……。

貴族が通りやすいように脇に避《よ》けている一人の下働きに、私はポットに残っているお茶と甘味を足すための蜂蜜をぶちまけた。

「すまない！　腕が当たってしまった」

「あ、ああ、洗えば何とかなるので、お気になさらず」

「そうです、ユストクス。貴方が気にすることではありません」

きちんと避けていなかった下働きが悪いとゼルギウスが言うのを聞いて、私は厳しい顔で彼の言葉を否定する。

「いいえ、エーレンフェストではこのようなことをしてしまった時は、貴族であっても責任を取ることになっています。ここはアーレンスバッハですが、それでは私の気が済まないのです。ゼルギウス、片付けを頼んでも良いですか？　彼の上司に詫びて来なければ」

「それはさすがに……」

「では、片付けを終えたらついて来てくれますか？」

「……仕方がありません。同行します」

私を一人にしないように言われているのだろう。ゼルギウスは少しばかり面倒そうに溜息を吐いた後、下働きを統括している者のところへ連れて行ってくれることになった。

「連れ回してしまうことになるが、一緒に来てほしい。君の上司に詫びて、新しいお仕着せを支給してもらう。それでは仕事にならないだろう」

貴族の言うことに下働きが逆らえるはずもない。強引に事を運び、私は厨房で片付けを終えると、ゼルギウスと恐縮しまくっている下働きと共に、下働きを統括している部署へ向かい、事の顛末の説明と詫びを入れ、お仕着せを支給している部署へ連れて行ってもらった。

「貴族である貴方が下働き相手にそこまでする必要はありません」

「それでは私の気が済みませんし、フェルディナンド様に叱られます」

笑顔で押し切って私から詫びを入れ、金を払い、彼に新しいお仕着せの服を支給してもらった。

……名前や顔が確認されるわけでもないようだ。これなら貴族が一緒に向かって、金を払えば何とかなりそうだな。

新しいお仕着せが支給される流れを確認した私は、数日後、フェルディナンド様やエックハルトと打ち合わせてゼルギウスに仕事を与えてもらい、監視の目を外した隙に下働きに変装した。髪の色を変え、顔つきを多少変え、髪から体まで少し薄汚れた状態にした上でアーレンスバッハのお仕着せに似たような服を汚す。

「エックハルト、これを連れて行って、新しいお仕着せを支給してもらって来るんだ」

「はっ！」

フェルディナンド様に一筆書いてもらい、エックハルトと共にお仕着せを支給する部署へ向かった。そして、エックハルトから「自分の気が済まないし、フェルディナンド様に叱られます」とお金を払ってもらう。フェルディナンド様に一筆書いてもらった木札を見せることで、新しいお仕着せを支給してもらうことができた。

「エーレンフェストの客人は変わっていますね。下働きなどに一々構う余裕などないでしょう」

「いいや、エーレンフェストには孤児にさえ心を砕く聖女がいるのです。下働きを粗雑に扱うと主に叱られます」

エックハルトの言葉に「それはまた大変な聖女様ですね」と苦笑しながら、下働きを統括している者はお仕着せを渡してくれた。

「本当にお世話になりました。私は仕事に戻ります」

下働きのお仕着せを手に入れた私はその場でエックハルトに礼を言って別れると、早速下働きの道の探索をし、ゲオルギーネ様の離宮へ向かった。新しい情報を掻き集めるのだ。


私は下働きに交じって仕事をしながら情報を集めると、下働きしか使わない物置で側仕えのお仕着せに着替える。それから、ヴァッシェンで汚れや髪の染め色を落としてから何食わぬ顔でフェルディナンド様の居室に戻った。

「どこに行っていたのですか、ユストクス？」

「おや、ゼルギウス。フェルディナンド様に伺わなかったのですか？」

「調合室へ向かったと伺ったのですが、調合室にも姿が見えませんでした」

「あぁ。では、行き違いでしょう。回復薬を調合した後、私は厨房へ向かったので」

全てが嘘ではない。厨房でカルフェ芋の皮剥きもしていた。あの手の下働きは周囲に大体お喋り好きな女性がいるのだ。良い収穫だった。

ゼルギウスの質問を軽く流し、私はフェルディナンド様にお茶を差し出す。

「フェシュピールの曲は完成しましたか？」

「あぁ。明日、披露する」

フッとフェルディナンド様が笑う。どうやら自信作のようだ。これならば心配はいらないだろう。そう思っていると、茶器に隠れる位置にフェルディナンド様がそっと音を立てずに盗聴防止の魔術具を置いた。私はお茶請けを置く振りをしながら素早く魔術具を握り込む。

「ゼルギウス、風呂の準備を頼む。夕食までに入りたい」

「かしこまりました」

ゼルギウスがすぐさま踵を返すのを見ながら、フェルディナンド様が「報告を」と呟いた。今、この部屋の中にはフェルディナンド様とエックハルトと私だけだ。普段から予想以上に他の視線があり、秘密裏に報告することは簡単ではない。時間を無駄にすることはできないのだ。ゼルギウスが戻って来ても会話しているようには見えないように、机を整えたり寝台を整えたりしながら私は報告を始めた。

「こちらではエーレンフェストがあまり良く思われていないようです。現在の第一夫人であるゲオルギーネ様の出身地でありながら、あまりにも非協力的すぎるという意見が一般的でした」

エーレンフェストから輿入れし、エーレンフェストの領主が交代して以来、碌な援助もないゲオルギーネ様はとても可哀想なのだそうだ。エーレンフェストの聖女という魔力の豊富な養女を得たにもかかわらず、自分達だけ順位を上げてこちらに対する配慮が全くないのはけしからぬということだった。

「アーレンスバッハとの繋がりを重視していたヴェローニカ様は、それなりに予算を割いていたはずなのですが……。さて、誰が言い出したのでしょうか？」

「不満を逸らすにはエーレンフェストがちょうど良いのであろう」

「おそらく。それから、ゲオルギーネ様の派閥には元第二夫人系の臣下が多いようです。元々の第一夫人と第二夫人の仲が悪く、第三夫人のゲオルギーネ様は跡継ぎを擁《よう》する第二夫人と仲良くしていたそうです」

　ところが、第二夫人の処刑と跡継ぎの失脚があり、第一夫人が孫娘を養女とすることで跡継ぎを得る。第二夫人派はそのままゲオルギーネ様の方へ移ったらしい。

「第一夫人への反発はもちろん、ドレヴァンヒェルから連れて来られた跡継ぎ予定の養女レティーツィア様が幼すぎることが理由としてあげられていました。一番大きな理由は魔力不足のせいですね。領主候補生が減って魔力供給が大変になる中、小聖杯を満たす神官も中央へ移動して急激に減りました。ところが、旧ベルケシュトックの管理を任され、領地は増えました」

　それも、グルトリスハイトを持たぬ王が境界を引き直すこともできないままに管理だけを任されたのだ。負担はとんでもないものになる。

「第一夫人は政変後に与えられた旧ベルケシュトックに力を注ぐのをどちらかというと後回しにしたそうです。自分達の基盤であるアーレンスバッハ内を充実させる方が優先だ、と。そんな中、ゲオルギーネ様はそのベルケシュトック分の小聖杯の魔力をどこからともなく調達したようで……。そのような経緯からゲオルギーネ様は第二夫人系、旧ベルケシュトック領の住人に慕われているということでした」

「ふむ。前神殿長によって神殿へ持ち込まれていた他所の小聖杯がそれであろうな」

フェルディナンド様が腕を組んでゆっくりと息を吐いた。それを横目で見ながら、私は寝台に危険物が潜んでいないか確認していく。

「エーレンフェストは魔力の豊富な聖女をアウブの養女にして余裕ができたにもかかわらず、ゲオルギーネ様のお願いを却下するのだからひどい、と言われています。こちらも余裕があるわけではないのですが、旧ベルケシュトック領に住まう住民にとっては小聖杯の有無が死活問題に直結しますからね」

「アーレンスバッハの領地のことをエーレンフェストに頼るのがお門違いなのだが、得られていた援助が突然打ち切られると恨み言があるのも仕方がないか……」

予想以上にゲオルギーネの勢力が大きいな、とフェルディナンド様が難しい顔で考え込んだ。

「ゲオルギーネ様は第二夫人やベルケシュトック系の支持はありますが、レティーツィア様を跡継ぎとして戴《いただ》く第一夫人派とはさすがに仲良くとはいかないのでしょう。レティーツィア様が成人したらアウブになることが離宮周辺ではとても問題視されているようです。ディートリンデ様がいらっしゃるのに、レティーツィア様を跡継ぎに据える必要はないという声さえ聞こえてきました。何となく亡くなったアウブの望みや王命ということがあまり知られていないように感じられました。取り急ぎ報告するのはその辺りですね。誰と誰がいい仲であるとか、どこの野菜が新鮮だったとか、細かい報告は後日にします」

その報告の途中でフェルディナンド様が立ち上がった。ゼルギウスが風呂の準備を終えたらしい。

「ユストクス、こちらの魔術具の管理を任せる」
「かしこまりました」

始まりの宴でフェルディナンド様は歓迎の御礼という名目でフェシュピールを奏でられた。ユルゲンシュミットでは定番の曲をいくつか、それから、姫様が作曲してフェルディナンド様が編曲された曲の中からいくつかを披露する。

一番新しい曲は離れた故郷を思う曲だった。

姫様の目論見通り《もくろみどお》り、うっとりと聞き惚《ほ》れた女性にはフェルディナンド様自体が快く受け入れられたらしい。演奏が終わった後は女性に取り囲まれ、冬の社交界での誘いが殺到し始めた。この冬にどれだけの味方ができるかが大事なのだ。なるべく多くの誘いを受けて、顔を繋いでいかなければならない。

「フェルディナンド様のフェシュピールは相変わらず素晴らしいですね。もしや、ディッターの腕も貴族院時代から衰えてはいないのですか？」
「……いや、衰えている。去年、ハイスヒッツェに辛勝だった。あの頃は余裕で勝てたからな」
「ハイスヒッツェ様とまだ勝負していたのですか!? あちらはダンケルフェルガーの現役の騎士なのですから、腕は落ちていないということではありませんか」

驚きの声を上げるアーレンスバッハの騎士達を見回して、フェルディナンド様が不敵な笑みを浮かべる。フェルディナンド様と同年代の貴族達が変わらぬフェシュピールの腕を褒め、当時のディッターに関する優秀さについて思い出話を始めれば、「エーレンフェストという下位領地の神殿に入っていた母もない領主候補生」と見下していた者が見る目を変え始めた。

「わたくしの婚約者ですものね」

ディートリンデ様がホホホと笑いながらフェルディナンド様の隣に立つ。

……あぁ、フェルディナンド様の笑顔が深まった。

苦手な相手を前にした時の笑顔を見て、私は即座に胃薬の確認をした。

忙しい冬の始まり

「コルネリウス、少し殺気立っていますよ。もう少し抑えなければ相手にも伝わります」

貴族院の学生とは違う、成人した騎士の装束《しょうぞく》で臨む初めての冬の社交界だ。始まりの宴を前にがやがやとしたざわめきが多い大広間の中、甘えるように微笑んで寄り添ったレオノーレに小声で注意される。私はゆっくりと息を吐き、ギーベ・ゲルラッハから視線を離した。

本音を言うならば、すぐにでもギーベの満足そうな顔を蹴り飛ばしてやりたいが、今はその時ではない。捕らえるだけの証拠がなく歯噛みしていたこれまでとは違う。確実に捕らえられるだけの証拠がある。ここで勘付かれる方が面倒だ。私は努めて微笑みを浮かべ、レオノーレを見た。

「気を付けるよ。今度こそは、とどうしても気が立ってしまう」

「どうしても緊張感は高まりますからね」

今年は粛清を控えているので、その予定を知っている騎士達は静かに見えても鋭い目をしているし、旧ヴェローニカ派の貴族達は夏にやってきたゲオルギーネ様達の話やアーレンスバッハへ向かったフェルディナンド様の話で盛り上がっている。要注意人物が間違いなく出席しているか、こちらの動きに気付かれていないか、目を配らなければならないことはたくさんある。

「今年もまた土の女神ゲドゥルリーヒは命の神エーヴィリーべに隠された。皆が共に春の訪れを祈らねばならぬ」

アウブ・エーレンフェストの声で宴は始まり、急遽フェルディナンド様がアーレンスバッハへ向かわれたこと、ハルトムートが新しく神官長として神殿でローゼマインを支えていくことが述べられた。

アウブの言葉が終わると、洗礼式とお披露目である。今年は春に洗礼式を終えたメルヒオール様がお披露目に参加する。メルヒオール様はローゼマインのフェシュピールを気に入って、一緒にお稽古《けいこ》をしていた。

壇上では神殿長のローゼマインと新しく神官長となったハルトムートが洗礼式の準備をしている。ハルトムートに手を取られ、一段高いところに上がったローゼマインが声を上げた。

「新たなるエーレンフェストの子を迎えましょう」

これまではフェルディナンド様に挨拶や神話の語りを任せていたローゼマインが、今年から声を増幅《ぞうふく》する魔術具を使って自分で語るようになった。まだ幼い声で神話を語る。聖典入れ替え事件を知っている者を混乱させる狙いもあり、聖典は使われず、閉じられたままだ。

「ローゼマイン様は少し顔つきが変わられましたね。……張りつめた空気を感じて心配だとリヒャルダが零していました」

「それだけフェルディナンド様との別れは影響が大きかったのだろう」

別れが決まり、二人だけで神官長室の隠し部屋に籠もったあの日からローゼマインとフェルディナンド様の関係は唐突に変わった。ローゼマインは躊躇いもなくフェルディナンド様への親愛を口にするようになったし、話をする時の距離が明らかに近くなった。護衛をしていれば、危険がないように主の側に付くので相手との距離感は如実にわかる。

それに、お互いに贈り物をし合っていた。結婚等で領地を離れる者が親しい者に物を贈るのはそれほど珍しいことではない。残す物を処分するという意味合いもある。だからこそ、餞別としてイタリアンレストランで食事をするというのはどうにも理解できなかった。けれど、側近を労うのと同じように、これまでのフェルディナンド様を労うということで納得はできた。

……もっと理解できないことが起こったからな。

イタリアンレストランでローゼマインとフェルディナンド様は魔石のお守りを贈り合ったのだ。お互いに相手を驚かせようと思った結果らしいが、よほど過保護な親でなければあれほどのお守りは贈らない。ローゼマインの相談に乗ったハルトムートが止めなかったのもどうかと思う。

……普通のお守りであれば、これほど心が波立つことはなかっただろうが……。

正直なところ、いくら気が進まない王命の政略結婚とはいえ、婚約者であるディートリンデ様に贈った婚約の魔石よりよほど上質で魔力が籠もっているのはどうかと思う。そんな上質な魔石があるならば先に婚約者に贈れ、と思ったのは私だけではないはずだ。ローゼマインが幼い子供ではなく、成人女性だったならば、求婚だと周囲は完全に思うだろう。

「まさかフェルディナンド様がお守りをあのような髪飾りにして贈られるとは思いませんでしたから、驚きましたね」

「エックハルト兄上は、フェルディナンド様はこれまでにもたくさんのお守りをローゼマインに与えているのに何を今更、とか、誰に何を渡すかは周囲が口出すことではない、と言っていたけれど、常識では考えられないだろう？」

魔力の鎖で揺れる全属性の虹色魔石が五つも付いた簪に全く動じなかったのは、エックハルト兄上とユストクスとハルトムートくらいだ。他のローゼマインの側近は皆目を見張っていた。もらったローゼマインも驚いていたけれど、彼女は少しばかり悔しそうに「五倍返し」と呟いていたので、私達とは驚きの種類が違うと思う。

「それにしても、ローゼマインがあれだけフェルディナンド様の魔石を身に着けていて、ヴィルフリート様は何も思わないのだろうか？」

結婚して魔力を通い合わせるようになると、夫婦は魔力の質が似通ってくるものだ。生まれた子供はその親の影響を受けた魔力を持つ。だからこそ、自分の妻となる女性が父親以外の男の魔力をまとうのは不愉快になるものだ。たとえ保護者という立場にいても、父親でもない他の男の魔石をレオノーレが身にまとっていれば私は「すぐに外してくれないか」と言いたくなるほど不愉快《ふゆかい》極まりない気分になると思う。

「今までのお守りと同じように感じられているのかもしれませんね。ローゼマイン様がフェルディナンド様に守られているのは当たり前のことだとヴィルフリート様は最初から思っていらっしゃるでしょうから。それに、年齢的にまだ魔力感知が発現しておらず、婚約者という立場を実感していないかもしれません。この先、不愉快に思う年頃や関係になられたら、ヴィルフリート様がご自分の魔石を贈るようになるのではありませんか？」

そう言った後、レオノーレがはにかむように微笑んで胸元にそっと指を伸ばした。

「お父様に贈られたお守りを、少しずつ未来の旦那《だんな》様にいただく魔石に変えていくのも女性の立場では嬉しいものですよ」

そこに自分が贈った婚約の魔石があることを知っている。私は何となく他のお守りも作ってレオノーレに贈りたくなった。

「それに、実際、フェルディナンド様のお守りがないと困りますもの。ローゼマイン様の側近としては、ヴィルフリート様が嫌がらない現状を喜んでおく方が良いでしょう。まさかあれだけの祝福ができるとは存じませんでしたから」

レオノーレの言葉に私はローゼマインが贈った祝福を思い出した。館を図書館にしても良いと鍵を譲られ、その喜びであふれた魔力をそのまま使ったと本人は言っていた。

けれど、それはこれまでの「神に祈りを！」と叫んで、ただ魔力を放出するだけの祝福ではなく、シュタープを使って魔法陣を描いた全属性の祝福だったのだ。フェルディナンド様でさえ見たことがないと言った神殿長だけが知っている魔法陣。ローゼマインが神々の名を唱えるたびにそれぞれの貴色に輝き、虹色の祝福の光が降り注いでいた。非常に幻想的で、知らず知らず感嘆の息が漏れる。自分だけではなく、周囲の者が皆一様に驚嘆していた。

全属性の祝福をこの目で見たのは初めてだった。存在するのは知っていたけれど、成功例は本の中で読む程度のもので、普通は行うことではないし、命の属性が邪魔になって成功するものではないと思っていた。あの光景を見て、ローゼマインを聖女ではないと否定することはできない。私が「まるで聖女だ」と感じたくらいだ。ハルトムートが興奮しすぎて、非常に鬱陶《うっとう》しかった。いや、今も興奮は冷めていないようなので鬱陶しさは続いている。

「……あれだけの祝福ができるのですもの。エーレンフェストの聖女を欲しいと思わない領地はないでしょう。アウブがあの祝福に関しては他言無用とおっしゃいましたけれど、ローゼマイン様は感情が昂ぶられると祈りを捧げ、祝福することが身に染みついているようです。どこで祈りを捧げるのかわかりませんし、誰が目撃してローゼマイン様を狙うのかわかりません」

貴族院でも何度か感情の昂ぶりに任せて祈りを捧げるのを我慢してローゼマインは倒れていた。ユレーヴェで魔力の塊が溶けた分、倒れることはなくなったと聞いているが、祝福を漏らすことがなくなるとは聞いていない。

「そう考えてみると、フェルディナンド様が図書館でエーレンフェストに縛ろうとしたのも、虹色魔石のお守りを贈ったのも、あながち大袈裟ではなかったのかもしれないな。私自身が貴族院で付いていられないのが心配でならないよ」

旧ヴェローニカ派の子供達との関係がどのように変化するのかも心配なところだし、ローゼマインが何をするのか見当もつかないところも怖い。他領との関係も心配だが、もっと心配なのは王族だ。毎年絡んでくるのだから、今年もきっと何か起こると思う。

「貴族院ではわたくしができるだけ気を配ります。コルネリウスはエックハルト様がおっしゃったことを覚えなければならないのでしょう？　そちらを頑張ってくださいませ」

「あぁ、エックハルト兄上の優秀さを改めて見せつけられたよ」

私は軽く肩を竦める。アンゲリカに勉強を教えることで勉強するようになり、ローゼマインの魔力圧縮方法で魔力を伸ばし、おじい様にしごかれ、剣舞にも選ばれ、貴族院で連続して優秀者として表彰された。私は護衛騎士としてかなり力を付けたと思っていたが、エックハルト兄上に比べるとまだまだだと思い知らされたのだ。

「主の周辺に置かれる毒物に関しては、護衛騎士ではなく側仕えの領分ですからね」

「だが、主を守るという点で護衛騎士も知っておかねばならない、と言われれば反論のしようはない。それに、アンゲリカの俊敏性《しゅんびん》やダームエルの緻密《ちみつ》な魔力の扱い、ユーディットの遠距離攻撃、レオノーレの魔獣や戦術知識のように特化したものが私にはないのだ」

一見、何でもできるように見えるけれど、私は何に関しても誰かに負ける。これだけは負けないと言えるものがない。

「そのように落ち込まなくても、平均的にどれでもできるということも十分強みだと思いますよ。コルネリウスは苦手なものがないように克服してきたのです。それは素晴らしいことでしょう？

それに、魔力自体はコルネリウスが一番多いですよ」

レオノーレが小さく笑いながら慰めてくれる。自分を補佐してくれ、これまでの努力を認めてくれる言葉にホッとした。

「レオノーレ、春になったら一緒に館を片付けないか？　ローゼマインがフェルディナンド様の館を譲り受けたように、私もエックハルト兄上の館をいただいたのだ」

エックハルト兄上が亡くなった妻ハイデマリーと住んでいた館だ。アーレンスバッハへ向かうので、私が譲り受けることになった。

「ただ一室だけはエックハルト兄上の大事な物を保管しておくことになっている」

アーレンスバッハがどのようなところなのかわかるまで、本当に大事な物は持って行かない方が良いと言われたらしい。エックハルト兄上はハイデマリーとの思い出の品を一室に詰め込んで出発した。名残惜《なごりお》しそうに扉を撫でてから鍵を閉めていた姿を思い出す。

「あぁ、そうだ。家具は、家にいる時間が長い女性に選んでもらった方が良いとランプレヒト兄上に言われたのだが……」

「コルネリウス、ご自分の館へのお誘いは正式な求婚を終えてから、とエルヴィーラ様に教えられませんでしたの？」

レオノーレが「言いつけますよ」と少し不満そうに唇を尖らせる。けれど、藍色の瞳にはからかう色が濃くて、母上に言いつけるようなことはしないのがわかる。

「レオノーレが卒業式を終えた後、かな？」

聴いていた。

「楽しみにしていますね」

ふふっとレオノーレが笑った時に、メルヒオール様の演奏が始まった。ローゼマインが作曲してフェルディナンド様が編曲した春の女神に捧げる曲だ。ローゼマインが懐かしそうな顔でその曲を聴いていた。

洗礼式とお披露目は特に何事もなく終わった。ローゼマインが聖典を開かないことで、偽物の聖典ではないか、と騒ぐ貴族が出ることを期待していたのだが、何故かそのようなこともなかった。肩透かしを食らった気分だ。

始まりの宴の後からローゼマインが貴族院へ向かうまでの期間は、子供部屋に通う毎日となる。洗礼式を終えた幼い子供達からの挨拶を受け、ローゼマインは子供部屋の運営に目を光らせている。お菓子を賞品として子供達のやる気を引き出し、メルヒオールの側近達に注意点を述べたり、モーリッツと教育課程の見直しをしたり忙しい。その合間に自分の復習も行っている。

ヴィルフリート様は率先して子供達と遊んでいる。ゲームを盛り上げたり、勉強に切り替えさせたりするのが上手い。メルヒオール様はまだ領主候補生としての意識は薄いようで、ヴィルフリート様が遊んでくれるのをただ喜んでいた。兄姉達が貴族院へ出発すれば、自ずと領主候補生としての意識が芽生えてくるだろう。

シャルロッテ様はフロレンツィア様と一緒に連座処分を受ける子供達の生活の場を整える仕事をしているようで、子供部屋には最初の挨拶に来ただけで姿を見せていない。生活の場はローゼマインの助言を受けて孤児院を参考にするそうだ。これまで考えられていた個室ではなく、複数人で使える部屋にして、同じ立場の者同士が慰め合ったり、話し合ったりできるように作り変えていると聞いている。

……ニコラウスも一度は入ることになるのだな。

私はローゼマインの背後に控えながら、こちらを時折ちらちらと見てくる異母弟のニコラウスを見た。彼の母親のトルデリーデがヴェローニカ様に名捧げをしていて、今はどちらかというとゲオルギーネ様寄りなのだ。

母上の話によると、父上との結婚が決まるまで彼女はヴェローニカ様の側仕えだったらしい。主の心痛の原因だったフェルディナンド様が嫌いで、平民上がりという噂が立つようなローゼマインが気に入らず、主を白の塔へ幽閉した領主にも思うところがあるらしい。

領主の護衛騎士であり、ローゼマインの実家である我が家には色々な情報がある。トルデリーデはその情報をゲオルギーネ様に名捧げした貴族へ流しているということで処分されることになっている。処刑はされないが、幽閉されて魔力を奪われるという罰を受けるはずだ。

「コルネリウス、怖い顔になっていますよ。何かありました？」

「いいえ、ローゼマイン様」

ニコラウスが親の罪に納得して生を望めば、父上は家で引き取って育てるだろう。けれど、私としてはトルデリーデから何を吹き込まれているのかわからないし、ローゼマインに妙な恨みを持つかもしれないニコラウスを極力近付けたくないと思っている。

……私も十分に過保護だな。

すぐにローゼマインが貴族院へ出発する日となった。先に準備を終えていたヴィルフリート様が転移陣へ向かう。アウブ・エーレンフェストが静かにヴィルフリート様を見つめる。

「ヴィルフリート、旧ヴェローニカ派の子供達を頼むぞ」

「はい、父上。一人でも多く救いたいと思います」

粛清の邪魔をされたり、情報を伝えられたりすると困るので、今年は貴族院から誰も帰さないことになっている。粛清のことが伝えられるのは、領主夫妻が領地対抗戦に向かった時だ。

ヴィルフリート様が出発されると、次はローゼマインの番だ。先に荷物が転移陣に載せられて送られる。今年は印刷された物語を貴族院で広めることになっているため、たくさんの本が準備されているのだ。木箱を見つめ、とても楽しそうな顔をしていて、ヴィルフリート様のような悲壮感《ひそうかん》は欠片《かけら》もない。

荷物が転送されている間に、ローゼマインは見送りに来ている一人一人と短い言葉を交わす。これまでは私の方が先に貴族院へ向かっていたので初めて見る光景だ。北の離れに一人で残されるのを寂しがるメルヒオール様には「子供部屋をお願いしますね」と頼み、シャルロッテ様には「また明日、貴族院で」と声をかける。ハルトムートがしきりに「最も信頼関係の深いフェルディナンド様がいなくなったのだ。ローゼマイン様が心配すぎる」と言っていたので、ローゼマインがアウブの子供達と姉弟らしい関係が築けているのを見てホッとした。ハルトムートの考えすぎだ。ローゼマインを支える者はたくさんいる。

フロレンツィア様は「こちらのことは任せてくださいね」と微笑んだ後、少し心配そうにローゼマインの顔を覗きこんだ。

「ローゼマインはユレーヴェを使ったことで体調や魔力に今までと違いが出ているでしょうから、よくよく気を付けるのですよ」

「はい、養母様《かあさま》」

それから、ローゼマインはおじい様に向き直り、「冬の予定がたくさんありますけれど、無理をしないでくださいませ」と言った。実は、戦力が減ることを懸念して、冬の主の討伐が終わった後で粛清を行うと決まっている。討伐と粛清が立て続けにあるため、騎士の負担は大きい。その上、主戦力であったフェルディナンド様とエックハルト兄上が抜けたのだ。穴を埋めるために今年は討伐にも粛清にもおじい様が参加することになっている。

「心配はいらぬ。任せておけ」

ローゼマインに心配されて嬉しそうなおじい様に心配はいらないと声を大にして言いたい。今回の粛清計画を立てる時には「私が一番に行くからな」と宣言していたし、「回復薬があれば、冬の主など恐れるに足りず！　討伐より先に粛清だ！」と言って、騎士団に却下されていたのだ。

「ローゼマイン、貴族院ではくれぐれも無茶はするな」

「今年もたくさんの恋愛話を楽しみにしていますね」

父上や母上とも挨拶を交わし、ローゼマインは私達側近の方を向いた。

「ダームエル、アンゲリカ、コルネリウス。普通の騎士のお仕事に加えて、神殿にも向かうことになるので大変でしょうけれど、よろしくお願いしますね」

「はっ！」

私にとっては初めての冬の任務だ。緊張感は多々あるけれど、神殿では冬にしか出ないお菓子もあるとダームエルに聞いているので、実は、冬のお菓子を少し楽しみにしている。

「ハルトムート、奉納式と孤児院を任せます。……本当に戻って来なくて大丈夫かしら？」

「お任せくださいませ。ローゼマイン様は貴族院生活を楽しんでください。孤児院に変化があればお知らせの手紙を送ります」

「ありがとう存じます。では、任せますね。クラリッサへの手紙は必ず渡します」

ローゼマインがハルトムートを真面目な顔で見上げる。ハルトムートが神殿に入ったことをクラリッサに伝えなければならないのだ。クラリッサ本人は神殿入りなど全く気にせずにエーレンフェストにやって来そうだが、周囲が同じように考えることはないだろう。

最後にアウブ・エーレンフェストが一歩前に出た。

「ローゼマイン、今年もヒルデブラント王子と会うことがあるかもしれない。なるべく図書館は控えてほしいと思っている。その、社交シーズンとなるまでは」

アウブの言葉にローゼマインは「わかりました」とニコリと笑って頷いた。ローゼマインがそれほど簡単に図書館を諦めるとは思っていなかったので驚く。私だけではなく、提案を口にしたアウブも驚きの顔を見せていた。

「わたくし、今年はシュバルツ達の魔力供給以外はライムントとヒルシュール先生の研究室へ行くつもりなのです。わたくしの図書館のために魔術具を作らなくてはなりませんもの。ライムントはフェルディナンド様の弟子ですから、お手紙も届きますし……」

そう言って、ローゼマインは笑顔で手を振りながらリヒャルダと共に転移陣に乗り込んだ。ローゼマインの姿が消えてしまったので、見送りに来ていた者は解散し始める。ぞろぞろと転移陣のある部屋を出て、それぞれの部屋へ向かって歩き出した。

私は側近仲間とこれからの予定についての打ち合わせだ。ローゼマインに凄惨《せいさん》な話を聞かせたくないとハルトムートが強硬に言い張ったため、細かい打ち合わせはローゼマインが転移してから、となっていたのだ。ちょっとした打ち合わせに最適な面会用の部屋を借りて、今年の冬の予定について話し合う。やらなければならないことはたくさんある。

「まず、社交界での情報収集。それから、神殿に移って奉納式。奉納式の途中、もしくは、終わった直後に冬の主の討伐。討伐が終われば一気に粛清。その後は、後始末や孤児院の管理。……こうしてみると忙しいな」

ダームエルの言葉に私は頷いた。これだけの過密な予定が立っているというのに、ローゼマインが貴族院から戻らずに過ごせるように、私達はいざとなったら青色神官の真似事をすることも決定している。「コルネリウスは実兄なのだから、ローゼマイン様の貴族院生活のためならば魔力の奉納くらい容易いだろう?」と笑顔で肩をつかまれて断り切れなかったのだ。ハルトムートは本当にローゼマインのためならば手段を選ばない。

「それにしても、何だってギーベ・ゲルラッハ達はゲオルギーネ様に尽くすのだろうな？　自分が治める土地はエーレンフェストの土地なのに、アーレンスバッハへ行ってしまったゲオルギーネ様に尽くしたところで何にもならないではないか」

私としては、其方達のせいでここまで忙しい冬をすごさなければならなくなったのだ、と半ば八つ当たりに近い言葉を口にしただけのつもりだったが、ハルトムートは軽く肩を竦めて「何にもならないわけではないだろう」と普通の顔で言った。

「ゲオルギーネ様の立場をローゼマイン様に、ギーベ・ゲルラッハの立場を自分に置き換えてみれば理解できる。ただ、自分の主に喜んでほしいだけだ。狂気じみていてローゼマイン様にとっては危険すぎるので、排除は絶対に必要だが」

……狂気じみているという自覚があったのか。

それは新しい発見だった。

選択の時

「マティアス、周囲が見えていないぞ。考え事をしながらの狩りは危険だ。いつも自分で言っていることではないか」

少し大きい方の魔獣に気を取られ、背後に小さい魔獣が迫っていたことに気付かなかったのは明らかに自分の失態だ。私は軽く息を吐きながら前髪を掻き上げて振り返る。

「ラウレンツ、すまない。助かった」

五年生で貴族院への到着が早かった私は、次の日に一学年下の騎士見習いラウレンツが到着するとすぐに素材採集へ出かけた。ローゼマイン様の祝福で復活したエーレンフェストの採集場所では魔力含有量《がんゆう》が豊富だったり、属性数の多い素材が採れるようになっている。だが、素材の品質が上がった分、それを狙ってやってくる魔物も少し強くなっているようだ。去年と同じと考えてラウレンツと二人でやってきたが、次に来る時はもう少し人手がいた方が良いだろう。

「ある程度採れたし、今日は終わりにしよう。一体何を悩んでいる？」

シュタープの剣をブンと振って消したラウレンツは呆れたようなオレンジの目をこちらに向けながら採集した素材を革袋に入れていく。私も同じように素材を回収して革袋に入れると騎獣を出して跨がった。

「……名捧げについて考えていた。ラウレンツは親に強要されなかったか？」

「された。マティアスが言っていたように、成人後にはぜひ、と言って逃げたが……」

ラウレンツは面倒臭そうな顔でそう言いながら騎獣に跨がる。

私も父上からゲオルギーネ様に名捧げをするように要求はあったのだが、私もラウレンツも父上がゲオルギーネ様から教えられたという魔力の圧縮方法で魔力を上げている最中だ。ローデリヒのようにどれだけ成長しても問題のなさそうな素材があれば名捧げはできるけれど、普通は成人して魔力の成長が止まるまで自分の名を捧げるのに相応しい品質がはっきりとしない。それを理由に

「成人後にぜひ」と言って断った。ローデリヒが素材を手に入れた時に、私もラウレンツもターニスベファレンから十分な品質の素材を得ているが親には秘密だ。まだ時間が欲しい。

「マティアスは夏にゲオルギーネ様とお会いしたのだろう？　どう思った？」

「……さすが父上の主だと思ったよ」

◆

ゲオルギーネ様の来訪があったのは、夏の半ばを過ぎた頃のことだった。親達は貴族街で精力的に会食やお茶会を開いていたようだけれど、ラウレンツはギーベの留守番を任されていたので直接ゲオルギーネ様にお会いすることはなかったようだ。

私もゲルラッハで留守番だったが、ゲオルギーネ様がアーレンスバッハへ急いで戻る途中に我が家で一泊されたため、お会いすることができた。急な連絡であったにもかかわらず、ゲオルギーネ様を迎える準備がしっかりされていたこと、父上が騎獣を使ってゲオルギーネ様より先に貴族街から戻ったことを考えても、事前の打ち合わせはできていたのだろうと思う。

ゲオルギーネ様がいらっしゃった日には、彼女に名捧げをした貴族達が我が家に集まっていた。本当に少人数で、しかも、皆が側仕えも連れずに騎獣でやって来る秘密の集《つど》いのようだった。名捧げをしていない私はその集まりに顔を出すことを許されず、自室にいるように父上から命じられていた。

ところが、私が優秀者であることを知っていたゲオルギーネ様が私に会いたがったらしい。父上から連絡を受けた側仕えによって急いで身支度を調えられ、私はゲオルギーネ様の信奉者ばかりが集まる会食の場に連れ出された。

すでに食事は終わっていたようで、我が家の広間へ歓談の場は移されていた。夏の終わりなのに何故か暖炉に火が入っていて、パチパチと時折木が爆《は》ぜる音が聞こえる。皆に取り囲まれ微笑んでいるゲオルギーネ様が、この集まりの主だと一目でわかった。周囲の視線を一身に浴び、緊張しながら私は彼女の前に進み出て、できるだけ丁寧に足元に跪く。

「ギーベ・ゲルラッハの息子マティアスと申します。火の神ライデンシャフトの威光輝く良き日、神々のお導きによる出会いに祝福を祈ることをお許しください」

「許します」

祝福を送って挨拶を終えた後、ゲオルギーネ様が私に向かって手を伸ばしてきた。するりと冷たい手がこめかみのあたりを撫でる。

「努力を知っている優秀な子はとても良いわ。グラオザム、貴方は良い子を育てましたね」

赤い、赤い唇が笑みの形に吊《つ》り上げられ、漂ってくる甘ったるい匂いに頭の芯がくらりとした。ニッコリと細められた深緑の瞳は底の知れない暗い色をしている。その目に見つめられると、うすら寒くてぞっとした。暑いはずなのに背筋が凍ったように感じるほどだ。

……この目は知っている。

狂おしいほどに主を求める父上の目にそっくりだった。目の前にいて話をしているのに、自分ではなく、別の何かを見据えている。それ以外の何も見えていない目だ。ゲオルギーネ様が求める物が何か知らない。けれど、純粋に怖いと思った。

「お褒めに与《あずか》り光栄でございます。マティアスがこれほど優秀になるとは思いませんでしたが、嬉しい誤算《ごさん》でした」

これまで特に褒めてもくれなかった父上が得意げに私の成績を口にする。それを私は跪いて首を垂れたまま黙って聞いていた。父上のゲオルギーネ様を中心にした考え方が私には理解できない。

……あぁ、早く部屋に帰りたい。

そう思っていたけれど、私はその場に留まらざるを得なかった。ゲオルギーネ様が嫣然《えんぜん》とした笑みを浮かべて、とんでもないことを言い出したからだ。

「ねぇ、皆様。喜ばしいお知らせがございます。わたくし、ようやくエーレンフェストの礎の魔術を手に入れられそうです」

「なんと⁉　障害を全て排除されたのですか？」

「いいえ。まだです。でも、もう少し……」

今はアウブ・アーレンスバッハの第一夫人なので思うように身動きできないけれど、アウブの死後、ゲオルギーネ様はエーレンフェストの礎の魔術を手に入れるために戻ってくると言った。礎の魔術を手に入れた者がアウブだ。ゲオルギーネ様が礎の魔術を手に入れ、ジルヴェスター様を亡き者にすれば自動的にゲオルギーネ様が次のアウブとなる。

「わたくしはエーレンフェストに必ず戻ります。グラオザム、準備をお願いしても良いかしら？」

「必ずやり遂げて見せましょう。ゲオルギーネ様の一刻も早いお戻りを心よりお待ちしています」

父上がゲオルギーネ様の差し出した書状を受け取り、感極まったように言葉を詰まらせる。私は父上の喜びに満ちた嬉しそうな姿を初めて見た。

「わたくし、エーレンフェストに優秀な臣下が必要なのです」

「マティアスも成人すれば名を捧げたいと申していますし、ゲオルギーネ様のお役に立つことでしょう。私の息子は心よりゲオルギーネ様にお仕えいたします」

「まぁ、成人したら？」

ゲオルギーネ様が喜色に富んだ声を上げながら、私を見つめる。けれど、その深緑の目は決して笑っていない。静かに私の反応を見据えていた。重ささえ感じる視線を浴びながら、私は父上にも述べた理由を口にする。

「父上より教わったゲオルギーネ様の魔力圧縮方法で魔力が伸びているところなので、私に相応しい良い素材が手持ちにございません。魔力の伸びが止まる成人に合わせて貴族院で採集し、名捧げをしたいと存じます。……その時は受けてくださいますか？」

「あら、去年採った素材では間に合わないほどに魔力が伸びているのですね。さすが優秀者に選ばれる子は頼もしいこと。もちろん、名を受けます。どれだけ成長するのか楽しみにしていてよ、マティアス」

しっかりと自分を持っていなければ、ゲオルギーネ様の信奉者ばかりが集まるこの場の異様な雰囲気に呑み込まれそうだ。私は貴族らしい社交的な笑みを浮かべながら、きつく拳を握り、その時間を過ごした。

◆

「期限は成人まで……か。どうやら私達はアウブ・エーレンフェストに名捧げをしなければ生きていけない運命にあるらしい。そのアウブがジルヴェスター様なのか、ゲオルギーネ様なのか、今の時点ではわからないが」

騎獣を飛ばしながらラウレンツが溜息の混じった言葉を吐く。私も同意見だ。旧ヴェローニカ派の子供である私達には二つの選択肢がある。家族と決別して今の領主一族に名を捧げるか、家族と同じようにゲオルギーネ様に忠誠を誓って名捧げをするか、どちらかだ。

「兄上達は今回の来訪で二人ともゲオルギーネ様に名を捧げた。父上のように一生をゲオルギーネ様に尽くすのだろう。私はまだ決められない。けれど、ヴェローニカ様の権勢が一瞬でひっくり返ったように、ジルヴェスター様の治世がゲオルギーネ様によってひっくり返されることは絶対にないとは言えないだろう？　礎の魔術を手に入れることができるならば尚更だ」

今の領主一族に名捧げをして家族を切り捨てるか、ゲオルギーネ様のお戻りを待って新しいアウブに名捧げをするか、どちらもまだ選べない。

「……ただ、父上は本気でゲオルギーネ様をアウブ・エーレンフェストにするつもりのようだ。秋にも何やら画策していた」

「そうなのか？」

「おそらく……。ゲオルギーネ様に名を捧げなかった私は詳しく知らされていないから」

◆

私が気付いたのは本当に偶然だった。冬の社交界へ向かう準備をしている中、父上に呼び出されてゲオルギーネ様のために次の貴族院でも優秀者となるように、と命じられている時にたまたま小さな転移陣が光り、布に包まれた小さな物が転移されて来たのだ。

今はゲルラッハ内のあちらこちらから冬の社交界に持っていく物が館へ集められている最中なので、転移陣で物が届くのはそれほど珍しいことではない。だが、その布はローゼマイン様が好んでよくお召しになる衣装の柄に似ているため、父上の部屋の転移陣に送って来られる物としては少々異質で何となく目についた。

「確かに受け取った。すぐに転移陣を片付けよ」

父上はオルドナンツを飛ばし、片手で持てる程度の小さな包みを握って、フッと嬉しそうな、満足そうな笑みを浮かべる。それはゲオルギーネ様がお戻りになると聞いた時の笑みによく似ているように見えた。

それから、その小さな包みをすぐに別の転移陣でどこかに送り、「受け取り次第、転移陣を燃やせ」とまたオルドナンツを飛ばす。

「ベティーナです。確かに受け取りました、ギーベ・ゲルラッハ」

オルドナンツの返事が届くや否や、父上は転移陣を両方ともすぐさま燃やしてしまった。転移陣を作るには色々な素材が必要だ。「燃やすなんて勿体ないことを……」と思わず呟いた私を見て、父上は呆れたような冷たい目になった。

「用が済んだ物は片付ける。余計な物を残していてはならないのだ、マティアス。……あぁ、あれももう必要ないな」

そう言って父上は机の引き出しから魔石を取り出して、魔力を加えて粉々に潰した。従属の指輪と対になっている魔石だ。おそらく、今どこかで父上の兵士が消えた。

◆

「小さな包みはベティーナ様に送っていたようだ。ラウレンツは何か知らないか？　夫のフロイデン様は其方の兄上だろう？」

「結婚して家が分かれているのに知らないよ。……でも、彼女は実家へ冬支度の品を送るために準備しているとは聞いた。アーレンスバッハは魔力的に相当厳しいようだ」

「ならば、あの小さな包みもアーレンスバッハへ向かったのかもしれないな。父上が何を企んでいるのか正確にはわからないけれど、成功しているかもしれない。用心深くて幾重にも保険をかける人だから」

ゲオルギーネ様をアウブにしたいという父上の企みがどの程度進んでいるのかもわからない。ただ、私が貴族院へ出発する前は上機嫌だったので、順調に計画は進んでいるのだろうと思う。

「マティアスはどうするつもりだ？　ゲオルギーネ様に名を捧げるのか？」

「……今は待つしかないと思っている。どちらに名を捧げるにしても情報が足りなすぎるし、状況がどのように変わるかわからない」

父上は間違いなくジルヴェスター様の排除を企んでいる。すぐにでもゲオルギーネ様が戻ってこられるようにアウブの座を空けるつもりだ。私はゲオルギーネ様に名捧げをしていないので詳しく知ることができなかったが、兄上達は父上の部屋に呼ばれて何やら話し合っていた。

「ローゼマイン様やアウブにお知らせしないのか？」

「正直なところ、非常に迷っている」

アウブの暗殺だけをしてエーレンフェストを混乱に陥れることが目的ならば、私は領主一族に名捧げをしてでも全力でゲオルギーネ様に抗っただろう。けれど、礎の魔術を手に入れる術を得ているらしい。それならば、新しいアウブが誕生し、ゲオルギーネ様の寵臣とも言える父上と私達一族が主流に返り咲くだけの話になる。

ヴェローニカ様を切り捨てて主流が入れ替わったのと同じようにジルヴェスター様を切り捨てて再び主流が入れ替わるだけならば、領主一族に名捧げをして、家族を切り捨てて裏切り者になることに何の意味があるのかわからない。

「状況がどのように転ぶのか全く読めない状態で完全に家族を切り捨てる決意がラウレンツにはできるか？　私の家族だけではない。其方の家族も巻き込まれるぞ」

「私は今の貴族院の雰囲気も、ヴィルフリート様とローゼマイン様を中心にまとまりつつあるエーレンフェストも気に入っている。少なくとも、他領の第一夫人であるゲオルギーネ様よりは」

ラウレンツの言葉に、私は領主一族の姿を思い浮かべた。ゲオルギーネ様のお子様はディートリンデ様以外すでにご結婚されている。アウブ・エーレンフェストとなられたゲオルギーネ様がご自分の孫と養子縁組をして跡継ぎを得ることを考えているにしても、血の繋がりがあるヴィルフリート様、シャルロッテ様、メルヒオール様は他領との繋がりを作るためや地盤作りのために使われるだろう。少なくとも命の心配はない。

……ただ、ローゼマイン様は。

私はローゼマイン様の姿を思い浮かべる。夜空の色の髪に真っ直ぐにこちらを見てくる金色の瞳。幼いながらも美しいだけではなく、二年連続で最優秀を取る聡明《そうめい》さと魔力量を誇っている。数々の流行を作り出し、次代の育成に力を入れ、敵も味方も関係なく公正に評価してくださるところは領主一族の鑑《かがみ》だと思っている。ローデリヒは旧ヴェローニカ派だが、名を捧げて側近に召し上げられた。子供部屋で今の様子を聞いてみたが、大事にされていると嬉しそうに笑っていた。

「父上はローゼマイン様を平民上がりの青色巫女見習いだと言っている。ゲオルギーネ様がアウブ・エーレンフェストとなった後、ローゼマイン様の扱いが良いものになるとは思えない。それだけは心配だ」

「今のアウブに名を捧げて家族を切り捨てても、ゲオルギーネ様をアウブとして戴いても、後味の悪い結果になりそうだな」

深緑の髪を掻きながら静かに漏らしたラウレンツの言葉に私は深く頷いた。両親ともにゲオルギーネ様に名捧げをしているという意味で、私とラウレンツの状況はとてもよく似ている。領主一族とゲオルギーネ様のどちらに名捧げをするにせよ、私達が動けば旧ヴェローニカ派の子供達に大きな影響を与えることになるのだ。同時に、エーレンフェスト全体のあり方に大きく関わってしまうだろう。

「ゲオルギーネ様や父上がどのように出るのかわかるまでは少しでも時間を稼ぎたいものだ」

結局、状況が決まるのを待つしかないという結論に二人で頷き合った時には寮に到着していた。

今日は領主候補生のヴィルフリート様とローゼマイン様が到着する予定だ。部屋の準備が整うまで、領主候補生は多目的ホールで過ごすので、出迎えのために私達も多目的ホールへ向かう。

実家にいても派閥の変化を意識していなければならない私達にとって、派閥の垣根を取り払ってくれたローゼマイン様がいらっしゃる貴族院はとても居心地が良いのだ。

「ヴィルフリート様が到着いたしました」

先触れの声に目を瞬いた。本来の順番から考えればローゼマイン様が先に到着されるはずだ。

……また体調を崩されたのだろうか？

不思議に思ったのは私だけではなかったようで、何があったのかと皆が視線を交わしあう。一人がヴィルフリート様に尋ねた。

「ヴィルフリート様、ローゼマイン様はどうなさったのですか？　体調でも崩されましたか？」

「いや、ローゼマインはこの後で来ることになっている。別の場所で準備されていた本の最後の確認をするため、私が先に出発することになったのだ。貴族院に持ち込む本に関してはローゼマインが管理することになっている。文官が準備してくれていたのだから問題はないはずだが、念には念を入れなければならぬ状況だからな」

軽く息を吐いてそう言いながらヴィルフリート様がぐるりと多目的ホール内を見回す。笑っているけれど、その目には警戒心が見えた。これまでの貴族院ではほとんど見られなかった、まるでローゼマイン様がユレーヴェに浸かって眠っていた時に旧ヴェローニカ派の子供達を見ていたような目になっている。

……まずい状況になっているようだ。

私はゴクリと唾を呑み込んだ。父上が何を画策していたのか、正確には知らない。けれど、水面下で動いているのではなく、領主一族の周囲で何やら起こっていたらしい。どうやらその原因が旧ヴェローニカ派の親達によるものだと知られているのだろう。

……ジルヴェスター様に何かあったのだろうか？

あの用心深い父上がそう簡単に証拠を残すとは思えない。けれど、ヴィルフリート様の目にある警戒心は明らかにこちらへ向けられている。

「マティアス、迷っている時間はなさそうだぞ」

隣に座るラウレンツがほとんど口元さえ動かさずに小声で呟く。領主候補生を歓迎する笑みを浮かべているが、内心は私と同じような焦りを感じているのが伝わってきた。私は小さく頷くことでラウレンツに応える。

「ローゼマイン様が到着されました」

ヴィルフリート様のお言葉通り、すぐにローゼマイン様も到着したようだ。私達は期待を込めてローゼマイン様がやって来るのを待った。旧ヴェローニカ派が肩身の狭い思いをしていた時に派閥にこだわることから他領との競争へ皆の目を向けさせ、寮内をまとめてくれたローゼマイン様ならば、また何とかしてくれると思ったのだ。

だが、ローゼマイン様を取り巻く側近達の目がヴィルフリート様と同じように警戒心に満ちたものになっていた。護衛騎士達のピリピリとした緊張感は、始まりの宴で感じたものと同じだ。あの時は旧ヴェローニカ派の中心である父上の側にいるせいかと思っていたが、貴族院でもこれだけ緊張しているのはおかしい。何よりローゼマイン様が以前と違って周囲の警戒を止めるのではなく、気遣うような表情でこちらを見ているだけだ。

……ジルヴェスター様ではなく、ローゼマイン様に何かあったのか？

父上が画策した何かの証拠がつかまれていて連座ということになれば、私はもちろん、旧ヴェローニカ派の子供達も何人が助かるかわからない。領主一族の中で最も私達を公正に評価してくださるローゼマイン様がいれば、連座を免れた子供達を保護してくれるのではないかと漠然と考えていた。けれど、ローゼマイン様が意見を翻し、私達に背を向ければ、生き残ったとしても旧ヴェローニカ派の子供達の行く先は非常に暗いものになる。

……どうすれば良い？

私は膝の上でグッと拳を握った。仮に、領主一族に何がしかの証拠をつかまれているならば、悠《ゆう》長《ちょう》に情勢を見ている場合ではない。貴族院へ向かう私達をアウブがそのまま見送った以上、今年の貴族院が終わるまでの生活は保障されているはずだ。しかし、その後はわからない。

……私の決断に旧ヴェローニカ派の子供達の未来がかかっている。

私は思わずラウレンツを見た。同じようにラウレンツの顔色も悪い。知らない内に決断の時は迫っていたらしい。

「自分が生きるためにあがいても良いと思うか、ラウレンツ？」

「私もそう言おうと思っていた」

何か話を切り出されてから決断するよりも、こちらから話を持ち掛けていった方が心証は良いだろう。父上が何を画策していたのか知らないけれど、こちらには「ゲオルギーネ様が礎の魔術を手に入れるための何かを知ったらしい」という情報がある。これで旧ヴェローニカ派の子供達の命を買うことはできるだろうか。

……いや、何とか交渉して勝ち取るのだ。

「ヴィルフリート様、ローゼマイン様」

私は拳に力を入れたまま、ゆっくりと立ち上がる。立ち上がっただけでも空気が痛いほどに緊張したことを察して、私はそのまま跪くと胸の前で手を交差させた。

「こうして親や派閥に関係なくお話しできる機会が訪れることを心待ちにしていました。エーレンフェストに不和をもたらす混沌《こんとん》の女神について大事なお話がございます」

ヴィルフリート様とローゼマイン様が大きく目を見開いて私を見た。側近達を見れば、突然の私の発言を不思議には思っておらず、確信を得たような、証言や証拠を逃すなという目配せをしているのがわかった。やはり父上やゲオルギーネ様が領主一族に対して何かしたようだ。

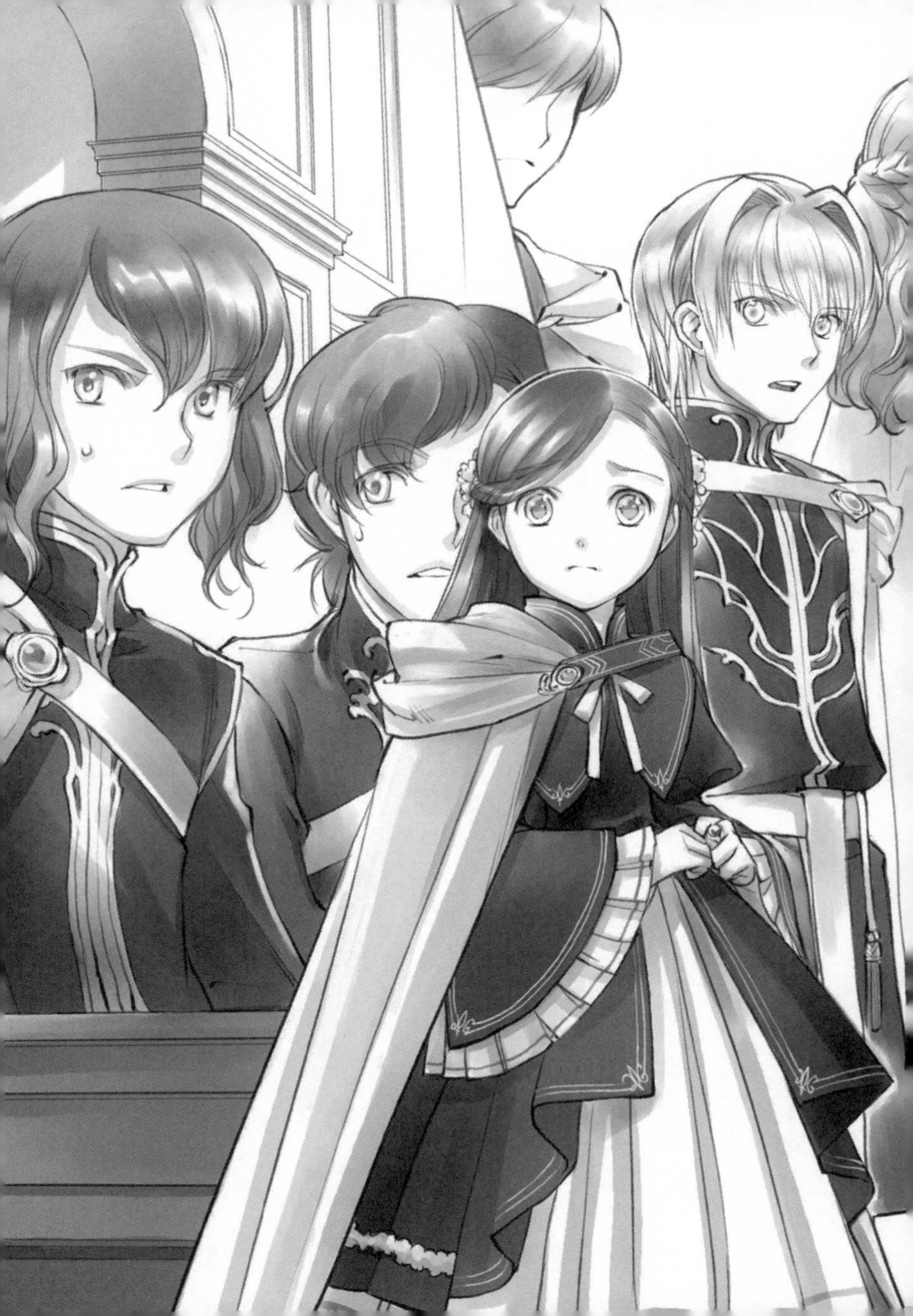

「私の言葉を信じるかどうかはお任せいたします。ただ、私は自分の知ることを伝えたいのです。我々は旧ヴェローニカ派の親を持っていても、エーレンフェストの貴族。アウブ・エーレンフェストに忠誠を誓っているつもりですから」

不安と驚きが浮かんでいたローゼマイン様の金色の瞳が一度伏せられ、ゆっくりと開かれる。それだけで静かに凪《な》いだ目になっていた。

「お話を伺いましょう、マティアス」

私はコクリと息を呑む。自分の背後にいる旧ヴェローニカ派の子供達を一度見た。

「その前に一つだけお伺いしたく存じます。私は忠誠を誓っているつもりですが、アウブ・エーレンフェストは私達をエーレンフェスト貴族として扱ってくださいますか？」

「どういう意味だ？」

旧ヴェローニカ派の子供であってもローゼマイン様の側近となったローデリヒと同じように扱われるのか、私はじっとヴィルフリート様とローゼマイン様のお二人を見つめながら問いかける。

「……領主一族に名捧げをすれば親の影響下から抜け出せるというお言葉は、今でも変わりはないのでしょうか？」

「変わりはない。名捧げをした者はたとえ旧ヴェローニカ派の子供であっても側近として遇される。少なくとも、アウブも私もそうするつもりだ」

ヴィルフリート様がはっきりとした口調でそう言い、ローゼマイン様も頷いた。

「わたくし達領主候補生ではなく領主夫妻に名捧げをするのでしたら、領地対抗戦までに名捧げの石を準備できれば受けてくださると思いますよ」

「……では、私がローゼマイン様に捧げたいと申し上げても？」

その言葉に反応したのは、むしろ、領主候補生でもなく、側近でもない周囲の者だった。ざわりとざわめきが起こる中、ローゼマイン様は軽く手を上げて側近達を制しながら一歩前に出る。

「もちろん、ギーベ・ゲルラッハの息子であるマティアスを受け入れる覚悟はできています」

そう言ったローゼマイン様の目は、ローデリヒに名捧げを言い出されて戸惑っていた時のものとは全く違った。強い光を宿す金色の瞳は真っ直ぐに私を見ている。その隣に立つローデリヒは誇らしそうに笑って自分の主を見ている。その様子に私の決意は間違っていないと確信を得た。

私は一度目を伏せてゆっくりと息を吐く。

家族の顔が次々に浮かんだ。兄上達が誇らしげに名捧げをする姿、ゲオルギーネ様を前にした父上の感極まった姿、母上の幸せそうな笑顔。私の家族の幸福はゲオルギーネ様と共にあった。家族と同じようにゲオルギーネ様へ心酔できていれば、それはそれで幸せだったのかもしれない。だが、私が仕えたいと思うのはゲオルギーネ様ではなく、ローゼマイン様だ。

……申し訳ございません、父上。私は貴方と道を違《たが》えます。

クッと顔を上げて、多目的ホール全体を見回す。たくさんの視線が自分に向いているのがわかる。

「ゲオルギーネ様がエーレンフェストへいらっしゃった帰り道、我が家に立ち寄られました」

旧ヴェローニカ派の子供達に自分の立場の危うさを知らせるため、同時に、領主候補生の二人の到着を待ちわびていたのだと印象付けるため、私は時を置かず、場所を動かず、その場で自分の知ることを話し始めた。

新しい子供達

「ヴィルマ、ハルトムート様がお呼びです」

「わざわざありがとう存じます、モニカ。すぐ行きます」

神殿では神官長の交代が行われ、ローゼマイン様は城へ向かわれました。それから冬の社交界が始まるまでの間、貴族関係者の立ち入りを監視して神殿長室を守るため、ローゼマイン様の護衛騎士が交代で神殿長室に詰めていらっしゃいました。冬の社交界が始まると貴族は全員が城に集まり、社交に忙しくなるため護衛騎士の方々も城へ向かうのです。

ただ、新しく神官長に就任されたハルトムート様は冬の社交界が始まってからも時折神殿に足を運び、青色神官達に指示を出したり、神殿長室の側仕えを呼んで報告をさせたりする予定だそうです。ハルトムート様にとっては初めての奉納式ですし、今年は奉納式にもローゼマイン様がお戻りになりません。神殿情報を少しでもお手紙にしてローゼマイン様に届けたいとおっしゃいました。ハルトムート様の細やかなお心遣いはとてもありがたいものです。

「ハルトムート様、ヴィルマです」

「急なことですが、近いうちに新しい子供達が連れて来られます。孤児院の受け入れ準備はどのような状況でしょう？」

「お部屋の準備自体は整っています。ですが、人数によってはローゼマイン様にもご報告していたように食料、薪、布団などが足りません。何がどの程度足りないか、余剰があるかはフランかザームがまとめてくれていると思います」

ローゼマイン様はお部屋だけを準備すれば、必要な物は後で運んでくるとおっしゃいました。わたくしの報告をハルトムート様が手元の木札に書き留めていきます。

「わかりました。……突然家族を失って不安定になっている子供達ばかりです。世話をするのも大変でしょうが、よろしくお願いします」

ハルトムート様はニコリと笑ってそうおっしゃいました。この方はローゼマイン様の側近で上級貴族ですが、傲慢なところはなく、孤児院の皆にとても親切です。

ハルトムート様は神殿へ出入りするようになった最初の頃、ユストクス様と一緒に孤児院へ足を運んでいらっしゃいました。ユストクス様はローゼマイン様が長い眠りにつかれていた時に工房や孤児院の管理を神官長の代理で行っていた貴族です。非常に話しやすく、貴族特有の傲慢さが少ない方で、孤児院でも工房でも慕われていました。

けれど、今はおそらくハルトムート様の方が子供達には好かれていると思います。ハルトムート様は子供達にいつも領主の城や貴族院にいらっしゃる時のローゼマイン様についてお話をしてくださいます。子供達は気に入ったお話を何度も何度も繰り返してせがむので、気分を害していないか、わたくしの方が心配になるほどですが、ハルトムート様は嫌な顔一つせずに笑顔で何度も同じお話をしてくださるのです。とても子供好きで優しい方だと思います。

神官長が交代するに当たって、ハルトムート様が新しい神官長に着任されると伺った時には孤児院の皆で喜び合いました。普通は青色神官の中から選ぶのですから、灰色神官や巫女にひどい扱いをする神官長が着任する可能性もあったのです。わたくし達はご自分の側近を登用してくださったローゼマイン様にも、青色神官でなくても神官長に着任するのを許してくださった領主様や前神官長にも感謝しているのです。

「それから、ヴィルマ。例の物はできましたか？」

「完成間近です。たくさんの子供達を受け入れるのでしたら、その前に終わらせた方が良いと思っていたのですが、この時期はどうしても忙しかったものですから。これから冬の手仕事代わりに完成させようと思っていました」

わたくしはハルトムート様からローゼマイン様の姿絵の注文を受けています。青色巫女時代のものと今の神殿長になられてからの両方です。青色巫女のローゼマイン様はフェシュピールを奏でる時の姿で、神殿長のローゼマイン様は水の女神フリュートレーネの杖を構えた姿です。ハルトムート様はそのお姿にずいぶんと思い入れがあるようで、細かい指示を受けました。ですが、自分なりに満足のいく絵に仕上がりつつあります。

「……確かに子供達が増えると更に忙しくなるでしょう。こちらもしばらくは忙しいので、少し落ち着くだろうと思われる時にでも引き取ります。報酬は新しい絵の具でよろしいですか？」

「恐れ入ります」

金銭をいただいても孤児院の中では使えないので、わたくしは絵の報酬に自分の欲しい物をお願いしています。ハルトムート様からローゼマイン様の姿絵を二つ、エルヴィーラ様から前神官長フェルディナンド様のフェシュピールを奏でる姿絵を一つ、注文を受けました。この春から秋にかけては楽しいけれど本当に大変な日々だったのです。

「この冬に入る子供達は、コンラートと同じように貴族として生活している子供です。ローゼマイン様は教育を施し、優秀な者は貴族社会に戻したいとお考えのようですが、孤児院での教育に問題はありませんか？」

「読み書き、計算、立ち居振る舞いに関しては特に問題ございません。ローゼマイン様も自信を持っていらっしゃいます。ただ、音楽の教養を身に着けることが少し難しいと考えています。孤児院には肝心の楽器がございませんから」

孤児院の子供達に音楽を教えるロジーナの手伝いをしていましたし、わたくしも多少の心得はあるので洗礼前の子供に教えるくらいはできるでしょう。けれど、肝心の楽器がなければどうしようもありません。

「心配には及びません。楽器に関しても、彼等の家にある分をこちらに持ち込みましょう」

ハルトムート様はニコリと笑ってそう言うと、退室を促しました。わたくしは神官長室の側仕えロータルと共に孤児院へ戻ります。青色神官達が近付かないように、とハルトムート様がわざわざ命じてくださったのです。

「ヴィルマはハルトムート様を信頼しているのですね」

「ええ。ローゼマイン様の側近ですし、とてもお優しいですから。孤児院の皆も信頼しています。良い方が新しい神官長となってくださって嬉しいです」

門番をしていた灰色神官が四人も連れ去られた衝撃は孤児院の中でも大きく、ローゼマイン様やその側近の奮闘で救い出されました。けれど、本来ならば放っておかれてもおかしくはないのです。そう考えると、孤児院を守ろうと考えてくださるローゼマイン様の意を汲んで、警戒してくださるハルトムート様の行動がどれほど素晴らしいかわかるでしょう。

「ロータルはハルトムート様をどのように思っていらっしゃるのですか？」

「何に関してもローゼマイン様が最優先で、神殿のためではなく、主のために働く方ですね。ローゼマイン様が神殿のために動かれる方なので、今は特に問題ありません。ですが、フェルディナンド様とは考え方も行動もずいぶん違います」

ロータルは新しい主の考え方を理解し、最適な行動が取れるように動くことに少し苦労しているようです。主が替わるとそれまでのやり方が大きく変わるのは常なので、神官長室の側仕え達は今とても大変でしょう。

「……これまではフェルディナンド様が従来通りのやり方とローゼマイン様の新しいやり方が上手く噛み合うように調整していました。けれど、ハルトムート様はローゼマイン様の考えたやり方をそのまま押し通しますから、今まで以上に神殿が大きく変化すると思っています」

ローゼマイン様が孤児院長となり、神殿長となった数年間で神殿の在り方は大きく変わりました。これまで以上に大きな変化というのがどのようなものなのか、わたくしには想像がつきません。

「どのように変化させたとしても、ローゼマイン様が神殿や孤児院を悪く変化させることはございません。それだけは信じられます」

「……ヴィルマもローゼマイン様を信じていらっしゃるのですね」

「えぇ。ローゼマイン様はエーレンフェストの聖女ですから」

わたくしの言葉にロータルはクスリと笑いました。ハルトムート様が同じことを言ったそうです。

「デリア、リリー。近いうちに新しい子供達がやってきます。元々は貴族の子だそうです」

専《もっぱ》ら小さい子供達の面倒を見ているのはデリアとリリーです。デリアは乳飲み子の頃からディルクの面倒を見ていたし、リリーは孤児院で出産した唯一の灰色巫女なので、幼い子供達はこの二人と接する時間がどうしても長くなります。

「たくさんの貴族の子供達が一度に孤児院へやってくるなんて、一体何が起こったのかしら？」

エグモント様が貴族女性を神殿に引き入れ、灰色神官達がさらわれたり、ローゼマイン様が狙われたりした時から警戒が厳しくなっています。孤児院の中は変わりませんが、貴族区域は雰囲気がかなり変わったようです。ハルトムート様が冬の予定について話す時は、青色神官達の動向にとても気を配っているようだとフランから聞きました。それに、青色神官達の側仕えを孤児院に近付けないようにしているそうです。

「灰色神官や巫女は青色神官達に命じられれば断れません。ならば、最初から知らない方が良いことも多いのだと思います。何が起こって連れて来られる子供達なのか知らない方が、わたくし達も何の偏見《へんけん》もなくお世話できますから」

貴族の子供はコンラートを受け入れたことがあります。あの子はひどい扱いを受けていた子供で、家から離れることを自分で決意して来たため、すんなりと孤児院に馴染みました。けれど、唐突に家族を失った子供達は孤児院に上手く馴染んでくれるでしょうか。少し心配です。

「では、わたくしは子供達が増えて忙しくなる前にハルトムート様からお願いされているローゼマイン様の絵を仕上げてきますね。子供達が入って来ないように見ていてくださいませ」

「わかりました。それにしても、ハルトムート様は本当にローゼマイン様が大好きですよね？」

呆れたようにデリアがそう言いました。ハルトムート様は孤児院で誰と話をしてもローゼマイン様のことしか口にされないので、そう思われるのも当然です。

……でも、デリアもローゼマイン様が大好きなのですけれどね。

ディルクの魔力が溜まりすぎていないか気にかけてくれるローゼマイン様の言葉を、デリアが後で反芻《はんすう》するようにして嬉しそうに笑っていることを知っています。指摘するとツンツンしたことを言うので、わたくしは微笑ましく思っているだけですけれど、リリーはそうではありません。クスクスと口元を手で覆って笑いながら悪戯《いたずら》っぽくデリアを見つめます。

「あら、そんなことを言っても、ハルトムート様にローゼマイン様が風の盾を使ってディルクを救ってくれた時のことを何度もお話ししていたのはデリアではありませんか」

「あ、あれは、その……。もー！　いいではありませんか！　ハルトムート様にローゼマイン様が最も神々《こうごう》しく美しいと思った時のことが聞きたい、と言われれば灰色巫女見習いに断れるわけがないでしょう！　あたしは孤児院にいるように言われているから最近のローゼマイン様のことを知らないし、あたしが知っている中で一番ローゼマイン様が美しかったのはあの時なんですもの！」

デリアが顔を真っ赤にしてリリーに文句を言い始めました。

「ふふっ……。デリアは図星を指されて混乱状態になると、いきなり言葉遣いが乱れるのですよ。ね、ヴィルマ？」

「乱れてませんっ！」

涙目になってしまったデリアに、わたくしは小さく笑いました。デリアが感情を剥き出しにする様子はとても可愛らしいのです。「ほどほどにね」とリリーを少し窘《たしな》めて自室に向かいました。

わたくしはローゼマイン様の側仕えなので一人部屋が与えられています。自室はローゼマイン様の絵が二つと絵画の道具でいっぱいです。いつの間にか私物がずいぶんと増えています。

わたくしは汚れても良い服に着替え、エプロンを身に着けると、筆を執りました。一度ゆっくりと深呼吸し、静かに描きかけの絵と向き合います。この時間がわたくしにとっては絵を描くうえで何よりも大事な時間なのです。

どのように色を足していくのか自問し、少しでもローゼマイン様の美しさが伝わるように丁寧に色を重ねていきます。ローゼマイン様の夜色の髪をどのように艶《つや》やかに見せるのか、優しく微笑む金色の瞳をどのように色づけるのか考えるのはとても楽しい反面、最も気が抜けないところでもあるのです。特に瞳はよく感情を映していた青色巫女見習いの頃と、感情を抑えることに長けてきた今ではずいぶんと違って見えますから、表現できているかどうかは大事なところだと思っています。

……きちんと描き分けられているかしら？

コトリと筆を置き、二つの絵を並べ、少し離れたところから見てみました。青色巫女見習いだった頃の無邪気さは鳴りを潜め、今はずいぶんと貴族の淑女らしい表情や振る舞いになっていることがわかります。ご自分の家族を守るため、孤児達を守るため、今はエーレンフェストを守るため、ローゼマイン様はずいぶんと成長されたものです。

お体は長い眠りについていたこともあり、それほど変わっていないように見えますが、側近くに仕えているモニカによると、夏の終わりから少し成長が見られるそうです。秋の成人式で着付けた時に儀式用の衣装が少し短くなっているように感じられたと言っていました。子供が大きく成長するのはやはり成長を司るライデンシャフトの威光輝く夏ですから、次の春には採寸をして儀式用の衣装をお直しに出そうと考えているそうです。

……これから成長されるのでしょうけれど、どれほど美しく成長されるか楽しみですね。

おそらくハルトムート様はまた姿絵を注文されるでしょうから、わたくしもよくローゼマイン様の変化を見ておかなければなりません。

それから数日後、冬の社交界が始まって十日と経たず、神官長室の側仕えが子供を連れて孤児院へやって来るようになりました。騎士達が連れて来た子をハルトムート様が登録しているそうです。連れて来られるのはよちよち歩きくらいの幼い子供からディルクやコンラートと同じくらいの子供まで様々です。どの子も仕立ての良い服を着ていますが、怯えた顔をしていて、中には泣いている子も、警戒心も露わにこちらを睨みつけている子もいました。八割くらいの子が美しい魔術具をギュッと抱えています。

「ヴィルマ、全員で十七名です」

最後に登録を終えた子供を連れて、ハルトムート様がやってきました。ロータル、ギル、フリッツ、モニカが一緒です。ハルトムート様の姿を見て、固まって立っていた子供達がビクリと怯えたように震えたのがわかりました。そんな彼等を見回し、ハルトムート様はいつも通りのにこやかな笑顔を浮かべます。

「今日からここが皆の家になります。孤児院へ来た以上、もう貴族ではありません。これまでの生活とは全く違う生活になるでしょう。ローゼマイン様が皆を救いたいと願った慈悲の心に感謝して過ごしてください」

ハルトムート様は孤児院の世話をするわたくし達の紹介をし、ディルクとコンラートを呼びました。二人と視線を合わせるように少し身を屈《かが》めます。こうして孤児と視線を合わせようとしてくれるところもハルトムート様の良いところです。

「ここにいる子供達は皆、家族を失ったのです。ディルクとコンラートは皆に孤児院での生活の仕方を教えてあげてください。ローゼマイン様はこの子達を救うと決められました。二人にもできるだけの協力をお願いします」

その言葉にディルクとコンラートが大きく頷きました。

「私達もローゼマイン様に救われましたから、彼等も救われてほしいです」

「二人とも良い子ですね」

ハルトムート様が二人の頭を撫でて優しく微笑みます。

「今は不安だろうから、ローゼマイン様がいかに慈悲深くお優しいか、自分達がどのように救われたのか、よく教えてあげてください」

「はい！」

「皆、コンラートは元々貴族でした。そういう意味で貴方達と同じです。貴族街での生活とここでの生活の違いを一番よく知っているでしょう。わからないことがあれば尋ねると良いですよ。奉納式の頃には私も様子を見に来ますから」

その後は孤児院の灰色神官に荷物運びを手伝うように指示が出されました。子供達の生活物資が騎士達によって神殿へ運ばれて来るそうです。工房で力仕事に慣れている灰色神官達を連れてギルとフリッツが出て行きました。

「ローゼマイン様の騎獣があれば一度に終わることなのに、馬車を何台も使わなければならず大変なのです。本当にあの方は素晴らしい物を次々と考案されます」

ハルトムート様はローゼマイン様の騎獣の素晴らしさを一通り述べた後、ロータルと共に孤児院を出て行きました。

すぐにギル達によって荷物が運び込まれてきます。それを灰色巫女と子供達で手分けして開けながら、部屋を整えていかなければなりません。わたくしとリリーは家族を求めて泣きじゃくる小さい子供達を抱き締めて慰め始めました。

て動きます。

「ほら、これから寝るところを整えますよ。泣いている暇はありません。自分で整えましょう」

デリアは泣いている子供達に次々と仕事を振っていき、ディルクがお手本を見せるように率先して動きます。

「布団を運びます。誰か、こっちを持ってください」

「大事な魔術具はここに並べて置いておくと良いですよ。抱えていると食事もできませんから」

貴族としての生活を知っているコンラートは子供達が抱えている魔術具を一カ所に並べるように言います。けれど、不安そうに自分の魔術具を抱え込むだけで誰も動こうとはしません。コンラートが困った顔になった後、ゆっくりと息を吐きました。

「ハルトムート様が言っていたように、私達はもう貴族ではないのです。ここで生活するのですから、ここのやり方に従ってください」

貴族ではなくなったと言うコンラートの言葉に子供達は大きく目を見開きます。悔しそうな顔でコンラートを睨んだ一人の女の子に気付き、わたくしは立ち上がるとコンラートを背に庇うようにしながら膝をつき、子供達と視線を合わせました。

「貴族に神殿がよく思われていないことは知っていますし、ここで暮らすことに不安を感じるのは当然でしょう。けれど、孤児院で生活するならばここでのやり方に馴染んでもらうしかありません。わたくし達にはお手伝いしかできないのです」

幼いながらも貴族としての矜持を感じさせる女の子が睨むようにわたくしを見ます。怒りの矛先《ほこさき》を見つけたように表情を歪《ゆが》め、口を開きました。

「お手伝いですって？　わたくしが貴族社会へ戻れるようにしてくれるとでも言うのですか⁉　できないことを……」

「えぇ、もちろんです。それがわたくしの仕事ですから」

「……え？」

虚を突かれたように女の子が目を丸くしました。

「あら、ハルトムート様から聞いていないのですか？　読み書き、計算、立ち居振る舞い、フェシュピール……中級貴族程度の教養を身につけられるようにローゼマイン様はお考えです。そして、優秀で貴族に相応しいと認められた者はアウブが後見人となって貴族としての洗礼式を受けることができる、とわたくしは伺っています」

おそらく洗礼式間近なのでしょう。年長の子供達は野望を抱いたようにギラリと目を光らせました。泣いてくよくよするよりは目標があった方が良いでしょう。それが孤児院を離れたいというものでも。わたくしはニコリと笑いました。

「努力するのは貴方達です。もちろん、ここでの生活態度についてもローゼマイン様やハルトムート様にご報告いたします」

目を見開いている彼女の背後にいた子供達の一人が覚悟を決めたようにグッと顔を上げて、コンラートに言われた場所へ魔術具をそっと置きました。

「……私はここでできるだけの教養を身に着けて貴族社会へ戻る」

そして、ディルクの抱えている布団を手伝うように持ちました。一人が動き出すと、つられたように他の子供達も動き始めます。どのように動けば良いのかわからずにおろおろとしているのは本当に幼い子供達だけです。

「布団の準備が整ったら一緒に遊びましょう。カルタもトランプも絵本もたくさんあります」

一緒に布団を運んでくれる男の子に向かってディルクが明るく声をかけましたが、警戒心に満ちた目でディルクを見たその子はギュッと唇を引き結んだだけでした。そんな頑なな態度にも負けず、ディルクはフッと笑います。

「私はまだコンラートにも負けていません。私に勝てないようでは貴族に戻るなんて無理ですよ」

「……私は兄上と練習していたのだ。其方になど負けぬ」

「では、勝負です。私はディルク。貴方は？」

「ベルトラムだ。誰よりも優秀だと認められ、すぐに貴族社会へ戻る」

貴族社会に戻るために良い子で過ごすと決めた年長の子供達は、ディルクとコンラートを真似ながら孤児院での生活を始めました。おっかなびっくりでも初めてのお手伝いに挑戦し、拙《つたな》いやり方で手作業を手伝い、真面目にお勉強をしています。フェシュピールも交代にはなりますが、皆が練習しています。洗礼式に出られると仮定し、お披露目で弾けるように練習しているので、どの子も必死です。

目標を見据えた子供達の様子にディルクとコンラートも良い影響を受けているようです。これまであまり興味を持たなかった音楽の練習を始めましたし、カルタやトランプも一緒にやれる仲間ができて、勝ったり負けたりを繰り返しています。特にディルクに負けっぱなしだったコンラートは誰かに勝てるという経験ができて、とてもやる気を出しているのがよくわかりました。

年長の子供達をまとめて面倒を見ているデリアによると、夜中に時々声を押し殺して泣いている子もいるようです。しかし、デリアが動くと寝たふりをするようなので、声をかけずに次の日の行動を注意深く見守るだけに止めています。

目標を見据えてやる気になっている洗礼式が近い年頃の子供達は良いのですが、幼い子供達は毎晩家族を求めて泣いています。リリーと一緒に抱き締めてあやし、慰めて回るのですがなかなか手が足りていません。少し寝不足です。

そう思っていたら、ハルトムート様が青色神官の側仕えである六名の灰色巫女と五名の灰色神官を連れて孤児院へやってきました。青色神官達の実家の貴族達が犯罪で捕らえられ、青色神官も捕らえられたからだそうです。

「青色神官達は実際の犯罪に関わっていませんが、実家の援助がなければ青色神官としては生活していけませんし、ひとまず事情聴取のために連れて行かなければなりません。もちろん、主と共に捕らえられたいと希望する者は城へ同行させるつもりでしたが、希望者がいなかったので、孤児院へ返すことにしました。彼等の食糧は、青色神官達の部屋から持ち出せるように後日手配します」

ハルトムート様がそう言いながら、わたくしとリリーを見て苦笑しました。

「これだけ子供が増えたのです。今は少しでも手伝える者が必要でしょう？」

……その通りです。

ハルトムート様の優しさが身に染みます。わたくしは感謝の言葉を述べた後、自室へローゼマイン様の姿絵を取りに行きました。

「ハルトムート様、こちらがご注文のあった姿絵です。いかがでしょう？」

わたくしが二枚の絵を食堂のテーブルに広げると、ハルトムート様は橙色の瞳を輝かせてじっくりと覗き込み、「ほぅ」と嬉しそうに息を吐かれました。どうやらご満足いただけたようです。一番厳しい目で審査するハルトムート様のお眼鏡にかない、わたくしは胸を撫で下ろしました。

「素晴らしいです。青色巫女時代に比べて神々しさが増している様子がよくわかります」

「ハルトムート様、見せてください。ローゼマイン様のお姿でしょう？　ヴィルマはお部屋で絵を描くので、私は見ていないのです」

コンラートがわくわくした様子でおねだりすると、ハルトムート様は少し考えた後、「決して手を触れずに少し離れたところから見るならば良いですよ」とおっしゃいました。姿絵を見たディルクとコンラートがしきりに褒めるので、他の子供達も興味を引かれたのでしょう。少し離れたところから絵を覗き込みます。

「新しく入った子供達はまだローゼマイン様にお目にかかったことがないでしょう。良い機会です。こちらが水の女神フリュートレーネの清廉《せいれん》さを持ち、英知の女神メスティオノーラの寵愛を受けるエーレンフェストの聖女ローゼマイン様です。闇の神の神具であるマントのように夜空の色の髪はきらめく星々が見えるほどに艶やかで、光の女神が閉じ込められたように輝く金色の瞳は……」

唐突に始まったローゼマイン様の説明に、新しい子供達はポカーンとしています。だんだんと詩的な言葉が増えていくので、幼い子供達には少し難しいのかもしれません。

「ローゼマイン様の素晴らしさはお姿の美しさだけではありません。慈悲深いその心映えは何よりも尊《とうと》く、得難《えがた》い聖女の素質。ですが、先日、考えを改めなければならない事が起こったのです。ローゼマイン様を表すのに相応しい言葉は聖女ではなく、女神ではないか、と」

ハルトムート様のお話に慣れているディルクとコンラートは「慈悲の女神ですか?」「灰色神官達を助けてくれたのですから、確かにそうですね」と相槌《あいづち》を打っていますが、他の子供達は完全に置き去りになっているようです。けれど、ハルトムート様は気分が乗ってきたのか、周囲の様子は気にせずに話し続けます。

「あれはフェルディナンド様がアーレンスバッハへ旅立つ日のことでした。ローゼマイン様は旅立つ三人に虹色の祝福を送ったのです。わかりますか? 全ての神に祈りを捧げ、全ての祝福を得ることがどれだけ特別なことなのか」

「……よくわかりません」

「よろしい。では、説明しましょう」

ハルトムート様は嬉々として魔術に関することを述べ始めました。長い説明だったのですが、簡単にまとめると、エーヴィリーべはゲドゥルリーヒ以外の神々と仲が良くないので、一緒に祝福をするのはとても難しいということでした。ローゼマイン様はそれを難なくやり遂げたそうです。

「ローゼマイン様の瞳が全ての神々を閉じ込めたような神秘的な虹色に輝いたかと思うと、ローゼマイン様はシュタープを手に、誰も見たことがない魔法陣を空に描き始めました。シュタープの動きと共に光が零れて魔法陣が完成すると、今度はその可憐《かれん》な唇から祈りの言葉が紡がれます。神々の名を呼ぶ度にそれぞれの貴色で魔法陣が輝く様は、全ての神々がそこに集うように感じられる程に美しく畏《おそ》れ多い光景でした。ゆらりゆらりと魔法陣の縁からは様々な色の光が溢れるように輝いたかと思うと、虹色の祝福が飛び出したのです。声もなく皆が驚きに目を見張っている中、ローゼマイン様は静かに微笑んでいらっしゃいました。何と控えめで謙虚《けんきょ》。それでいて神々しい。あの時、私はローゼマイン様に祈りを捧げたくなりました」

鐘一つ分、延々とローゼマイン様の素晴らしさについて話をしたハルトムート様は満足そうに息を吐き、孤児院の皆を見回しました。

「では、皆。高く亭亭たる大空を司る最高神　広く浩浩たる大地を司る五柱の大神　水の女神フリュートレーネ　火の神ライデンシャフト　風の女神シュツェーリア　土の女神ゲドゥルリーヒ　命の神エーヴィリーベ、そして、エーレンフェストの聖女ローゼマイン様に祈りと感謝を捧げましょう」

バッと両手と左足を上げて皆が一斉に祈りを捧げる中、新しく入った子供達はビクッと肩を震わせて周囲を見回します。そういえば、お勉強や手仕事を教えることに手一杯でお祈りの練習をしていませんでした。

……お勉強の前にお祈りについて教えなければなりませんね。

新しく入った子供達が神殿の生活に馴染めるように、わたくしもできるだけ努力したいと思います。

ある冬の日の決意

「ほら、カミル。急げ！」

「急げって、遅くなったのは父さんがなかなか起きなかったせいじゃないか！」

荷物を抱えて階段を駆け下りながら、オレは先を行く父さんに向かって怒鳴った。冬のよく晴れた日はパルゥ採りだ。それなのに、今朝は父さんがなかなか起きてくれなくて、母さんと二人で必死に起こしたのだ。

「もういいから、カミルはそりに乗れ」

「父さん、でも……」

「早く！　急がないとパルゥがなくなるぞ」

父さんに急《せ》かされて仕方なくオレがそりに乗ると、父さんが引っ張って走り出した。オレは振り落とされないようにそりにつかまりながら頰を膨《ふく》らませる。

……オレだってもう走れるのに。

出発がちょっと遅くなったし、オレが父さんと同じ速さで森までずっと走るのは無理だから仕方がないのはわかってる。でも、知り合いに会う前には降りたい。荷物と一緒にそりに乗せられて引っ張られてるなんて、周りの皆に知られたらきっと笑われる。

……オレが何もできない赤ちゃんみたいじゃないか。寝坊したのは父さんなのに。

「やぁ、ギュンター。忙しいのにパルゥ採りか？　大変だな」

「変わったことはなかったか？」

南門に着くと、父さんは門番と話し始めた。急がなきゃパルゥがなくなると思ったけど、オレは口に出さずに黙って二人を見上げる。門での父さんの話は、仕事に関係するから邪魔しちゃダメだって言われてるんだ。

「……パルゥ採りに行く孤児院の子供に見慣れない顔がたくさんいた。ルッツとギルが一緒だったから通したが、ギュンターは何か聞いていないか？」

「領主様からの極秘任務に関係すると思う。森で会ったら確認しておくか」

冬なのに父さんは忙しい。いつもの冬は雪が深くて出入りする人が減るから雪かきと酔っ払いの相手が大変なだけなんだけど、この冬は領主様から言われている大事なお仕事があって北門の兵士はすごく仕事が増えたって言ってた。

……孤児院ってことはディルクとコンラートも森にいるのかな？　楽しみだ。

去年の秋、ルッツと初めて森へ行った時、オレはディルクとコンラートに会った。二人とも孤児院の子で、ちょうど同じくらいの年だ。孤児院にはローゼマイン工房でできる絵本も玩具《おもちゃ》も全部揃ってて、二人はオレが何の話をしてもわかってくれた。ルッツが持って来てくれるローゼマイン工房の玩具に関しては周囲の子供達に言ってはいけないと言われてたので、いつも遊んでいる玩具の話ができるのがとても嬉しかったんだ。

オレにはマインっていうもう死んだ姉さんがいて、その死に神殿やお貴族様が関係しているらしい。それを悲しんだ慈悲深い神殿長が工房で作られた玩具をオレに贈ってくれているんだって。ただ、貴族と関わるとどこにどんな影響が出るのかわからない。だから、マインのことも、神殿のお貴族様のことも、贈ってくれてる玩具のことも喋っちゃダメなんだ。

オレが初めてマインの話を聞いたのはいつだったか覚えてない。ただ、「マインが」「マインが」と母さんやトゥーリやルッツがすごく嬉しそうに話をしてたのに、オレが「マインって誰？」と聞いた途端、皆が口を噤んでマインの話をしなくなった。それだけはハッキリと覚えてる。本当に話しちゃダメなんだって空気でわかった。父さんとも約束したし、オレは話すつもりはない。

初めてルッツと森に行った時、「孤児院の子供達と玩具の話をするのは良いけど、マインの話はダメだ」って言われた。でも、オレはマインを知らないから話せることなんて何もないんだ。

ディルクやコンラートと次に森で会う約束をした時はオレがカルタを持って行って、森で一緒にカルタをして遊んだ。ディルクには勝ったり負けたりだったけど、コンラートには勝った。春になったらコンラートが強くなっていて負けた。悔しかったので、オレももっともっと強くなれるように母さんと練習したり、たまに帰って来るトゥーリと勝負したりしてる。

「コンラート、ディルク！」

森へ到着すれば、門で聞いた通り、孤児院の人達も採集に来ていた。ディルクやコンラートの他に見覚えのない子供達がたくさんいる。ギルとルッツも一緒でたくさんの子供達にパルゥの採り方を教えている。どうやら初めてパルゥを採る子がたくさんいるみたいだ。

「よぅ、ルッツ！　ギル！　今日は一緒に採らないか？　ローゼマイン様へ献上するんだろ？」

父さんがそう言うと、ルッツが「今年はローゼマイン様がお戻りにならないからな……」と少し考えるようにして言った。毎年冬の真ん中から終わりくらいには神殿へ戻って来るローゼマイン様が今年は戻らないらしい。

「いや、でも、パルゥは氷室《ひむろ》に入れて保存して召し上がってもらうつもりだぜ。ローゼマイン様が毎年のお楽しみにしているからな」

ギルがニカッと笑った。ローゼマイン様はパルゥケーキが大好きで、毎年食べるのを楽しみにしているらしい。神殿の中には一年中冬みたいなところがあるから、春になってもパルゥが傷まないようにそこへ置いておくんだって。

……パルゥが溶けないって、神殿には変わった物があるんだな。

「カミル、孤児院の子供達と一緒にパルゥを採ってくるといい。俺はちょっとギルと話がある」

「わかった」

また仕事の話だろう。父さんはギルと一緒にその場を離れていく。オレはルッツと一緒に孤児院の子供達の方へ足を向けた。そこではディルクとコンラートが新入りの子供達にパルゥの採り方を教えているのが見えた。

「だからさ、こうやって交代しながら採るんだ」

「何故私がこのようなことを……」

「あぁ、もー！　ベルトラム、働かざる者食うべからずって、いつも言ってるだろ！」

新入りの子供達は何だか全員偉そうだ。ディルクにやり方を教えてもらっているのに両足を肩幅に開いて踏ん反り返っているように見える。

……こんな聞く気もなさそうなヤツ、放っておけば良いのに。

「コンラート、ディルクは何だか大変そうだな」

「あぁ、カミル。久し振り。一気に人数が増えたからすごく賑やかになったんだ。孤児院ではディルクとデリアがいつもああやって怒ってるよ。二人とも怒り方がよく似てるんだ」

洗礼前の子供が少なくて二人だけで遊んでると言ってたディルクとコンラートだったが、今はたくさん子供が増えて大変らしい。見たことがない子供達が十人くらいいるのに、まだ孤児院で留守番中の小さい子供もいるんだって。

……こんなにたくさんどこから出て来たんだろう？

「雪の上じゃカルタができないから残念だ。皆で練習しているから、今度はカミルに負けないよ」

どうせ負けるのにって、いつも唇を尖らせてたコンラートが珍しく強気だ。これだけの人数と練習してたら、きっとコンラートもディルクもすごく強くなってるに違いない。オレはちょっとだけ危機感を覚えた。

「でも、オレだって強くなってる。レナーテにも勝ったんだからな」

「レナーテって誰？」

「ギルベルタ商会のお嬢さんだよ」

「コンラート、カミル！　皆にお手本を見せてやってくれないか？」

ディルクとルッツにそう言われて、オレは新入りの子供達にやり方を教えるため、パルゥの木に登って行った。

◆

オレがレナーテに会ったのは冬が来る少し前。トゥーリがオレをギルベルタ商会へ連れて行ってくれた時だ。オレはトゥーリの作った晴れ着のように綺麗な服を着て、初めて北に行った。オレ達が住んでいる周辺よりもずっと街並みが色鮮やかだった。

「この辺りはとても綺麗でしょ？　これはね、領主様が街を一斉に綺麗にしてくださった時に汚れと一緒に塗料が消えた部分も多くて、塗り直ししたからなんだよ。ディードおじさんが、仕事が多すぎる！　って怒ってたの、カミルは覚えてない？」

トゥーリがクスクスと笑いながら北の街並みについて教えてくれた。

領主様の魔術でオレ達が住んでいるところは道や石造りの部分がピカピカの真っ白になって、木造の壁が綺麗になった。でも、お金持ちが住んでいる建物は塗っていた塗料が剝げた部分もあって大変だったらしい。

「他所の商人達が来るまでに整えるのが大変だったたって聞いたよ。確か父さんもずっと見回りしてたような……」

オレの記憶にはあまり汚い街の記憶がないけど、とても劇的な変化だった、と皆が口を揃えて言う。「本当は領主様が下町の住人を全員追い出して、街を完全に作り変えようとしたのをローゼマイン様が止めてくれたんだ。だから、汚くならないように気を付けなければ」と父さん達兵士が見回りをしてたのは覚えてる。

「ここがギルベルタ商会。わたしが働いているお店だよ。……ここからは言葉遣いを丁寧にね」

トゥーリがそう言って、店の脇にある階段から二階へ上がって行く。「トゥーリです。ただいま戻りました」と挨拶をして、下働きが開けてくれた扉から中に入った。トゥーリの動きや口調が家にいる時とは全然違う。オレもルッツやトゥーリに教えてもらった通りに背筋を伸ばした。

「君がカミルか。ようこそ」

ギルベルタ商会の旦那様が出迎えてくれて、家族を紹介してくれる。トゥーリが尊敬するローゼマイン様の専属針子のコリンナ様、その子供のレナーテとクヌート。それから、今日たまたまレナーテの教育に来ていたプランタン商会の旦那様とマルクさん。

オレはレナーテやクヌートとカルタやトランプで遊ぶように言われて、プランタン商会の旦那様やマルクさんも一緒に遊んだ。クヌートはまだ相手にならない年だけど、レナーテとは勝ち負けが半々くらい。

「だから、言っただろう？　俺が大人だからって理由じゃなく、レナーテ自身がまだまだだって」

プランタン商会の旦那様がニッと笑いながらそう言うと、レナーテはむっと頬を膨らませてオレを見た。

「カミル、ギルベルタ商会に入りなさいよ。わたしが完全に勝つまで勝負するの。どう？」

「……え？」

どう？　と言われても困る。オレが目を瞬いていると、旦那様であるオットーさんがにこにこと笑いながら勧誘してきた。

「あぁ、さすがレナーテ。それは良い考えだ。カミル、ウチのダルアにならないかい？」

旦那様から直々に誘われたことに驚いて、オレはトゥーリを見た。トゥーリはローゼマイン様の専属の髪飾り職人としてギルベルタ商会にいる。最近は衣装のデザインや布選びも任されているのだ。これはすごい出世で、オレ達が住んでいる周囲では成人前にそれだけ出世した者なんてほとんどいない。トゥーリは周囲から憧れの目で見られるすごい姉さんだ。

……ギルベルタ商会に入ったら、オレもトゥーリみたいにすごくなれるかな？

ちょっと心が動く。「父さんと一緒に街を守る兵士にならないか？」と誘われていたけど、兵士よりトゥーリと働く方が面白そうだな、と思ったのだ。

次の瞬間、プランタン商会の旦那様がバッと手を伸ばした。

「駄目だ。カミルはプランタン商会のダルアの方が向いている。ギルベルタ商会が扱う髪飾りや布やリンシャンよりも、プランタン商会の本や玩具の方が興味あるだろう？」

旦那様から直々《じきじき》にそう言われ、オレの心はプランタン商会に向かってグラリと動いた。オレの周囲でトゥーリと同じくらい出世しているのがルッツだ。建築や木工職人の家から大店のダプラになったルッツはトゥーリと同じくらいすごい。

オレはルッツが持って来てくれる絵本や玩具の数々は大好きだし、髪飾りや布よりもオレにとっては身近に思える。布や髪飾りはどちらかというと女の領分だ。

「ルッツから聞いたが、カミルはルッツみたいに色々なところに行ったり、孤児院の工房で働いたりしてみたいんだろう？」

孤児院の工房へ行きたいと思ったのはディルクやコンラートに会えるかも、と考えたからだけれど、絵本や玩具がどんなふうに作られているのかはとても気になる。そう考えると、オレにはギルベルタ商会よりもプランタン商会の方が魅力的に思えた。できたばかりの本を一番に読むことができるとルッツが言ってたのも楽しみなのだ。

「おいおいおい！　ちょっと勘弁してくれよ。ベンノはどうしていつも俺が目を付けた人材を引き抜いていくんだ!?　ルッツがいれば十分だろう!?」

「それを言うなら、トゥーリがいるから十分だろうが！　これは適材適所と言うんだ！」

オレが悩んでいる間に二人の旦那様が口喧嘩《げんか》を始めてしまった。おまけに、「早く決めちゃいなさいよ、カミル」と横からレナーテに急かされる。オレがどうするのか決めないと、この二人の言い合いは終わらないらしい。

困り果てたオレは助けを求めてトゥーリを見上げた。オレの視線に気付いたトゥーリが近くに寄って来て、小さく笑いながら優しくオレの頭を撫でる。

「カミル、そんな顔をしなくても洗礼式までまだ時間があるからゆっくり考えればいいよ。どの職業に就くかは一生を大きく左右するからよく考えて自分で決めなきゃダメ。他人の意見を参考にするのは良いけど、誰かがこう言ったからって言い訳の材料にしないようにね。自分が後悔するし、

「大変な時に人のせいにするばかりで頑張れなくなっちゃう」

トゥーリはそこで言葉を止めると、二人の旦那様に向かってニッコリと微笑んだ。

「だから、お二人とも。急かさずにカミルの答えを待ってくださいね」

◆

「あははは、それは災難《さいなん》だったな。どっちの旦那様も引かないから」

パルゥの実を採るために冷えた手を火にかざして温めている間に話したことをルッツは笑って労ってくれた。頭をポフポフと軽く叩きながらいつもオレを励ましてくれるルッツみたいな兄さんがほしいな、と思ってしまう。

「……ルッツはさ、トゥーリと結婚するの？　もうちょっとしたらトゥーリも成人だろ？　なんか、周囲が盛り上がってるみたいだけど」

成人する頃にはだいたいの女の子は嫁入り先を探したり、結婚に向けて動き出したりする。トゥーリといつも一緒にいるのはルッツで、いくら大店で出世しているとはいえ、二人とも元は貧民街の者だ。家と家の関係が大きく関わる結婚を考えればトゥーリとルッツはちょうど良い、と両家の間では考えられている。多分、大店出身の伴侶《はんりょ》では実家の方が迎えられないのだと思う。

「まぁ、周囲が盛り上がってるのは知ってるし、それが無難なのはわかるけど、どうだろうな？しばらくは難しいと思うぞ。トゥーリ、失恋したところだし」

「えぇ!?」

「……あ、これは秘密な」

「気になるよ、ルッツ！　だって、トゥーリはあんなに裁縫上手でよく働くのに……」

断るというか、あのトゥーリに振り向かない男なんているはずがない。身贔屓《みびいき》かもしれないけれど、オレは本気でそう思ってた。でも、親達が話していたように、やっぱり実家や出身が結婚には大きく関わってくるってことなのだろうか。

結局、いくら聞いてもルッツは「秘密だ」と言うだけで教えてくれなかった。

「オレはトゥーリの話よりカミルの話が聞きたい。もう決めたんだろ？　そんな顔をしてる」

ルッツがそう言って唇の端を上げた。オレもルッツを見上げてニッと笑う。

「オレはプランタン商会がいい。街を守ったり髪飾りや布を売ったりするより、本や玩具の方が好きだから」

「……狙い通りに本好きに育ったか。さすがマイン」

ぼそっとしたルッツの声がよく聞き取れなくて聞き返すと、ルッツが首を横に振って「何でもない」と言った。ルッツは意外と隠し事が多い。

「プランタン商会に入りたいって本気で思っているなら、そろそろ猛吹雪《もうふぶき》が止む時期になってきたし、ギュンターおじさん達の許可を取ってプランタン商会で教育してやってもいいぞ」

「教育？」

「大工の子のオレが商人になるのに苦労したのと同じで、兵士の子のカミルも商人になるのは大変だと思う。十日くらいプランタン商会で預かって、商人になるための教育をしてやるよ」

文字を読んだり、計算をしたりする分は絵本や玩具で問題なくできていても、商人としての心構えや常識は触れてみないとわからない部分が多いらしい。先を行くルッツの助言は聞いておいた方が良いだろう。

「マルクさんと旦那様にも相談してみるけど、カミルなら多分大丈夫だろう」

「本当に⁉」

ルッツは笑いながら頷いた。

「春になったら店が忙しくなるし、次はキルンベルガへ移動することが決まっているから難しいけど、冬の間は余裕があるんだ。オレは未成年で城に上がることはできないからな」

冬の終わりになると、お城に本を売りに行くので旦那様や他のダプラ達はとても大変らしい。けれど、ルッツの仕事は城に持って行くための本や教材をローゼマイン工房で揃えた時点で終了なのだそうだ。

「カミルも言葉遣い、姿勢、立ち居振る舞いから練習が必要だもんな」

自分が覚えなければならないことを示されると、自分の将来に向けた道が大きく開けたのがわかって、オレはすごく嬉しくなってきた。

「ちゃんとおじさんやおばさんと話をして許可を取れよ。教育はそれからだ」

親の応援がないと厳しいからな、とルッツは何かを思い出すように目を細める。でも、大丈夫だ。父さんも母さんも話せばきっとわかってくれる。

「ルッツ、オレ、頑張るから」

「おぅ、頑張れ」

そう言った時、ボスッと雪の上にパルゥが落ちる音がした。ディルクとコンラートもそうだけど、孤児院の新入りの子供達はオレ達に比べると異様にパルゥを落とすのが早い。

「なんであんなに早いんだろうね？」

「さぁな。ほら、あっち。ギュンターおじさんが手を振ってるぞ。カミル、交代だ」

「うん！」

オレは父さんと交代するためにパルゥの木に登っていく。「もうちょっとだ。後はよろしくな、カミル」と言って父さんが下りて行った。オレが手袋を脱いでパルゥの付け根をつかんで温めているると、すぐ近くの枝で同じようにパルゥを温めているディルクがこっちを向いた。

「カミル、何だかすごくご機嫌だな。手、冷たくないのか？」

「手は冷たいけど……。ディルク、オレ、春になったら一度孤児院のローゼマイン工房へ見学に行けるかもしれない。プランタン商会に入る気があるなら、ローゼマイン様に見学許可を申請してくれるって、ルッツが言ったんだ」

「本当に？　うわぁ、楽しみだな」

ディルクが歓迎するように嬉しそうな笑顔を見せてくれる。将来的にはディルクやコンラートと一緒に仕事ができるかもしれない。それはとても素敵なことだった。

森に上から光が差し込み始めると、採集の時間は終わりだ。パルゥの葉がきらきらと宝石のように光を反射し、木が意志を持っているように揺れ出して、シャラシャラという葉擦《はず》れの音を響かせる。オレはパルゥの木からすぐに下りて、パルゥの木が消えるのを見つめた。初めてパルゥを見る孤児院の子供達は驚きに目を見張って、不思議なパルゥの木を見上げている。

高く、高く伸びたパルゥの木が枝を振って実を飛ばし、しゅるんと小さくなって消えてしまうと、採集に来ていた皆が門を目指して歩き出す。

収穫できたパルゥの実を籠《かご》に入れてそりに載せて、オレ達も帰り始めた。帰りはオレと父さんも孤児院の子供達と一緒だ。問題なく通れるように父さんは門で話をすると言っていた。街から出るよりも街に入る時の方が門番は厳しいし、朝と昼では当番が替わっているので、顔が知られていない子供達は足止めを食らう可能性が高いからだ。

「今はちょっと難しい時期だから、ギルとルッツだけじゃ厳しいぞ。今度からは一度こっちに話を通せ。少しは融通《ゆうずう》が利くからな」

「ありがとう、ギュンターおじさん」

父さんが門番と話をしたことで、孤児院の子供達は全員問題なく街に戻ることができた。門を抜けて、孤児達は孤児院を目指して歩き出す。

家の方向へ曲がる直前、父さんはパルゥの実を一つ、ギルに向かって差し出した。

「ギル、これをローゼマイン様に」

「あぁ、氷室に保存して必ず召し上がってもらう」

「頼んだ」

……あぁ、オレのパルゥが減った。

パルゥを一つ採るのもすごく大変なのに、父さんはいつもそれをローゼマイン様のためにポンと孤児院の人に託すのだ。ディルクとコンラートもそうだけど、ローゼマイン様に目をかけられているオレの家族は皆ローゼマイン様が好きすぎると思う。


その夜、オレは食事を終えると、父さんと母さんに「話があるんだ」と告げた。二人は一瞬顔を強張らせて見つめ合った後、父さんは真面目な厳しい顔で座り直し、母さんは不安そうな顔でお茶を淹れてくれる。コトン、コトンと置かれたカップを手に取って、父さんは一口、まるで口を湿らせるようにお茶を飲んでオレを見た。

「どんな話だ、カミル？」

父さんの声がいつもよりも数段低く感じられる。反対されるかもしれない、という不安が急に胸に広がって、オレはギュッと拳に力を入れて二人を見つめた。

「父さん、母さん。オレ、ルッツと一緒に本を作りたい！　プランタン商会で新しい本を作って広げていきたいんだ」

オレがそう頼むと、父さんと母さんは何故か泣きそうな顔になった。反対されるかもしれないとか、「なんで兵士を目指さないんだ？」と聞かれるかもしれないとは思ったけれど、なんでそんな泣きそうな顔をするのかわからない。

「……二人ともやっぱり反対？」

　オレが首を傾げると、「何でもないの」と言いながら母さんがそっと目元を拭う。そして、立ち上がってオレの隣にやって来ると、ひどく複雑そうな笑顔でゆっくりと髪を撫でた。

「カミルが決めたのなら、母さんは反対しないわ。応援するからしっかりやりなさい」

　父さんも頷いてプランタン商会へ勉強に行く許可をくれた。

　……オレも本を作って、ルッツみたいになるんだ！

息子の出立準備

「ユストクスです。母上、緊急事態なので今日は自宅へ帰ってください」

わたくしが城の一室でフロレンツィア様やエルヴィーラ様と共に贈り物の整理をしていると、そんなオルドナンツが飛んできました。わたくしも一瞬驚きましたが、傍で聞いていたフロレンツィア様やエルヴィーラ様の方がよほど動揺しています。

「まぁ、緊急事態だなんて……。一体何があったのかしら？」

「リヒャルダ、ローゼマインはまだ神殿から戻りません。すぐに自宅へ戻ってくださいませ。明日はお休みしても構いませんから……」

二人がひどく心配そうに言いました。ユストクスがこのようなオルドナンツを仕事中に飛ばしてくることは珍しいので心配にはなりますが、わたくしはフェルディナンド様からアーレンスバッハへ持っていく贈り物の選別を直々に頼まれています。そのような勝手はできません。

「お言葉に甘えて今日は家へ戻りますが、明日は仕事に参りますよ。ユストクスのことです。大した用があるとは思えませんせん」

「いけません、リヒャルダ。わたくしは貴女の主であるローゼマインの母親として命じます。ユストクス様との時間を大事にしてくださいませ。親子として顔を合わせられる機会や親として力になってあげられる時間がどれだけ残されているのかわからないのですよ」

エルヴィーラ様は真剣な目でわたくしにそう言います。珍しく感情的になっている漆黒の目がわたくしの胸に刺さりました。わたくしだけではなく、エルヴィーラ様もまた息子をアーレンスバッハへ見送る母親です。急な予定変更によって、フェルディナンド様とわたくし達の息子の出立まで一週間ほどしかありません。

「リヒャルダ。これは領地から領地への贈り物ですから、本来ならば領主一族であるわたくしやシャルロッテがフェルディナンド様のお手伝いをすべきなのです。残念なことに、わたくしがフェルディナンド様に頼られたわけではありませんけれど……。こちらのことは気にせず、ユストクスの力になってあげてくださいませ」

フロレンツィア様にそう言われても、わたくしは仕事を放り出すことに躊躇いを覚えます。滅私奉公《めっしほうこう》、それがわたくしの生き方だったからです。返事を躊躇うわたくしに、フロレンツィア様は「ユストクスの緊急事態が解決しなくて、フェルディナンド様の予定に狂いが出る方が困るではありませんか」と言ってニコリと微笑みます。

「リヒャルダ、エルヴィーラ。二人とも明日はお休みです。荷造りの手伝いでも、お部屋の片付けでも構いません。息子達の出発前に家族として接する時間を作りなさい。これはわたくしからの命令です。よろしいですね？」

フロレンツィア様は柔和《にゅうわ》な笑みを浮かべながら、しかし、藍色の目は断ることを許さない強さを持っています。領主一族に命じられて断ることはできません。わたくし達はフロレンツィア様の前に跪きました。

「恐れ入ります」

わたくし達親子は主と共に動くことが多く、側近同士として顔を合わせることがあっても親子として過ごす時間はありません。おそらく親子の時間を取れるのは、今日が最後になるでしょう。

「申し訳ございません、母上。遅くなりました」

ユストクスが全く緊急事態の様子もなく、ヘラヘラと笑いながら帰ってきました。わたくしはゆっくりと息を吐くと、グッと眉を吊り上げます。エルヴィーラ様やフロレンツィア様がひどく心配していたせいか、わたくしも何が起こったのかやきもきしながら自宅へ帰って待っていたというのに、この態度は何でしょうか。

「ユストクス！　親子とはいえ、お互いに仕事を持つ身であるのに面会予約が突然すぎますよ。それに、自宅へ戻るとなれば、食事の支度も頼まなければならないのに四の鐘を過ぎた連絡では遅すぎます。いくら急な連絡であっても、せめて、三の鐘までには連絡なさいといつも言っているでしょう」

「引き継ぎ業務で姫様は神殿に詰めているし、去年と違って魔法陣の刺繍もないのですから、城にいる母上はお暇でしょう？」

「フェルディナンド様に頼まれた贈り物の選別をしています。それに、わたくしの仕事に余裕があることと、其方の無作法は別物ですよ。我が家の側仕えや料理人に無理をさせるのではありません」

わたくし達は主の下で夕食を終えるのが普通ですから、突然の予定変更は自分の館に仕えている者達にとって負担になります。彼等が働きやすい環境を作るのも主の務めだと、側仕えのユストクスにわからないはずがありません。それなのに、何故できないのか……。

わたくしのお説教を聞いているユストクスは不思議そうな顔で首を傾げました。

「いやぁ、それにしても母上はよくそんなに息が続きますね」

……この馬鹿息子！

何を言っても無駄だという気持ちと、何とか言い聞かせなければならないという気持ちが混ざって頭を抱えたくなりました。ユストクスは幼い頃から全く成長していないと思うのですが、気のせいでしょうか。

母親が頭痛を覚えているのにも構わず、ユストクスはわたくしに盗聴防止の魔術具を渡すと、「側仕えは下がってくれ。この先の話には機密が多いから」と自室へ向かって歩き始めました。

「母上、城の様子はいかがですか？　出発が急に前倒しになったのです。ずいぶんと混乱しているのではありませんか？」

「えぇ。季節一つ分以上の引き継ぎ期間が失われたのです。ジルヴェスター様はもちろん、騎士団の上層部も大慌てですよ」

急な予定変更によって、諸々《もろもろ》の冬の計画をどのように変更するのか上層部は頭を抱えています。

「神殿にいらっしゃる姫様の様子はいかがですか？　ハルトムートも忙しくしているとオティーリエから聞いていますけれど……」

「姫様は後見人がいなくなることを不安に思いつつ、気丈に過ごしていらっしゃいますよ。アーレンスバッハへ持ち込む料理を準備したり、あちらの領主候補生へ贈る髪飾りを手配したり……。忙しくすることで寂しさを紛らわせているように見えます。フェルディナンド様が出発した後の姫様が心配ですね」

お互いの情報を交換しながらユストクスの部屋へ入り、きっちりと扉を閉めます。わたくしはユストクスに向き合いました。

「それで、この忙しい中、わたくしを呼び出した緊急事態とは何ですか?」

「もちろん優秀な側仕えである母上の手を借りるためですよ。可愛い息子の荷造りを手伝ってください。我が家の側仕え達には見せられない荷物も多いのです」

堂々と「可愛い息子」と自分で言い切るところは全く可愛くありませんが、ユストクスに手伝いが必要であることはわかります。先程の近況報告から、姫様が準備する料理やお菓子の確認、神官長室の片付け、貴族街の館でフェルディナンド様の側仕えとしてラザファムの手伝い、城での仕事の引き継ぎ業務など、出発までになすべきことが山積みです。とても自分の準備や部屋の片付けまで手が回らないでしょう。

「それに、神官長室を片付けてフェルディナンド様の荷物を貴族街の館に運んでいただいた後、ローゼマイン姫様は冬の準備のために城で滞在することになっています。主が城へ戻れば筆頭側仕えの母上は自宅へ戻れないでしょう?」

だからこそ、急遽呼び出したのだとユストクスは言いました。わたくし達が考えている以上に予定が詰まっているようです。

「荷物運びに領主一族の姫様を利用するのはどうかと思いますが、事情はわかりました。でも、今から就寝までの時間で荷造りが終わるとは思えませんね。……フロレンツィア様にお休みをいただけて助かったこと」

「それはよかった。明日は少々強引な手を使ってでも休んでもらおうと思っていたのです」

「ユストクス！　そういう急な予定変更が周囲にどれだけ迷惑をかけるか……」

「迷惑はかかるでしょうが、城の状況がわからなくて、誰にどこまで知らせて良いのか今は判断が難しいのですよ」

その指摘にわたくしは口を噤みました。わたくしはローゼマイン様の側近なので上層部しか知らない情報を持っています。ですが、我が家の側仕え達にも知らせるべきではありません。

「荷物の準備は手伝いましょう。ただし、其方のガラクタの山は自分で片付けるのですよ」

「わかっていますよ。母上に任せたら全て捨てられてしまいますから。私にとってはどれもこれも宝だというのに……」

ユストクスは幼い頃から次から次へとガラクタにしか見えない妙な物を持ち帰ってきていました。また、決して手放そうとしないため、部屋の掃除を任される側仕えとわたくしは頭の痛い思いをしてきたものです。隠し部屋に片付ける。部屋の床に放置された物を側仕えに片付けられても文句を言わない。隠し部屋に片付けている間はユストクスが持ち帰ることにこちらも文句を言わないなど、色々と譲歩《じょうほ》し合って一見貴族らしく部屋を整えていることを思い出しました。

「あと数日で冬の衣装や日用品を詰めなければなりません。母上にお任せして良いですか？　隠し部屋の登録は消していく予定なので、全て箱に入れて部屋の隅に積み上げていきます」

隠し部屋の抹消、それはこの家へもう戻ってくることはないという決意表明でもあります。娘が嫁入りで家を出る際にも隠し部屋を抹消しました。あの時もわたくしは親として何とも寂しい気分になったものです。

「まさか隠し部屋の中身を全てアーレンスバッハへ持っていくつもりですか？」

「もちろんですよ。あちらでの状況が落ち着いたら……の話ですが。それまで管理をお願いします」

あちらでの状況がどうなるかわからないという言葉が隠れているのがわかります。喉の奥がグッと鳴って重苦しい気分になりました。空の木箱を抱えて隠し部屋へ入っていくユストクスを見送り、わたくしは衣装や机周りの小物を箱に詰めていきます。

今回のユストクスの出発準備は、アーレンスバッハで冬の間を過ごすために最低限必要な物を詰めるだけなので、姫様の貴族院準備と同じようなものと言えるでしょう。春以降に必要な物は、雪が解けたら送ることになっています。

「貴族院と違って冬の社交界があるので、衣装が嵩張《かさば》りますね……」

数日分の普段使いと出発の日に着る衣装を残し、それ以外の冬服を次々と詰めていきます。毎日使う筆記具は最後に入れられるように置いておき、普段あまり使わない物から箱に詰めていきます。木札を含めた書類を館の側仕えに触らせたくないので、わたくしに頼んだことがわかりました。

……特に今は情報漏洩に気を付けている時期ですからね。

先日、神殿へ忍び込んで聖典を盗んだ貴族がいたそうです。犯人はダールドルフ子爵夫人で、彼女の背後にゲオルギーネ様がいるというのが、エーレンフェスト上層部の見解でした。計画を邪魔したフェルディナンド様を早期に移動させるために、あの書状を出さざるを得ない状況を作り出したと考えられているのです。

……本当に、どうしてこうなってしまったのでしょう。

わたくしがお仕えしていた頃、我が子のグードルーンやユストクスと遊んでいた幼い日のゲオルギーネ様を思い出してやるせない気持ちになりました。二人続けて女児を産んだことで肩身の狭い思いをしている母親のために自分が次期領主になるのだと必死に努力していた少女の姿を、わたくしはまだありありと思い出せます。

けれど、ようやく生まれた男児であるジルヴェスター様にヴェローニカ様は夢中になりました。よく病気をする赤子を心配し、信用できる者を領主の子供部屋に置くことにしたのです。母親と実兄を早くに失ったヴェローニカ様は、ライゼガング系貴族による暗殺を疑っていて、ようやく授かった男児を失うことを非常に警戒していました。そのため、ヴェローニカ様にお仕えしたことがあり、図らずもカルステッド様の教育係、ゲオルギーネ様の筆頭側仕えと、次期領主候補に仕えていたわたくしが指名されたのです。

……筆頭側仕えを突然奪われたゲオルギーネ様のお心はどのようなものだったでしょう。

わたくしは先々代領主、先代領主、現領主と三代にわたってアウブ・エーレンフェストにお仕えしています。領主一族の傍系として特定の主を持たず、なかなか側仕えが見つからない領主一族に領主の命令で付けられる側仕えです。領主の命令があれば異動する立場ですが、もっと抗うべきだったのでしょうか。

「母上、どうかされましたか？」

木箱を抱えて隠し部屋から出てきたユストクスに声をかけられ、わたくしはゆっくりと首を横に振りました。

「……あの時、わたくしはゲオルギーネ様のお側を離れるべきではなかったのかもしれません」

「また、その後悔ですか？　アウブの命令で主を替えなければならない立場の母上が思い悩むことではありません。母上を欲したヴェローニカ様と、その要望を受け入れた先代領主の責任です」

キッパリと言い切るユストクスを見て、わたくしは思わず苦笑しました。

「そう割り切れるのですから、其方こそアウブ・エーレンフェストにお仕えするのに向いていると思ったのですけれど……。本当に、其方は親の思うように育たない息子でしたね」

ゲオルギーネ様のお側を離れざるを得ないわたくしは、子供達にお仕えするように言ったのです。グードルーンはゲオルギーネ様の側仕えとなりましたが、ユストクスは側仕えコースを選択することでゲオルギーネ様の側近になることを拒否しました。

更に、先代領主の命令でフェルディナンド様に仕えることをユストクスが決めた時には、特定の主を持たないわたくしと同じようにアウブ・エーレンフェストの側仕えになるのだと思って喜びました。けれど、ユストクスはフェルディナンド様に名を捧げたのです。

「わたくしが其方と同じように決断してゲオルギーネ様にお仕えし続けていれば、少しは色々なことが変わったかもしれません。もしかすると、ゲオルギーネ様とジルヴェスター様が協力し合ってエーレンフェストを治められたかもしれないと思うのです」

「は？　そんなことになっていたら、フェルディナンド様は今よりもっと酷い立場だったでしょう。ヴェローニカ様とゲオルギーネ様は敵対する者に対する苛烈《かれつ》さがよく似ていらっしゃる。両方が敵に回るなんて面倒な状況、私は考えたくありませんよ」

今より少し良い状態を想像しただけなのに、バッサリと切り捨てて「今の方が良い」と言うユストクスをわたくしは軽く睨みました。

「妙な感傷に浸って、現実から目を逸らすなんて母上らしくないですね。どうでもいいのですよ。ゲオルギーネ様のお気持ちなど」

「ユストクス、其方はもう少し……」

「やれやれ……。状況によって仕える主が替わる母上は大変ですね。ただ一人のために動くことができないのに、過去に仕えた全ての主に心を配ろうとするのですから」

ユストクスはそう言いながら、隠し部屋から木箱を出しては部屋の隅に積み上げていきます。

「ゲオルギーネ様には今もアウブ・エーレンフェストを脅かすほどのたくさんの味方がいるではありませんか。どうせ彼女はジルヴェスター様を陥れようと、昔と同じように目を輝かせて様々なことを企んでいますよ」

わたくしとユストクスでは見ている光景が全く違うことを思い知らされた気分になりました。息子にとってゲオルギーネ様はもう幼馴染みでさえなく、過ぎ去り、失われた日々を懐かしく思うことはないのでしょう。

「母上にとってはかつて仕えたことがある主かもしれませんが、私にとっては叩き潰すべき、ただの敵です。母上が感傷に浸るのは自由ですが、今優先すべきは何ですか？」

感傷に浸るのは自由と言いながら、現実を突きつけてくる息子にわたくしは苦笑しました。全く浸らせる気などないではありませんか。

「わたくしがお仕えするのはアウブ・エーレンフェストで、ローゼマイン様です。それを忘れたことはありませんよ」

「えぇ。フェルディナンド様はエーレンフェストのために行くのです。ですから、ここに残る母上はローゼマイン様を頼みます」

フェルディナンド様以外の心配をするユストクスに少し驚きつつ、わたくしは出発する彼等を安心させるために微笑みました。

「アーレンスバッハへ向かう貴方達と違い、姫様には心配する側近も、ご実家の家族も、これから先の支えとなる婚約者もいます。寂しいのはしばらくの間のことですよ」

「……そうであることを願っていますよ」

懐疑《かいぎ》的な言葉を吐くユストクスに、わたくしはそっと溜息を吐きます。名を捧げるほど自分の主を大事にしている息子は、ヴェローニカ様に溺愛されていたジルヴェスター様やヴィルフリート様への当たりが未だに厳しいのです。ジルヴェスター様達の責任ではない部分にまで怒りを向けている時もあり、心情的に仕方がないことはわかっていてもやるせない気持ちになります。

……ユストクスにとっての唯一はフェルディナンド様ですからね。

フェルディナンド様に名を捧げる時、ユストクスは主以外の全てを切り捨てました。妻も子も何もかも……。飄々《ひょうひょう》としている外見や物腰からはわからない苛烈で冷酷な一面があり、邪魔になるものはいらないと明言します。ある意味で、領地のために全てを捧げると誓ったわたくしと一番似ているのかもしれません。

翌日、フロレンツィア様にいただいたお休みを有効に使い、わたくしはユストクスの部屋を片付け終わりました。ユストクスが出発時に持っていく荷物、春以降の衣装などの季節が変わったら送る荷物、隠し部屋の中身のようにフェルディナンド様の星結びが終わって客人扱いが終わったら送る荷物といくつもの山に分けられています。

「いやぁ、助かりました。さすが母上ですね」

「褒めてもこれ以上は何も出ませんよ」

まったく……と軽い口調で言いながら、わたくしはユストクスを見上げました。沈黙が流れます。この後、ローゼマイン様の側近とフェルディナンド様の側近という立場で顔を合わせることがあっても、親子という立場で話をすることはないでしょう。

……何か言葉を……。

そう思っても、ユストクスに送る餞《はなむけ》の言葉が思い浮かびません。何と言えば良いでしょうか。

「気を付けて」と言ったところで、自分の目的のためには笑顔で危険に突っ込んでいく息子です。幼い頃から今まで気を付けるところを見たことがありません。

……わたくしが心配して何を言ったところで無駄でしょうね。

滅私奉公でアウブ・エーレンフェストに仕えてきたわたくしと、名を捧げた主と共にアーレンスバッハへ発つユストクスに普通の親子らしい言葉はどうにも似合いません。

少しの逡巡《しゅんじゅん》の後、わたくしは背筋を伸ばし、ゆっくりと息を吸いました。わたくしが姿勢を正したことがわかったのでしょう。ユストクスもヘラヘラとした笑みを消し、姿勢を正します。

「自分の誓いに悖《もと》るようなことはせず、名を捧げた主の命令を全力で遂行なさい」

「かしこまりました。我等が命は主のために」

「……ええ。主のために」

フッとユストクスが誇らしそうな笑みを浮かべます。

心のままに、力の限り、主に尽くして生きることでしょう。ユストクスは間違いなく、わたくしが育てた息子なのだと感じずにはいられませんでした。

思い出と別れ

「神官長にお仕えできたことは私の誇りでございます」

私は神官長が神官長ではなくなり、貴族街へ騎獣が飛び立つところを見送りました。神官長やローゼマイン様達の出発を見送ると、私とザームは神官長室へ向かいます。主が不在でもやるべきことはたくさんあるのです。

「フラン、孤児院の準備は進んでいますか?」

神官長室に到着すると、まず、進捗状況の報告です。神官長室の筆頭側仕えであるロータルから問われたように、この冬は洗礼式前の子供を何人も孤児院で受け入れることになっていて、その準備が進められています。

「ヴィルマとモニカが中心になって少しずつ進めていますが、今は孤児院の冬支度が優先されています。やはり受け入れる人数がわからないところが難しいようです」

食器や寝台の準備も何人分が必要なのか、洗礼式前の子供と言われても身長や年齢がわからないので衣服の準備も足りているのかどうかローゼマイン様やハルトムート様でも答えることができません。冬の生活に必要な布団や食糧などは子供達と一緒に運び込むと言われていますが、基本的な生活ができるように家具や日用品を整える必要があります。

「確かに難しいですね。ローゼマイン様が足りない分は持ち込むとおっしゃっても、貴族街の子供なので彼等の寝台や食器を外から持ち込むことはできません」

ロータルが青紫色の目を細め、薄い茶色の髪をくしゃりと掻きました。考え込む時の彼の癖を見て、神官長室の側仕えの中では最年少のイミルが不思議そうに水色の目を瞬かせます。イミルは私がローゼマイン様に仕えるために孤児院長室へ出た後、神官長室へ入った側仕えです。

「何故ですか？　それぞれを持ってきてもらう方が良いのでは？」

「そうすると、青色神官の寝台より孤児院の一室が豪華になるかもしれません」

「あぁ、カンフェル様が孤児院に入れられた孤児より待遇が悪くなるところは、私も見たくないです」

イミルはそう言って少し肩を落としました。ローゼマイン様が神殿長に就任してからもう何年も奉納式の準備を共にしてきたせいか、イミルはカンフェル様に対する思い入れが強いようです。

カンフェル様は青色神官の中では非常に真面目な方で仕事も丁寧にしてくれますし、側仕えとの関係も良好です。けれど、実家が裕福とは言えないようで、青色神官として体面を保つギリギリの金額を除いて稼いだ分は実家に奪われています。

「神官長、いえ、フェルディナンド様は時折カンフェル様のご実家へ意見されていたようですが、ハルトムート様はローゼマイン様のためにしか動きません。カンフェル様は大丈夫でしょうか？」

心配そうなイミルの言葉で、私は神官長を神官長と呼べなくなっていることに改めて気付きました。私はフェルディナンド様が神官長に就任してから側仕えに召し上げられたので、「神官長」以外の呼び方をしたことがありません。これから先は「フェルディナンド様」と呼ばなければならないことが何とも不思議で、もの悲しく思えます。

「ご実家の振る舞いがあまりにも酷ければ、ローゼマイン様から意見していただきたい、とそれとなくハルトムート様の耳に入れれば良いですよ。おそらくローゼマイン様のお手を煩わせるには値しないとご実家にきつく言ってくださるでしょう」

「ほぅ……。フランはハルトムート様の扱いをよく知っているのですね」

「ハルトムート様達が神殿へ出入りし始めた頃に、フェルディナンド様から貴族側近との付き合い方について色々と伺ったのです」

「今度、私達にも教えてくださいね」

　ロータルに感心されるようなことではありません。貴族である側近達から怒りを買わないように張り詰めた毎日を送っていた頃を思い出して苦い笑いがこみ上げてきました。

「ローゼマイン様を通すやり方なので、神官長室付きの皆には難しいですよ。私達がローゼマイン様を動かしたい時にフェルディナンド様へ相談していたように、私かザームにこっそり相談してください」

「あまり露骨に動くと、ハルトムート様に睨まれると思います。ローゼマイン様を利用されることに敏感な方ですから」

　ザームの付け加えた言葉に、皆が「あぁ」と納得の声を上げました。おそらく青色神官に馬乗りになっているハルトムート様の姿が脳裏に蘇っているに違いありません。

　主達がいない神官長室は、普段よりずっと気安い雰囲気になります。今はモニカが孤児院へ行っているため、私とザームを含めてもフェルディナンド様付きの側仕えだった者ばかりなので尚更です。

「イミル、ハルトムート様に命じられた青色の儀式服は準備できていますか？」

　神殿長室ではそれぞれの冬支度や下町との連携が重視されていますが、神官長室では奉納式の準備が最優先です。神官長が代替わりしてハルトムート様になりました。初めての奉納式を失敗させることはできません。

けれど、青色神官のエグモント様とフェルディナンド様が神殿を出て、神殿長のローゼマイン様が戻らないため、儀式を行える青色神官が少なくなっています。減少した魔力を補うため、ハルトムート様はローゼマイン様の実兄としてコルネリウス様に手伝うようにとお願いしていましたし、ダームエル様やアンゲリカ様にも協力を要請していました。イミルは彼等のために青色の儀式服を準備していたようです。

「まだ終わっていません。その、青色巫女の儀式服がよくわからなくて……」

「では、急いでダームエル様、コルネリウス様、アンゲリカ様の儀式服を探さなければ……。フラン、イミル。保管室へ行きましょう。他の者はここで普段通りの執務をお願いします」

「私も行くのですか？」

元々準備を頼まれていたイミルはともかく、私が呼ばれる理由がわからなくて首を傾げると、ロータルは小さく笑いました。

「ダームエル様に体格が似ているフラン、コルネリウス様と体格が似ている私、アンゲリカ様と体格が似ているイミル……。完璧だと思いませんか？」

私は「なるほど」と納得しましたが、イミルは首を横に振って拒否しました。

「私は男です。アンゲリカ様と体格なんて似ていませんよ」

「イミルはアンゲリカ様より少し背が高いだけで痩せ型なので、儀式服を合わせるだけならば問題ないでしょう」

「言い直さないでください！　傷つきます」

傷ついたらしいイミルを促して神官長室を出ると、私達は青色神官達の衣装が保管されている保管室へ向かいました。


保管室には青色神官や青色巫女の普段着や儀式の時に使用する飾りが畳まれて棚に並べられ、儀式服は折り目が付かないように吊されています。一番手前にあるのはフェルディナンド様の儀式服です。それを見て、本当にフェルディナンド様が去ったことを思い知らされた心地になりました。

けれど、私と違って、ロータルは非常に事務的に次々と衣装を見ていきます。

「フェルディナンド様の儀式服はコルネリウス様には大きすぎますね。裾直しの時間もありませんし、儀式服のお直しのために来ていただくこともできません。二人もすぐに着られる着丈の物を探してください。フランはフェルディナンド様の儀式服を着られそうですか？」

私は言われるままにフェルディナンド様の儀式服を体に当ててみようと手を伸ばしたところで止めました。抜《ぬ》け殻《がら》に触れるようで、何となく躊躇ってしまったのです。

「長身のフェルディナンド様の儀式服は私にも大きいと思います。それより、フェルディナンド様は領主一族で、ダームエル様は下級貴族なので家格に合いません」

「あぁ、家格の問題もありましたね。フランは全員の家格を知っていますか？」

急場を凌《しの》ぐためなのでコルネリウス様達はあまり文句を言わないと思いますが、相手が貴族である以上、考慮しておかなければなりません。

「コルネリウス様は上級貴族、アンゲリカ様は中級貴族、ダームエル様は下級貴族です」

「上級貴族の衣装を一番に決めましょう。他はそれより格を落とす方が探しやすいでしょう」

ロータルの言葉からハルトムート様へ儀式服を貸し出す時にはあまり家格を考慮していた様子が見受けられず、私は腑に落ちない気持ちになりました。ハルトムート様は孤児院長室の家具がローゼマイン様の家格に合っていないとおっしゃっていたはずです。

「ハルトムート様の儀式服はどのように探したのですか？　家格について何もおっしゃらなかったのですか？」

「一度限りのことなので、こだわらなかったのでは？　ハルトムート様は不満を述べることはほとんどありませんよ。基本的に貴族街からの通いなので生活のお世話は楽です」

イミルの気楽な言葉に、ロータルが「それはどうでしょう？」と腕を組みました。

「その内、ローゼマイン様がいらっしゃる期間は神殿に泊まり込むようになるかもしれませんよ。フェルディナンド様も最初は貴族街からの通いだったのですから」

「そうなのですか？」

ロータルの発言に私は目を瞬かせました。イミルも「初めて聞きました」と言っています。

「そういえば、フェルディナンド様が神殿へ入った当初を知っている側仕えは私だけなのですね」

ロータルは薄い茶色の髪をくしゃりと掻いて、少しばかりしんみりとした口調でそう言いました。

私が神官長室に入った時は、青色神官見習いや青色巫女見習いが次々と神殿を去っている時期でした。次々と増える仕事に対応することに手一杯で、こんなふうに昔話をしたことがないことに今頃気付いたのです。

「もしかすると、知らないかもしれませんね。神殿へ入ったばかりで青色神官だった頃のフェルディナンド様は、ほとんど仕事をしていなかったのですよ」

「え⁉」

イミルが驚きの声を上げるのを見て、ロータルが笑います。私はローゼマイン様の言葉で、神官長に就任する前は読書や調合に没頭できる時間があったことを知っていますが、こうして同じ側仕えから聞くのは何だか新鮮な気分です。

「最初に召し上げられた側仕えは二人でした。下げ渡しのために専属料理人を雇っていましたが、フェルディナンド様ご自身は昼食時も貴族街の館へ戻っていたのです」

「昼食まで貴族街へ？」

それは知りませんでした。四の鐘が鳴ると、騎獣で貴族街へ戻るのは大変でしょう。城における貴族の務めが大変だったのでしょうか。私達が考えていると、ロータルは少し声を潜めました。

「当時の神殿長が毒を入れるのではないかと警戒していたからです」

「仲が悪かったことは知っていますが、毒ですか？」

私がお仕えした時には前神殿長と反りが合わないくらいで、毒の警戒をするような生活ではありませんでした。業務や寄付金の配分に関わらない生活の範囲は、お互いに不干渉だったはずです。

「えぇ。初めて聞いた時は驚きましたが、貴族の生活としては普通のようです。神殿の側仕えが体を毒に慣らしていなければ大変なことになると忠告してくださったのです。それで私達が警戒しないわけがないでしょう？　神殿の厨房で作られた物を食べるのはフェルディナンド様ではなく、当の料理人と私達、それから、孤児院の者達なのですから」

ある時、神官長室の厨房に入り込み、お皿に何やら入れようとした灰色巫女に気付いたロータルは、彼女を捕まえたそうです。

「報告をすると、フェルディナンド様はその灰色巫女を尋問するとおっしゃいました。私は昼食を摂るように言われて現場を見ていないのでわかりません。ですが、彼女の目は虚《うつ》ろになっていて、その夜、神殿長室で食事に毒が混入していたと大騒ぎになりました」

「フェルディナンド様の報復ですね。神殿長はどうなったのですか？」

笑いを堪えるように口元を歪ませながらイミルが尋ねると、ロータルはニヤッと笑いました。

「三日ほど神殿長室の全員が腹痛で動けなくなりました」

地団駄を踏む前神殿長と涼しい顔のフェルディナンド様の様子が容易に思い浮かびます。ここにいる者は前神殿長に腹立たしい思いをしてきた者ばかりなので、前神殿長が酷い目に遭ったとしても「自業自得ですね」と痛快な気分になってしまうのです。

私は笑いそうになる顔を隠すように儀式服を一着手に取りました。家格が高めの儀式服のようで、生地の地紋と手触りがとても良い物です。

「ロータル、これはいかがでしょう？　上級貴族の家格に合うと思うのですが……」

「良いですね。着丈も帯で調節できる範囲です」

コルネリウス様の儀式服が決まりました。次はアンゲリカ様の儀式服を探します。

「それで、どうなったのですか？　あの前神殿長が簡単には引っ込まないでしょう？」

青色巫女の儀式服をいくつか手にしては体に当てながらイミルがわくわくした様子で尋ねます。

「もちろん回復した前神殿長が怒鳴り込んできました。私達はビクビクしていたのですが、フェルディナンド様はわざとらしく驚いた顔を作って出迎えていらっしゃいました」

自分が持ち込んだ毒を食事に入れ返されて怒鳴る前神殿長に、フェルディナンド様は「其方の灰色巫女がこちらの皿に入れようとした物を壺に入れたのだから相当毒性が弱まっているというのに、何をおっしゃるのか」と不思議そうな顔をしたそうです。

「第一夫人の弟ともあろう者が、この程度の毒に体を慣らしていないとは思いませんでした。神殿長はいつも領主一族に連なる者だとおっしゃるのですから、それに相応しくなるように私がお手伝いして差し上げましょう」

口調だけは丁寧に「これから先の食事にも毒を入れてやるぞ」と言われた前神殿長は、早々に退散したそうです。

「フェルディナンド様に真顔でそのようなことを言われたら、本気で泣きたくなるくらい怖いですよ」

「えぇ。イミルが感じたように前神殿長から話を聞いた青色神官達も報復を恐れ、他人の厨房へ側仕え達を近付けなくなりました。それぞれが厨房をしっかりと見張るようになり、それ以来、神殿で毒物混入事件は起こっていません」

当時、私が仕えていたマルグリット様は孤児院長でした。彼女の側仕えだった私は貴族区域から離れた孤児院長室で生活していたため、そのようなことがあったことさえ知りませんでした。

そんなことを思い出していた私の前に広げられたのは、華やかで鮮やかな花の刺繍がされたマルグリット様の儀式服です。それを見た瞬間、マルグリット様の思い出が一瞬で脳裏に次々と浮かんでいき、ヒュッと知らず知らずの内に私の喉が鳴りました。

……孤児院長室の隠し部屋にも入れるようになっているのに、今更……。

心臓をつかまれたような痛みと息苦しさを覚え、私はきつく拳を握り締めました。忘れたと自分では思っていたのに、未だに忘れられないほどくっきりと記憶に刻まれていたようです。

不意に蘇った記憶に翻弄されている私の前で、ロータルはイミルの体にその儀式服を当てました。

「イミル、これは花の刺繍があるので女性らしくて可愛らしいのでは？」

「ロータル、その物言いはわざとですか？」

イミルが悔しそうにロータルを睨んでいます。私は二人を取りなす振りをしながら、儀式服を視界に入れないように急いで二人の間に入りました。着丈がイミルにちょうど良く、マルグリット様も中級貴族だったことで家格も合っていますが、これをアンゲリカ様の衣装として選ばれると、私は非常に困ります。

「落ち着いてください、二人とも。イミル、アンゲリカ様は特に女性らしい模様を好んでいません。家格と着丈で選んでください。ロータル、少しからかいが過ぎます。それは片付けてください」

「申し訳ありません」

ロータルはすぐに謝ると、マルグリット様の儀式服を片付けてくれました。ホッと息を吐きながら、私は比較的落ち着いた雰囲気の儀式服を手に取ってイミルの背中に当てました。

「こちらはいかがでしょう？」

「アンゲリカ様は見た目が美しいのですから、先程のように華やかな衣装でも良いと思いますが……」

ロータルはマルグリット様の儀式服を名残惜しそうに見ましたが、イミルは少し考え込みます。もしかすると、マルグリット様の儀式服をアンゲリカ様が着ることになるのでしょうか。それだけはどうしても避けたくて、私は必死で頭を動かしました。記憶にあるマルグリット様とアンゲリカ様の姿を比べます。

「ロータル、イミル。よく見てください。アンゲリカ様には胸元が合わないでしょう。こちらの方が合います」

「なるほど。その着眼点はありませんでした。こちらにします」

「フラン、イミル！」

ロータルに叱られましたが、マルグリット様の儀式服を貸し出すことは阻止《そし》できました。ふぅと安堵の息を吐いていると、何だかロータルの視線を感じます。不審に思われたでしょうか。私はロータルの意識を逸らすためにフェルディナンド様の昔話に話題を戻すことにしました。

「そういえば、フェルディナンド様はいつから神殿で生活するようになったのですか？　その毒の混入がきっかけでしょうか？」

「そうですね。前神殿長や神殿の様子を見張るためでしょうか。時々、フェルディナンド様は貴族街の館にいると面倒な者が来るのだと不機嫌そうな口調で言いながら神殿に泊まるようになりました」

ロータルは話題の変更に乗ってくれました。もっともらしい理由を付けながら周囲に目を光らせるフェルディナンド様の姿が思い浮かびます。

「多分、私達に気を遣わせないための嘘でしょう……と当時は思っていたのですが、ジルヴェスター様から逃れるためだったのでは？　と今では思います」

「そちらが正解でしょうね」

先触れもなく不意に神殿を訪れる貴族がいて、彼の名前を「ジルヴェスター、其方は一体どこにいる？」というオルドナンツで知ったのはいつのことだったか。そのオルドナンツを送っていたのがカルステッド様で、ジルヴェスター様が実は領主様だと察したのはいつだったのか。私はもう明確には覚えていません。

「ダームエル様はこちらで良いのでは？」

「意外と体に厚みがあるので、こちらの方が良いかもしれません」

貴族としては平均的な身長の方なので、ダームエル様に合う儀式服は一番多いです。コルネリウス様やアンゲリカ様より少し格を落とした衣装を選ぶと、次は装飾品です。帯や飾り紐などを一通り探していきます。

「どうして女性の帯は幅や飾りに色々な違いがあるのでしょう？　どれを選べば良いのかわかりませんよ」

「モニカとニコラが着付けやすいようにローゼマイン様と同じ形の物にしましょう。ここから選ぶと良いですよ」

私がいくつか帯の候補を示すと、イミルは明らかにホッとした表情になりました。

「神官長にしかお仕えしたことがないので、青色巫女の儀式服を調えるのは難しいです」

「これで全て揃ったのではありませんか」

帯や飾り紐なども人数分揃えたことで、私は一仕事を終えた気分になってホッと息を吐きました。気が軽くなった私と違って、イミルの表情は何だか暗いことに気付きました。物言いたげな水色の目で青色の儀式服をじっと見つめています。

「どうかしたのですか、イミル？」

「ハルトムート様は、その、本気なのでしょうか？　護衛騎士の方々にも奉納式のお手伝いをいただくというのは……」

「本気だから、ハルトムート様は儀式服の準備を命じられたのでしょう」

私は神殿長室でハルトムート様がコルネリウス様達に協力を要請している様子を見ました。それを話すと、イミルは不満そうに眉を寄せます。

「神官長に就任したハルトムート様と違って、護衛騎士の方々は誓いの儀式をせずに奉納式だけ参加するのですよね？」

「おそらく。護衛騎士と青色神官を兼任するというお話は聞いていません」

「……それは許されるのですか？　これまで護衛騎士達は儀式の間への立ち入りを禁止されていましたが、青色の儀式服を着れば良いという問題ではないのでは？　せめて、護衛騎士と青色神官を兼任する誓いの儀式だけでも……と思ってしまいます」

正直なところ、イミルだけではなく私も、青色神官や青色巫女ではない貴族が奉納式に参加するという状況にどう対応すれば良いのかわかりません。ハルトムート様はローゼマイン様が帰還しなくても良いように色々と考えていらっしゃいますが、今年は不安要素が多いので、私としてはローゼマイン様に帰還していただきたいと思っているくらいです。

考え込む私とイミルの前で、ロータルがパンと音を立てて手を打ちました。

「イミルの気持ちはわかりますが、今は奉納式を万全の状態で行い、小聖杯に魔力を満たすことが最優先ではありませんか。領地内の収穫が減れば、収穫祭の寄付も減ります。せっかくお貴族様が協力してくださるのですから、良しとしましょう」

ロータルの言う通り、奉納式の魔力が足りなければ、私達も含めた皆が困るのです。小聖杯に魔力を満たすために神殿長や神官長が決めたことならば、反対することはできません。

「それに、神官長であるハルトムート様のご提案については、前任のフェルディナンド様も了承しています」

「フェルディナンド様が……」

規則に厳しく、曖昧《あいまい》な部分を見せなかったフェルディナンド様が、ローゼマイン様を帰還させずに済むように護衛騎士達を有効利用していることに気付いてくすぐったい気持ちになりました。

「ずいぶんとフェルディナンド様も柔らかくなったものですね」

私が零すと、ロータルが笑みを浮かべて頷きます。

「ローゼマイン様の影響ですよ。最初はあのフェルディナンド様が幼い子供の言い分を丁寧に聞いたり、様々な配慮をしたりする様子を見て驚いたものです」

「あぁ……。あの冷たい視線に全く懲《こ》りず、叱られてもすぐに次の方法を考え、自分の要望を押し通すために何度も挑戦するローゼマイン様はすごいと思いました」

イミルの物言いにクスッと小さな笑いが漏れます。

「フェルディナンド様を変えたのは、ローゼマイン様ですね。私達側仕えは孤児院に返されることを恐れ、何とかフェルディナンド様のお心を推し量ろうと努力しました。けれど、ローゼマイン様は自分の主張をわかってもらおうと奮闘していました。その違いでしょうか？」

しみじみとした口調でロータルが言ったことで、私はローゼマイン様がフェルディナンド様のお心を推し量ることができずに怒ったり嘆いたりしていたのを思い出しました。

「それもあるでしょうが、ローゼマイン様の言動が神殿や貴族の常識では測れず、何をするのか、言い出すのかわからないからではありませんか？　だからこそ、フェルディナンド様はローゼマイン様の言動を注意して見るようになったのですから」

貴族らしく取り繕っていては通じないことを知ったフェルディナンド様は、どんどんと遠慮のないやりとりを交わすようになりました。「あそこは隠し部屋じゃなくて説教部屋だよ」と青色巫女時代のローゼマイン様がルッツへ愚痴を言っていたことが脳裏に蘇ります。

……「面倒な」と嫌そうな顔で文句ばかり言っていたフェルディナンド様の口調が、柔らかくなったのはいつのことだったでしょうか？

私はもう覚えていません。いつの間にか少しずつ変わっていたのです。

「ここ最近は名残惜しそうに引き継ぎをしていましたね。お二人の距離感が急に変わって驚きました」

「私が驚いたのは、それをフェルディナンド様が窘めもせずに当然の顔で受け入れていたことです。邪魔だと退けたり、鬱陶しいと部屋から摘まみ出したりしないのですよ」

イミルの言葉で、結構ぞんざいに扱われていたローゼマイン様の姿を思い出して皆が笑います。

「気遣ったり気遣われたりというやりとりを、同等の立場でする事は珍しいように見えました。時々考え込んでいるフェルディナンド様の姿を見たものです」

「私は、神官長を心配している者がいることを何が何でもわからせてやるのですと鼻息も荒く歩いていたローゼマイン様の方が印象深いです」

イミルの言葉に、ロータルが笑い出すのを堪えて口元を手で覆います。その場面を見ていた私も口元を押さえました。

……周囲にも丸見えだったようですよ、ローゼマイン様。

ですが、私には奮闘しているというよりも、わかってほしいと哀願《あいがん》しているように見えました。それに、拒まれないと確信を持っているような距離感や率直な物言い、細やかに心を配る様子は、まるで下町の家族に対する態度と同じに思えました。

フェルディナンド様のこの変化がもっと早ければ、下町の者達と隠し部屋での接触さえ禁じられたローゼマイン様が一人で泣くことはなかったでしょう。

この優しくて温かい関係がこれから先もずっと続けば、フェルディナンド様は感情を全て押し殺すことなく素直に感情を出すことができるようになったでしょう。

……時の女神ドレッファングーアよ、どうか時をお戻しください。別れが決まるその前まで……。

いくら願っても、私の望みが叶うことはありません。

それに、この変化は別れが決まったからこそ起こったことだと知っています。別れが決まるその前まで時が戻れば、二人の距離感も以前のものに戻るでしょう。それがわかっていても、良い方向へ動いていることが目に見える分、歯痒く感じるのです。

「儀式に必要な小物も全て揃ったので、ここを出ますよ」

ロータルに声をかけられ、私はダームエル様の儀式服一式を抱えて保管室を出ます。振り返れば、フェルディナンド様の儀式服が一番手前で揺れていました。

「フラン、どうかしましたか？」

「フェルディナンド様の儀式服がここにあることが、未だに信じられません」

寂寥感《せきりょうかん》を覚えて儀式服を見つめる私の言葉に、ロータルもイミルも一番見慣れたフェルディナンド様の儀式服を見ました。二人も同じような寂しさを感じているのでしょう。しばらく無言でした。

「ローゼマイン様が神殿にいらっしゃるのも、あと数年ですか」

不意にロータルが呟きました。ローゼマイン様は成人したら神殿を出ることが決まっています。

その時も同じような寂しさを感じるのでしょうか。

まだ訪れてもいない別れを想像しただけで、心に穴が開いたような喪失感にじわりじわりと蝕《むしば》まれるような心地がして、今から憂鬱な気分になります。

「……また私は置いていかれるのですね」

灰色神官である私は神殿にしかいられません。フェルディナンド様にも、ローゼマイン様にも置いていかれる存在です。それが何とも悔しく思えることに私は驚きました。自分にもこんな感情があったことを初めて知った気分です。

マルグリット様との別れには寂しさなど全く感じず、深い安堵がありました。それなのに、今は主がいなくなることを考えただけで憂鬱な気分になるなんて、私もずいぶんと変わったものです。

「私はたとえフェルディナンド様が連れて行くと言ってくださっても、神殿以外のところへ行く方が嫌ですよ。常識が通じないところは怖いです」

イミルがそう言って歩き出しました。ロータルも「そうですね」と同意しながら続きます。

……私はフェルディナンド様やローゼマイン様が望んでくださるならば、一緒に新しい世界へ行きたいです。

心の内に呟き、私は一度フェルディナンド様の儀式服に向かって跪きました。

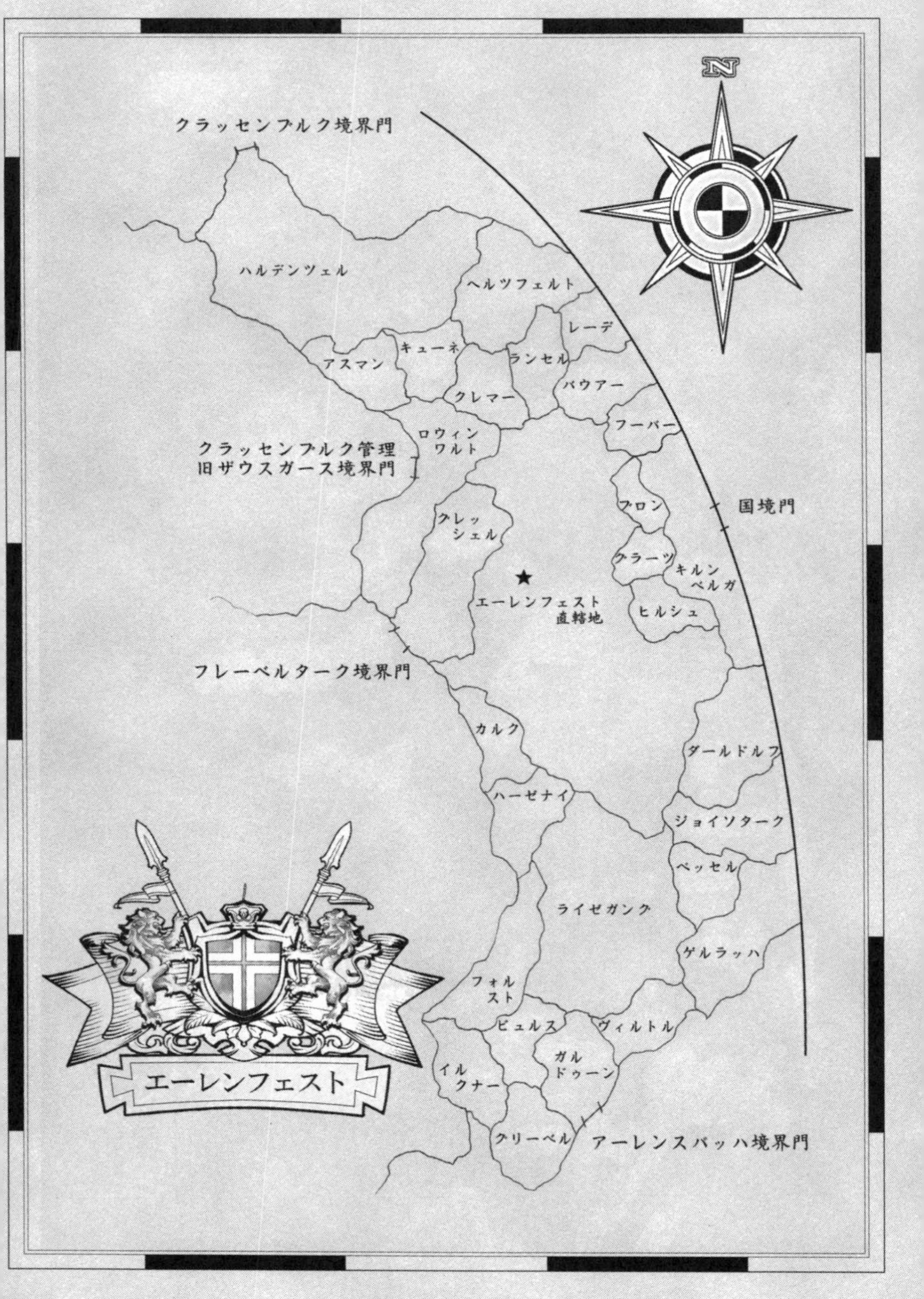

N
クラッセンブルク境界門
ハルデンツェル
ヘルツフェルト
レーデ
キューネ
アスマン
ランセル
クレマー
バウアー
ロウィン
ワルト
フーバー
クラッセンブルク管理
旧ザウスガース境界門
国境門
ブロン
クレッ
シェル
グラーツ
キルン
ベルガ
エーレンフェスト
直轄地
ヒルシュ
フレーベルターク境界門
カルク
ダールドルフ
ハーゼナイ
ジョイソターク
ペッセル
ライゼガング
ゲルラッハ
フォル
スト
ビュルス
ヴィルトル
ガル
ドゥーン
イル
クナー
クリーベル
アーレンスバッハ境界門
エーレンフェスト

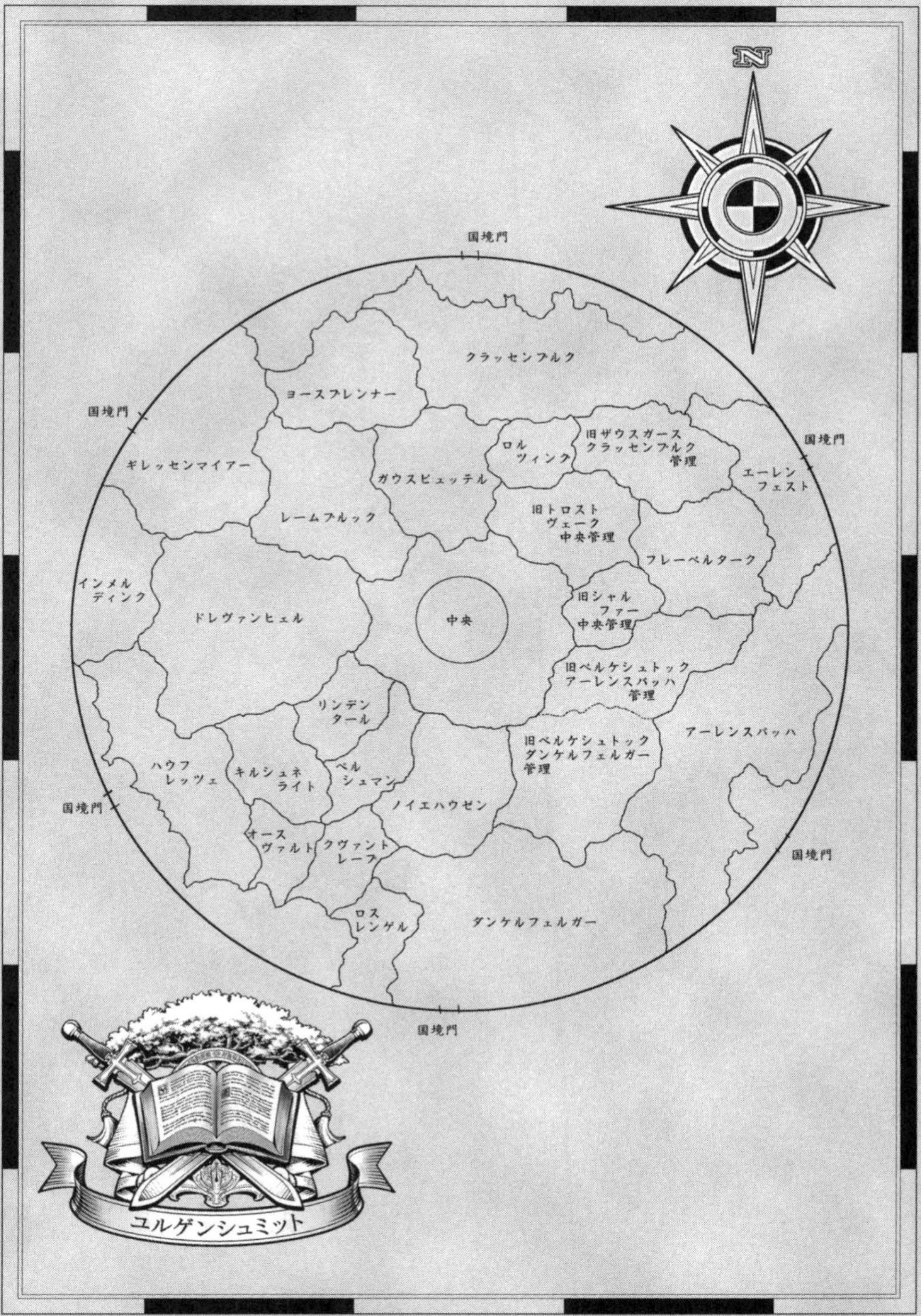
国境門
クラッセンブルク
ヨースブレンナー
国境門
ギレッセンマイアー
ガウスビュッテル
ロルツィンク
旧ザウスガース クラッセンブルク 管理
国境門
エーレンフェスト
レームブルック
旧トロストヴェーク 中央管理
フレーベルターク
インメルディンク
ドレヴァンヒェル
中央
旧シャルファー 中央管理
旧ベルケシュトック アーレンスバッハ 管理
リンデンタール
アーレンスバッハ
旧ベルケシュトック ダンケルフェルガー 管理
ハウフレッツェ
キルシュネライト
ベルシュマン
国境門
ノイエハウゼン
オースヴァルト
クヴァントレーフ
国境門
ロスレンゲル
ダンケルフェルガー
国境門
ユルゲンシュミット

あとがき

お久しぶりですね、香月美夜です。

この度は『本好きの下剋上　～司書になるためには手段を選んでいられません～　第四部　貴族院の自称図書委員Ⅸ』をお手に取っていただき、ありがとうございます。


とうとう第四部の最終巻です。

プロローグはフロレンツィア視点でゲオルギーネ達がエーレンフェストを去るところから始まります。彼女もゲオルギーネの存在を不安に思っています。子供達と連絡を密にしたくても北の離れで住んでいるし、それぞれの側近達と動いているため、完全に状況を把握できません。それに、子供達から上がる報告には差があり、ローゼマインはジルヴェスターから報告が届くだけで直接話をする機会が少ないのですから大変です。

そんな第一夫人の悩みなど知るはずもなく、ローゼマインは神殿で引き継ぎ業務と貴族院の予習に大忙し。それでも、お世話になったフェルディナンドのために準備の手伝いをしたり、餞別について考えたり……。

側近達も交えた楽しい食事会で図らずもお守りを交換することになったローゼマインとフェルディナンド。お魚解体でレーギッシュの鱗から採取した虹色魔石が大活躍です。

しかし、素敵な贈り物に心が弾んだのも束の間のこと。留守中に侵入者があり、灰色神官達がさらわれ、神殿長の聖典が盗まれてしまいました。下町との連携で情報を集め、側近達の活躍によって事件は解決したものの、フェルディナンドの出発は早められます。

涙を堪え、全属性の祝福で送り出すローゼマイン。フェルディナンドはアーレンスバッハへ旅立ちました。

後半は他者視点の短編集「別離から始まる冬の生活」です。こちらはｗｅｂで連載していた時に第四部完結記念としてリクエストを募って書いた短編です。フェルディナンド達が旅立ってからのそれぞれの生活を書いてみました。

書き下ろし短編は、リヒャルダ視点とフラン視点です。

リヒャルダ視点ではユストクスの準備を手伝う中で過去の回想を少し入れてみました。リヒャルダとユストクスが本編に出る時は、それぞれが側仕えの立場として動いていることが多く、なかなか親子感が出ません。今回は自宅での二人ということで親子らしさが出たのではないでしょうか。

フラン視点では奉納式の準備です。フェルディナンドが去り、貴族が冬の社交界の準備で不在になっている神官長室。護衛騎士達が奉納式に参加する可能性を考えて、儀式服の準備です。神官長室の側仕えをじっくり書くのが楽しかったです。ロータルは本編にも出てきましたが、フランの代わりに入ったイミルは初めてですね。

この巻で椎名様に新しくキャラデザしていただいたのは、レティーツィアです。アーレンスバッハの領主候補生で、これからフェルディナンドが教育する子供。家庭環境が非常に可哀想です。

今回は「ハルトムートの努力とご褒美」や「埋まらない穴」など、ページ数の関係でいつもに比べて書き下ろしが多めです。Ｗｅｂ版からの読者様も新鮮な気持ちで読める部分が多いのではないでしょうか。

さて、お知らせです。

ドラマＣＤ第四弾が同時発売されています。このラストを豪華声優陣の声でぜひお聴きください。ドラマＣＤはＴＯブックスのオンラインストアだけの取り扱いになります。

アニメは現在絶賛放映中。四月からは第二部のアニメが始まります。放送局やネット配信についてはアニメの公式サイトをご覧ください。http://booklove-anime.jp/

アニメの Blu-ray BOX は十二月二十七日に発売されます。声優さん達がアニメを見ながらお喋りをするオーディオコメンタリー、アニメの美術設定、関係者インタビューなどが詰まった解説本が入っています。ＴＯブックスオンラインストアの店舗別特典はＥＤカードのポストカードセットと「本好きの下剋上」特製小冊子です。気になる方はぜひ。

次巻、第五部ＩはＯＶＡ付きの物もあります。内容は「ユストクスの下町潜入大作戦」と「コリンナのお宅訪問」で、アニメの第十五章と同じ時間軸のお話です。

今回の表紙は、別離のイメージです。別れを感じさせる切ない表情のフェルディナンドとローゼマインの二人。実は、タイトルにユストクスとエックハルトが隠れています。カラー口絵の裏側にタイトルなしの表紙イラストがあるので見てみてください。

カラー口絵は「別離」から鍵を渡すシーンをお願いしました。何となく周囲にたくさん人がいるイメージだったのですが、「いない方が綺麗だったので」という椎名様のお言葉により二人の世界になりました（笑）

椎名優様、ありがとうございます。

最後に、この本をお手に取ってくださった皆様に最上級の感謝を捧げます。

第五部Ⅰは三月の予定です。そちらでまたお会いいたしましょう。

二〇一九年十月　香月美夜

毎度おなじみ
巻末おまけ
ゆるっとふわっと日常家族
作：しいなゆう
おかえりなさいませ
ローゼマイン様
うわぁー
どっちが悪党か
わかんない
これからの神殿生活に
一抹の不安がよぎる
ローゼマインであった
学ぶべき言い回し
神官長が
すごいお守りを
贈ってくれました
五倍返し
そのお守りで
君の側近たちの
負担も軽減
されるだろう
……
今年だけは
貴族院の生活を
楽しんでくると良い
神官長
じーーん
神官長!!
そこは嘘でも
『君がいつ何時《なんどき》も
無事でいるよう贈った』
って言いましょうよ!!
嘘をついて
どうする？
神官長はもっと
女心を
学ぶべきです！
ローゼマイン様
それでは求婚です

頭脳担当にまかせます

ではよく使われる毒物と
その対処方法についてお話ししましょう
ハッ
スチャッ
アンゲリカ良いですか？
通常営業だなぁ
コクコク

犬じゃないです

聖典を盗まれた時
ダールドルフ子爵の館に向かってもいいですか？
『待て』号令中
ぐるるる
ふーー
ふーー
聖典を取り戻した時
見た目といい匂いといい重さといい
これはわたくしの聖典に間違いありません
ぶんぶん
ひしっ
もう少し厳しくしつけをするべきだったかもしれん
あ！今、失礼なことを考えてますね!?
キャン
キャン

広がる
第四部
貴族院の図書館を救いたい! Ⅷ
漫画:勝木光
2024年
5/15
発売!
新刊、続々発売決定!
好評発売中
第二部
本のためなら巫女になる! Ⅹ
漫画:鈴華

「本好きの下剋上」世界！

Welcome to the world of "Honzuki"

アニメ

第1期 1～14話
好評配信中!
BD&DVD好評発売中!
続きは原作「第二部Ⅰ」へ

第2期 15～26話
好評配信中!
BD&DVD好評発売中!
続きは原作「第二部Ⅲ」へ

第3期 27～36話
好評配信中!
BD&DVD好評発売中!
続きは原作「第三部」へ

第三部
「領主の養女」
アニメ化決定!
アニメーション制作
WIT STUDIO

コミカライズ

第一部
本がないなら作ればいい!
漫画:鈴華
①～⑦巻
好評発売中!

第二部
本のためなら巫女になる!
漫画:鈴華
①～⑩巻
好評発売中!

コミカライズ
原作「第二部Ⅲ」を連載中!

第三部
領地に本を広げよう!
漫画:波野涼
①～⑦巻
好評発売中!

コミカライズ
原作「第三部Ⅱ」を連載中!

第四部
貴族院の図書館を救いたい!
漫画:勝木光
①～⑦巻
好評発売中!

コミカライズ
原作「第四部Ⅰ」を連載中!

原作小説

第一部
兵士の娘
Ⅰ～Ⅲ

第二部
神殿の巫女見習い
Ⅰ～Ⅳ

第三部
領主の養女
Ⅰ～Ⅴ

第四部
貴族院の自称図書委員
Ⅰ～Ⅸ

原作小説

第五部 女神の化身
Ⅰ～Ⅻ 好評発売中!

著:香月美夜 イラスト:椎名優

貴族院外伝
一年生

短編集Ⅰ～Ⅱ

CORONA EX
コロナEX
TObooks

本好きのコミカライズ最新話がどこよりも早く読める!
https://to-corona-ex.com/

本がなければ
作ればいい――
原作小説
（本編通巻全33巻）
第一部
兵士の娘
（全3巻）
第二部
神殿の
巫女見習い
（全4巻）
第三部
領主の養女
（全5巻）
第四部
貴族院の
自称図書委員
（全9巻）
決定!
ありがとう、本好き!!
シリーズ累計
1000万部
突破!（電子書籍を含む）
アニメーション制作：WIT STUDIO
TOジュニア文庫
コミックス
第一部
本がないなら
作ればいい!
（漫画：鈴華）
第二部
本のためなら
巫女になる!
（漫画：鈴華）
第三部
領地に本を
広げよう!
（漫画：波野涼）
第四部
貴族院の
図書館を救いたい!
（漫画：勝木光）
第五部
女神の化身
（全12巻）

夢物語では終わらせない
ビブリア・ファンタジー
ふぁんぶっく
1～8巻
ドラマCD
1～10
ミニマイングッズ
椎名優描き下ろし
第三部「領主の養女」
アニメ化
本好きの
下剋上
司書になるためには
手段を選んでいられません
香月美夜
miya kazuki
イラスト：椎名 優
you shiina
Story
とある女子大生が転生したのは、識字率が低くて本が少ない世界の兵士の娘。いくら読みたくても周りに本なんてあるはずない。本がないならどうする？　作ってしまえばいいじゃない！
兵士の娘、神殿の巫女、領主の養女、王の養女——次第に立場が変わっても彼女の想いは変わらない。
本好きのための、本好きに捧ぐ、ビブリア・ファンタジー！
詳しくは原作公式HPへ
https://www.tobooks.jp/booklove

（通巻第21巻）
本好きの下剋上
～司書になるためには手段を選んでいられません～
第四部　貴族院の自称図書委員Ⅸ

2020年1月1日　第 1刷発行
2024年4月1日　第10刷発行

著　者　香月美夜

発行者　本田武市

発行所　TOブックス
〒150-0002
東京都渋谷区渋谷三丁目1番1号　PMO渋谷Ⅱ　11階
TEL 0120-933-772（営業フリーダイヤル）
FAX 050-3156-0508

印刷・製本　中央精版印刷株式会社

ISBN978-4-86472-855-3